What if I love you

Von Selina Hoffbauer

Buchbeschreibung:

Kein Hindernis ist zu groß, wenn zwei Herzen füreinander schlagen. Doch ist ihre Liebe stark genug für ein ganzes Königreich?

Eine Nacht zerstörte ihr Leben und auch wenn es die 19-jährige Lilyana nicht zugeben möchte, geht es ihr alles andere als gut. Sie verschließt ihr Herz vor der Wahrheit und lebt nur für die kleine Ella. Doch auch wenn sie sich nichts sehnlicher als Normalität wünscht, zieht ihr der gutaussehende Edmund einen Strich durch die Rechnung. Er ist nicht nur der Typ von jener Nacht, sondern auch noch der verborgene Kronprinz dieses Landes. Schnell verstrickt sie sich in ein gefährliches Spiel aus Lügen, Geheimnissen und verbotenen Gefühlen, bei dem am Ende nicht nur ihr Herz auf dem Spiel steht...

Über den Autor:

Selina Hoffbauer wurde 2006 in Riesa, einer Stadt in Sachsen, geboren. Schon seit sie klein ist, fasziniert sie die Welt der Bücher und nach dem Lesen entdeckte sie das Schreiben für sich. "What if I love you" ist dabei ihr Debütroman und Band 1 der Reihe.

What if I love you

1. Auflage,

© Alle Rechte vorbehalten.

Selina Hoffbauer

Frauenhainer Str. 28

01609 Röderaue

selina.hoffbauer@web.de

ISBN: 9783754375204

Herstellung und Verlag: BoD – Books on Demand

© Cover Renee Rott von www.cover-and-art.de/

Prolog

Es gibt Tage im Leben, da möchte man am liebsten die Decke über den Kopf ziehen und heulen. Genau heute war so ein Tag. Meine Gedanken waren schwer wie Blei und ließen mich auch diese Nacht wieder nicht zur Ruhe kommen. Das Herz in meiner Brust zappelte so enorm schnell, dass ich manchmal sogar das Gefühl hatte, kaum noch Luft zu bekommen. Die Situation, die sich vor mir auftat, schien so unausweichlich und das erzeugte eine tiefe Angst in mir.

Vom vielen Weinen waren meine Augen verklebt und wegen des unregelmäßigen Schlafes konnte ich sie nur mühsam öffnen. In der Hand hielt ich ein Ultraschallbild. Klein und spärlich beleuchtet vom Morgenlicht erblickte ich ein Embryo - mein Baby! Es war ein wunderbares Gefühl, zu wissen, dass ein Menschenleben in einem heranwuchs, doch mit achtzehn schwanger und damit die größte Enttäuschung seiner Eltern zu sein, verlieh dem Ganzen einen negativen Hauch. Es war eine schwere Last, die man mit sich herumtrug, und die einen zu erdrücken versuchte.

Die Erinnerungen an meinen Geburtstag, woraus sich diese Situation ergeben hatte, verblassten immer mehr, was mich in den Wahnsinn trieb. Bloß die Aura des geheimnisvollen Mannes an der Bar würde mir nie entschwinden, da war ich sicher. Klar, im Nachhinein war die Nacht ein Fehler, doch als ich am nächsten Morgen alleine in einem fremden Bett aufwachte, war es bereits zu spät. Diese gewisse Vertrautheit zwischen uns musste ich mir eingebildet haben, denn er war gegangen und das Leben blieb nicht stehen, sondern lief weiter. Und meines von nun an mit Baby ohne Vater.

Diese Ausgangslage belastete mich enorm und ich kam mir so benutzt vor. Und dann waren da auch noch meine Eltern. Sie waren verdammt streng und religiös, so dass man dachte, sie wären mit dem floreanischen Gott und dem Königreich Florea höchstpersönlich verheiratet. Eine Schwangerschaft ohne Ehe und in dem Alter waren generell nicht gerne gesehen, jedoch nicht strengstens untersagt, sowie bei uns zu Hause. Doch den ausgeprägten Glauben, den meine Eltern hatten, besaß ich nicht mehr, denn wenn es einen Beschützer dort oben im Himmel gab, der für das Rechte sorgte, warum herrschten dann in unseren Ländern so große Disparitäten. Es war widerwärtig, zu sehen, wie manche Menschen mit ärmeren Leuten umgingen. Meinen Eltern war das egal. Sie himmelten eh alles und jeden an - nur nicht ihre Kinder.

Zeit blieb mir nicht mehr viel, es ihnen zu sagen, denn mein Babybauch wuchs langsam aber stetig. Wie automatisch glitt die rechte Hand zum Bauch und streichelte vorsichtig über die kleine Wölbung. Ich entwickelte mich immer stärker zum Klischee einer schwangeren Frau.

Von Gefühlsschwankungen bis zu seltsamen Essenkombinationen und Heißhungerattacken.

Es war zum Fürchten, doch das Gefühl Mutter zu werden, erwärmte mich von innen heraus. Ich hatte eine Wahl – Abtreiben oder Behalten - das war mir durchaus klar. Mein Herz hatte die Entscheidung schon von Anfang an gefällt, wäre da nicht noch der Verstand, den jeder Mensch besaß. Für das Baby setzte ich viel aufs Spiel: meine Eltern, das Studium, Josh und meine Zukunft. Ebenfalls blieben bei mir Zweifel und Sorgen über das Finanzielle und die

Versorgung. Wäre ich überhaupt eine gute Mutter? Andererseits könnte ich frei sein, mein Leben neu anfangen und dem Traum von einem eigenen Café nachkommen.

Zahlreiche Gedankengänge und Entscheidungen, die mich nicht zur Ruhe kommen ließen.

Ans Bett gelehnt saß ich da und dachte darüber nach, als es an der Tür klopfte. Um diese Uhrzeit war das eher ungewöhnlich, weshalb ich überrascht aufsah.

„Lil, alles gut? Darf ich reinkommen?", drang es gedämpft durch die Tür.

Hastig wischte ich die Tränen fort, die sich gelöst hatten, versteckt das Bild und öffnete Joshua, meinen 3 Jahre älteren Bruder, die Tür.

Besorgt musterte er mein Gesicht und erkannte sofort, dass ich geweint hatte.

„Komm rein", flüsterte ich leise zurück, damit unsere Eltern nicht aufwachten.

Gemeinsam nahmen wir auf dem Bett nebeneinander Platz und mein Bruder zog mich an sich.

Erstaunt sah ich zu ihm: „Was ist, Josh?"

Da er größer als ich war, schaute er leicht zu mir hinab und runzelte die Stirn, ehe er anfing zu sprechen: „Seit Tagen geisterst du herum und siehst bedrückt aus. Du versuchst es, zu verstecken. Das sehe ich dir an."

Er hielt kurz inne und suchte meinen Blick. Erst als ich Josh direkt ansah, sprach er weiter: „Deine Augen - sie sind matt und glänzen nicht mehr, es sei denn, du hast mal wieder geweint. Du schläfst nicht und hast riesige Augenringe."

Leise seufzte er: „Selbst jetzt, um drei Uhr morgens liegst du wach. Am Anfang dachte ich, es sei Liebeskummer und hätte am liebsten den Mann von deinem Geburtstag, von dem mir Jess erzählt hat, eine reingehauen, weil es scheiße ist, dich so traurig zu sehen."

Die ehrliche Sorge in seiner Stimme raubte mir den Atem.

„Doch ich denke, es ist etwas anderes. Irgendetwas Tieferes und du glaubst, dass du mit keinem darüber reden kannst. Und ich möchte nicht, dass du das Gefühl bekommst, ich wäre nicht für dich da."

Seine Worte gingen mir nicht mehr aus dem Kopf und ob ich es wollte oder nicht - er hatte mich durchschaut.

Wenn es eine Person gab, auf die ich immer zählen konnte, dann war das mein Bruder. Egal wann, wo und warum - er war da. Es zu verschweigen, würde mir mehr schaden, als helfen.

Beruhigend streichelte er mir über den Rücken und das erste Mal seit Tagen fühlte ich mich wieder geborgen und geliebt. Ich sah ihn an. Er hatte die Wahrheit verdient. Die Angst vor seiner Reaktion saß tief in mir. Still wartete er ab, bis ich selbst anfing zu erzählen.

„Ich habe einen großen Fehler begangen", murmelte ich an seine Schulter und unterdrückte ein Schluchzen.

„An meinem Geburtstag vor 3 Monaten haben mich die Mädels abgefüllt."

Ich räusperte mich, da mir die Sache so unangenehm war und schwer auf meinen Schultern lastete.

„Und obwohl ich irgendwann von allein auf Cola umgestiegen bin, war es schon zu viel."

Bei der Erinnerung an diese Nacht zog sich alles in mir zusammen. Laute Musik, heftige Bässe, Alkohol und Rauch. Ein dichter Nebel nahm einen ein, wenn man die Bar erst einmal betreten hatte.

„Ich habe zwei hinreißende Männer an der Theke kennengelernt."

Ich schnaubte. Hinreißend waren sie, bis sie bekommen hatten, was sie wollten.

„Sie waren beide nur 1 Jahr älter. Klar war ich auf der Hut und Jess wäre jeder Zeit da gewesen, aber sie waren so anziehend und vertraut, also sprach ich sie an."

Das Erlebte so vor Josh auszusprechen, kostete mich viel Kraft. Er musste etwas ahnen, da seine rechte Hand meine fest drückte.

„Der eine hatte einen goldenschimmernden Wuschelkopf und tiefblaue Augen."

Die einzigen Dinge an ihm an die ich mich erinnerte.

„Sein Freund interessierte mich eher weniger. Sie waren beide charmant, doch bei dem einen verspürte ich diese gewisse Vertrautheit."

Ich schluckte und hielt tapfer die aufsteigenden Tränen zurück.

„Etwas, was ich nie zuvor erlebt hatte. Das machte ihn gerade so anziehend."

Angestrengt suchte ich nach meinen verlorenen Erinnerungen: „Wenn ich mich richtig erinnere, hieß der schwarzhaarige Mann Max oder irgendetwas mit Maximilian und der Blondschopf Eddie. Ich weiß es aber nicht genau. Nachdem wir uns unterhalten haben, hat er mich auf komische Art und Weise gefragt, ob ich tanzen möchte…"

Josh stockte in seiner Bewegung und horchte auf: „Wie komisch?"

„So galant und Form vollendet. So spricht heute keiner mehr."

Ein Schmunzeln schlich sich auf meine Lippen, bevor es wieder in sich zusammenbrach, da es so weh tat.

„Es war eigenartig. Ich glaube, Max hat ihn daraufhin in den Rücken geboxt."

Josh sein Blick haftete fest auf mir. So als wollte er jede Mimik und Gestik meinerseits genau studieren und in seinem Kopf abspeichern.

„Ich habe ja gesagt. Wir haben fast kein Lied ausgelassen und ich dachte ja, er würde mich anfassen oder küssen, doch das hat er nicht. Wir beide waren mit einer der letzten tanzenden Paare und es liefen zum Schluss die langsamen Songs. Und wir tanzten auch diese. Es war so romantisch wie in einem Märchen", ein Seufzen entwich mir bei dieser kurzen, aber intensiven Erinnerung.

„Wir drehten uns noch ein Mal im Kreis und er blieb schließlich vor mir stehen. In dem Moment wünschte ich nichts sehnlicher, als das wir uns endlich küssten."

Josh spannte sich kaum merklich an und krallte seine Finger fest in die Decke.

„Von ihm, aber auch von mir ging so eine tiefe Leidenschaft und ein intensives Verlangen aus. Doch er tat es einfach nicht. Nein, dieser Eddi bat mich stumm um Erlaubnis."

Ich schüttelte ungläubig den Kopf darüber.

„Erst als ich nickte, hat er mich dann an sich gezogen und geküsst. Mein ganzer Körper kribbelte, als hätte ich tausend Ameisen auf der Haut. Diese Worte sind alles, was mir im Gedächtnis geblieben war:

„Lily, ich möchte dich kennenlernen. Du löst Gefühle in mir aus, denen ich auf den Grund gehen will. Das macht mir Angst."

Ich bekomme jedes Mal wieder eine Gänsehaut."

Schwer schluckend dachte ich an diesen Moment zurück. Ich erzitterte leicht, worauf mir Josh beruhigend über den Rücken strich.

„Es war im wahrsten Sinne des Wortes zu schön, um wahr zu sein. Danach haben wir wohl miteinander geschlafen, aber mir fehlen die Erinnerungen ab dem Moment."

Ich ließ meinen Kopf in meine Hände fallen und ärgerte mich über meine Leichtgläubigkeit und Naivität an dem Abend.

„Am nächsten Tag lag ich in einem fremden Bett und er war weg", kamen mir die letzten Worte schwer über die Lippen.

„Das alles und die Gefühle waren pure Einbildung von mir – wer verliebt und findet sich schon am ersten Tag?!"

Wir schwiegen eine Weile, bis ich leise hinzufügte: „Und jetzt bin ich schwanger."

Tränen brannten erneut in meinen Augen und Josh atmete tief ein.

Er war geschockt, aber anstatt mir Vorwürfe zu machen, sagte er nur: „Wir bekommen das schon hin."

Seine Stimme war ruhig, viel zu ruhig, was mir Sorge bereitete.

„Jetzt verstehe ich einiges und nun ist mir klar, wovor du solche Angst hast."

Ich nickte stumm. „Wie willst du es unseren Eltern sagen, ohne dass sie dich zwingen, es abzutreiben, wenn du hierbleibst?"

Tief atmete ich ein. Die Tatsache ausgesprochen zu hören, zeigte mir, wie unausweichlich alles war.

„Wir wissen beide, wie sie sind. Ein uneheliches Kind und dann noch in dem Alter würden sie nie akzeptieren. Aber ich kenne meine kleine Schwester. Egal ob es schwer wird, du möchtest das Baby haben, oder? Du würdest es nie abtreiben. Dafür liebst du es jetzt schon zu sehr, stimmst?"

Ich zuckte kurz zusammen, stimmte ihm aber leise zu.

„Gemeinsam bekommen wir das hin. Fang dein Leben von mir aus neu an und sprich mit unseren Eltern und wenn sie so bescheuert sind, dich wirklich gehen zu lassen, dann zieh in eine andere Wohnung. Sie können stolz sein, eine Tochter wie dich zu haben. Vergiss das nie! Ich werde zu jeder Zeit da sein, egal welche Entscheidung du fällst."

Ich nickte zaghaft: „Danke."

Er drückte mir einen Kuss auf die Stirn: „Immer, das weißt du."

Für mich blieb nur eine Wahl und ich war fest entschlossen, es durchzuziehen. Irgendwann wurden meine Augen dann doch schwer und so schlief ich ein, umgeben von einer wohligen Wärme.

Kapitel 1

Lilyana 9 Monate später

Vor drei Monaten war es so weit und Ella wurde gesund und munter geboren. Es gab nichts Schöneres auf der Welt, als zu wissen, dass man eine Tochter hat. Die letzten Wochen hatten mich dabei stark geprägt.

Ich war stolz darüber, diesen Schritt gegangen zu sein, denn immer wenn ich meine Kleine im Arm hielt, verspürte ich eine tiefe Dankbarkeit und Liebe. Mühsam verdrängte ich mir jedes Mal die Tränen der Freude, sobald ich sie ansah.

Sie hatte seine Haare - blond mit niedlichen Locken und seine blauen Augen. Doch die weiblichen Gesichtszüge und die Stupsnase waren definitiv von mir sowie ihre vollen Lippen.

Ella erinnerte mich oft an ihn und klar weckte dies eine tiefe Trauer in mir, aber ich war froh, dass ich so einen Teil von ihm immer bei mir tragen würde – in meinem Herzen. Auch wenn die letzten Konturen des Abends von Tag zu Tag mehr verblassten, so war ich dankbar dafür, denn er schenkte mir damit das schönste Wesen auf Erden. Ella war ein Sonnenschein.

Mit einem Lächeln dachte ich noch einmal an die vergangenen Tage zurück, ehe ich aufstand. Während sie noch schlief, stellte ich mich kurz unter die Dusche und steckte anschließend meine Haare kunstvoll hoch. Ich schminkte mir ein dezentes Tages-Make up und starrte mich dann im Spiegel an.

Ich sah blasser und müder aus als sonst und trotzdem strahlte ich eine gewisse Lebensenergie aus. Gleichzeitig fehlte mir aber etwas. Doch dieses Etwas überspielte ich zu jeder Zeit mit einem ermunternden Lächeln.

Ich sah die Angst in meinen Augen, die sich fragte, wie lange ich noch durchhielt.

Allein die Willenskraft und die Liebe zu Ella in mir ließ mich das alles durchstehen. Ändern konnte ich diese Situation eh nicht mehr.

Zufrieden mit dem Make-up verließ ich das Bad und nahm das Babyphone mit. Unten in der Küche angekommen, schaute ich aus dem Fenster. Josh hatte beschlossen, ein paar Tage Urlaub bei uns zu machen, daher hatte ich für diesen Tag noch einiges zu erledigen. Das Gästezimmer war hergerichtet und ich wollte, dass alles perfekt war, da er das erste Mal unser neues zu Hause sehen würde.

Ich hatte mir ein kleines Strandhaus in Aqua gekauft und ein eigenes Café gegenüber des „Starhotels" aufgemacht. In meinem Laden mit inbegriffen, war eine Bibliothek voll mit Büchern und das Hotel gehörte meiner neuen besten Freundin Emma. Sie hatte mich damals aufgenommen und wir hatten sofort einen guten Draht zueinander. Dafür war ich ihr sehr dankbar. In dem Haus, wo wir wohnten, hätten locker vier Personen Platz und doch war es klein gehalten. Eher wie ein Ferienhaus, für das man mal eine Woche in den Urlaub fuhr, jedoch man zu viert, auf lange Zeit gesehen, nicht leben wollte.

Ich liebte aber die Verbundenheit mit der Natur und für uns zwei war es vollkommen ausreichend. Die Ruhe und Zufriedenheit, die dieser Ort mit sich brachte, waren magisch. Ich fühlte mich hier unbeschwert und frei.

Draußen strahlte schon zum frühen Morgen die Sonne, also schloss ich die Tür auf und trat hinaus an die frische Luft. Es wehte eine leichte Brise. Ich schnitt die auf dem Feld blühenden Korn- und Mohnblumen ab und band sie zu einem Strauß zusammen. Ich zog die Meeresluft, die vom Wind ans Land getragen wurde, tief in meine Lungen und schaute aufs Meer hinaus, während ich in Gedanken versank.

Als Ella noch nicht da war, saß oder stand ich öfter hier draußen und habe den Tag genossen.

Immer wenn ich hier war, durchströmte mich eine tiefe Zufriedenheit und ich vergaß den Stress der letzten Tage, Wochen und Monate.

Durch das Babyphone nahm ich wahr, dass Ella plötzlich anfing, herum zu quengeln. Sie war in dieser Hinsicht anhänglich und merkte sofort, wenn niemand da war, um sich um sie zu kümmern.

Meine Eltern hatten früher behauptet, ich sei genauso gewesen. Ich hoffte immer noch vergebens auf ihre Akzeptanz mit Ella. Nicht einmal, als das Baby kam, zeigten sie Interesse an uns und an dem Tag gab ich es enttäuscht auf.

Nur mein Bruder war für mich da. Josh und Emma standen mir zur Seite, in dem Zeitpunkt, als mir der Gedanke kam, alles hinzuschmeißen. Bei der Erinnerung kamen mir schon wieder die Tränen.

Ich wischte sie hastig weg und lief zurück ins Haus, legte die Blumen ab und trat dann nach oben in das Schlafzimmer. Es war groß und in der Mitte stand ein schwarzes Doppelbett. Angrenzend sah man ein kleines Kinderbett, das in einem kräftigen Rosa kontrastvoll strahlte. Gegenüber vom Bett gelang man direkt zum Kleiderschrank und daneben befand sich eine zweite Tür zum Bad. Es war überaus praktisch, zwei Wege zu ein und demselben Bad zu haben. Ein großes Fenster prangte auf der linken Seite des Raumes und eine kastanienbraune Kommode stand auf der rechten. Es war stilvoll eingerichtet und trotzdem nicht übertrieben.

Ich stellte mich neben das Babybett. Ella hörte

sofort auf zu quengeln und öffnete dabei nur ein Auge. Skeptisch starrte sie mir entgegen, was mich schmunzeln ließ, ehe ich sie hochnahm.

Sie trug einen weißen kurzen Strampler, da es nachts noch recht warm war. Auf ihrem Kopf kringelten sich die blonden Locken und sie sah mich gespannt an. Sie war das süßeste Baby, das ich je zu Gesicht bekommen hatte.

„Heute kommt dein Onkel Josh und besucht uns. Dann kannst du ihn auf Trab halten", ich lächelte sie an und als hätte sie mich verstanden, gluckste sie vergnügt.

„Er wird bis zu meinem Geburtstag bleiben. Der verwöhnt dich nur nach Strich und Faden. Aber wer kann dir auch widerstehen." Zusammen liefen wir zum eigentlichen Kinderzimmer und ich wickelte sie zuerst. Ella hasste wickeln und wurde dabei immer so hibbelig, also sang ich ihr jedes Mal ein Lied vor. Sie beruhigte sich sichtlich.

Mein Talent im Singen war sehr ausgeprägt, da ich als Kind viele Gesangstunden hatte. So kam es auch, dass ich mit meinen Liedern und Klavierkünsten regelmäßig im Hotel auftrat.

Nach der Schwangerschaft hatte man in unserem Königreich natürlich erst einmal Elternzeit, doch wir brauchten das Geld leider mehr, als dass ich hätte verzichten können.

Ab und zu öffnete ich sogar das Café. Viele Leute kamen dann und mir wurde der neuste Klatsch und Tratsch berichtet. Es gab oft anstrengenden Tage, keine Frage, doch der Austausch und das Arbeiten waren mir wichtig und diese Freude überwog.

Ich war fertig mit Ella, knöpfte ihren neuen Body wieder zu, verließ den Raum und lief über die Treppe nach unten, in die Wohnstube. Sie war gemütlich und liebevoll eingerichtet mit einem Sessel, einer Couch, einem Fernseher und Regalen voller Bücher.

Behutsam legte ich Ella in einen hochgesetzten Kinderauslauf und schaute überrascht auf, als es plötzlich an der Tür klingelte.

Ich riss den Kopf in Richtung Wanduhr. Acht Uhr fünfzehn zeigte sie an. Josh konnte es nicht sein, denn er würde erst gegen zehn auftauchen. Schnell lief ich zur zu Tür und schloss sie auf. Emmas Gesicht trat in mein Blickfeld.

„Hey, Emma. Was machst du hier? Mit dir habe ich ja gar nicht gerechnet. Solltest du nicht im Hotel sein?"

Wir umarmten uns und ich ließ sie eintreten. Sie drehte sich zu mir und grinste: „Es gibt großartige Neuigkeiten fürs Starhotel."

Ihre strohblonden Haare strahlten heute außergewöhnlich hell und ihre grünen Augen glänzten erleichtert. Dazu kam noch ihre zierliche Statur, die vor Aufregung leicht zitterte. Emma hatte vor kurzem das Hotel ihrer Tante übernommen. Dieses wurde vor allem in den Saisonzeiten gebucht und sie war auf so viele Faktoren angewiesen, dass es nicht immer perfekt lief.

Ich freute mich jedes Mal für sie, wenn es bergauf ging: „Na los, erzähl schon! Ich merk doch, wie du fast platzt vor Freude."

Sie holte noch einmal tief Luft: „Ins Hotel... die Suite...einfach... Monate... ich freue ... Ah, das ist so toll."

Ich verstand nur die Hälfte und schüttelte belustigt den Kopf: „Und jetzt nochmal langsam bitte."

Und dann erzählte sie mir, dass zwei junge Männer, etwa unser Alter, beschlossen hatten, für zwei Monate in der Suite Urlaub zu machen. Sie wollten einen Preis von vierhundert Euro pro Tag statt für zweihundert Euro bezahlen. Überrascht zog ich die

Augenbraue hoch. Niemand blätterte freiwillig einfach mal das Doppelte hin. Das wäre ja der reinste Wahnsinn. Und dann noch über 2 Monate.

Doch sie schien in Gedanken schon wieder woanders zu sein. Emma war manchmal sehr zappelig. Sie plapperte manchmal ununterbrochen, was einen verrückt werden ließ.

„Aber erzähl, wie geht es dir?", fing meine Freundin schließlich an. Überrascht glitt mein Blick zu ihr.

„Ich habe diese Nacht kaum ein Auge zu gemacht. Alle zwei Stunden wurde Ella wach. So unruhig war sie noch nie. Josh kommt heute ebenfalls. Er wird mit mir hoffentlich über unsere Eltern sprechen. Es fällt mir schwer, das zuzugeben, aber ich vermisse sie. Seine eigene Tochter so im Stich zu lassen, enttäuscht mich. Ich habe nie mit Luftsprüngen gerechnet, doch etwas Verständnis wünsche ich mir von ihnen schon. Wenn man so allein gelassen wird, entwickelt man erste Zweifel und Ängste. Ob Miete bezahlen oder neue Sachen für Ella – ich habe das Gefühl, dass ich ihr nichts bieten kann. Und das Schlimmste ist, dass Josh mir heimlich jeden Monat 300 Euro überweist. Er und Jess legen für uns zusammen und im Gegenzug kann ich mich gar nicht revanchieren."

Erst als die erste Träne auf meine Wange traf, bemerkte ich, dass sich meine Augen mit Wasser gefüllt hatten.

„Ständig breche ich grundlos in Tränen aus. Das ist doch nicht mehr normal."

Tröstend legte sie mir einen Arm um die Schulter. Sie lächelte zu Ella hinüber, die sich vergnügt mit sich selbst beschäftigte: „Sag das noch einmal, dass du ihr nichts zu bieten hast, und wir sind keine Freunde mehr. Schau dich doch um. Sie hat dich und deine

Liebe zu ihr. Das ist es, was zählt und nicht das Geld, Lily!"

Ich zog eine Augenbraue hoch, jedoch war sie noch nicht fertig: „Ernsthaft! Ich hätte es nie so weit gebracht wie du. Außerdem ist in nächster Zeit volles Haus. Du kannst immer auf mich zählen und gemeinsam schaffen wir das. Leider muss ich jetzt wieder los, der Check-in in die Suite kam nämlich sehr plötzlich. Ich hab dich lieb, Lily."

Innig nahmen wir uns in die Arme: „Danke, ich dich auch."

Sie war schon zur Tür raus, als sie sich mir noch einmal zu wandte: „Wie feierst du denn dein Geburtstag in 4 Tagen?"

„Keine Ahnung. Zu Hause? Schließlich ist Ella noch da."

Sie nickte traurig, obwohl sie es mit einem Lächeln verschwinden ließ, sah ich es ihr an. Ein Blick in ihr Gesicht reichte und mir war klar, dass sie mit den Gedanken schon wieder im Hotel war.

„Wir reden später! Tschüss."

Kopf schüttelnd lief ich zurück zu Ella. Es waren gerade mal zehn Minuten vergangen, also beschloss ich, mit ihr eine Runde zu gehen. Ich nahm sie wieder aus dem Gestell heraus und zog ihr leichte Sachen zum Spazierengehen an. Sie passte gerade noch so in die weiße Jacke von Josh, die ich so liebte.

Auf einmal klingelte mein Handy und ich dachte schon, es wäre Emma, die etwas vergessen hatte. Schnell eilte ich vom Kinderwagen in die Wohnstube und griff danach. Eine unbekannte Nummer?

„Hallo, Lilyana Vogtmann hier. Was kann ich für Sie tun?"

Ein Rauschen am anderen Ende der Leitung war zu hören, ehe eine Antwort folgte: „Guten Morgen, Miss. Hier ist Edmund. Ich stehe hier vor ihrem Laden und lese, dass sie geschlossen haben, für den Notfall aber verfügbar sind. Ich bräuchte eine Cremetorte für zwei, da es bei uns einen wichtigen Anlass zum Feiern gibt."

Ich runzelte die Stirn. Eine ganze Torte für zwei Personen?

Mein Blick glitt zu Ella. Sie wirkte unzufrieden und so versuchte ich, mich zu beeilen: „Es könnte klappen. Bis wann bräuchten sie die denn? Ich brauche immer erst den Zeitraum, um fest zusagen zu können."

Edmund räusperte sich: „Wenn es funktionieren würde bis morgen um drei."

Nicht mal ein Tag. Das ist kurzfristig. Josh und ich hatten viel zu bereden. Man lädt doch niemanden ein und backt dann als Dank Torten für fremde Leute. Schnell überlegte ich mir einen Plan: „Nur für zwei Personen? Welche Wünsche haben Sie? Frucht, Nuss oder Schokolade? Und warum…"

Mitten im Satz unterbrach ich mich selbst. Meine Stimme klang zum Ende hin immer genervter. So sprach man nicht mit seinen Kunden. Ich war einfach zu gereizt und hatte keinen Nerv dafür. Eigentlich half ich gerne anderen Menschen und hatte ein offenes Ohr für jeden, doch heute war nicht mein Tag. Frustriert starrte ich auf den Notizblock vor mir.

„Und warum was?"

Seine Stimme klang belustigt durch das Telefon, was mich umso mehr ärgerte.

Ich ging nicht auf seine Frage ein, sondern stellte ihm die Fakten klar und deutlich hin: „Eine Cremetorte braucht seine Zeit und Sie sind spät. Trotzdem möchte ich Ihnen helfen, also mache ich eine Himbeercremetorte mit lockerem Boden. Dazu brauche ich jetzt nur noch ihre Adresse, da ich nicht im Laden bin, sowie ihren vollen Namen. Haben Sie und Ihr Freund irgendwelche Allergien?"

„Nein, keine Allergien. Bitte geben Sie die Torte doch an der Rezeption im Starhotel ab. Ich lasse der Hotelleitung ihr Geld zustellen. Danke und seien sie pünktlich, damit das Ganze dem Preis auch wert ist!"

Er legte einfach auf und dabei triefte seine Stimme vor Überheblichkeit.

Eine Unverschämtheit!

Ich schaute zu Ella, die mich mit großen Augen anstarrte. „Na komm. Wir gehen jetzt erst einmal spazieren."

Es war ein herrlicher Junitag. Der Wind wehte angenehm und die Sonne strahlte schon in den Morgenstunden mit ihrer vollen Kraft. Ella gluckste hin und wieder vergnügt und wir entspannten uns allmählich. Die Vögel zwitscherten und von weitem hörte man das Meer sachte rauschen.

Ich schob den Kinderwagen in Richtung Hotel und begegnete Hanna auf dem Weg dorthin. Sie arbeitete bei Emma und war eine etwas ältere Dame. Sie strahlte, als sie uns entdeckte und während wir noch das Gelände des Starhotels betraten, eilte sie schon auf uns zu.

„Hallo ihr beiden. Am besten du gehst schleunigst zu Emma. Sie ist total durch den Wind. Ich kümmere mich in der Zeit um Ella", begrüßte sie uns hastig.

Irritiert schaute ich auf. „Warum ist sie verwirrt? Ist etwas passiert?" Besorgt betrat ich das Gebäude und eilte zu ihrem Büro.

Auf dem Weg dorthin stieß ich jedoch mit einer Person zusammen: „Oh, das tut mir leid!"

Ich blickte auf und erkannte, dass es Emmas Dad war. Er lächelte mich liebevoll an: „Es tut gut, dich mal wiederzusehen Lily. Wie geht es euch?"

Ich strahlte ihn an: „Bei Ella ist alles in bester Ordnung. Sie ist halt eine kleine Kämpferin."

Er schüttelte leicht den Kopf: „Und wie geht es dir?"

Ich wich seiner Frage aus und er seufzte traurig. Zu meinem Erstaunen nahm er mich einfach nur in den Arm: „Lily, du weißt, dass du immer auf uns zählen kannst."

Ich nickte den Tränen nahe und flüsterte: „Ja. Ich weiß. Danke."

Er war diskret genug, um es dabei beruhen zu lassen, und wir verabschiedeten uns voneinander. Ich blickte mich kurz um.

Der Eingang war liebevoll gestaltet und in grün gehalten. Ledersessel boten die Gelegenheit, sich hinzusetzen und die Rezeption wirkte freundlich und einladend. Es war echt ein schönes Hotel. Schade, dass dies nicht alle erkannten.

Ich klopfte an und war schon mit dem Fuß im Zimmer, als ich Emma zusammen mit einem fremden Typen rumknutschen sah.

„Heilige Scheiße", entwich es mir und sie starrte erschrocken zu mir an.

Verflucht Hanna! Kein Wunder das sie durch den Wind war bei so einem Prachtexemplar. Schnell drehte ich um und verließ das Büro.

Die Tür fiel hinter mir ins Schloss und ließ ich mich in einen der Ledersessel fallen und atmete hörbar aus.

Ich fasste es nicht!

Emma kannte diesen Mann bestimmt noch nicht mal einen Tag und sie landete schon im Bett mit ihm. Er war sexy keine Frage. Sein Rücken war stark definiert und seine Haare waren schwarz wie die Nacht.

„Halt Stopp. Zu viele Details Lily!", murmelte ich vor mich hin und blickte auf.

Die goldene Uhr an der Wand gegenüber stach mir ins Auge. „Apropos Uhr! Ich habe die Zeit total vergessen", fluchte ich. Es war schon neun Uhr dreißig. Eine halbe Stunde noch! Hastig stand ich auf und hinterließ an der Rezeption eine Nachricht für Emma und verließ das Gebäude so schnell, wie ich es betreten hatte. Der Tag war viel zu verkorkst und hektisch. „Das konnte nur schief gehen!", murmelte ich mir selbst zu.

„Sorry Lily, mein Flieger hebt jetzt erst ab. Du musst mindestens mit zwei Stunden Verspätung rechnen."

Traurig starrte ich auf den Hörer, den ich auf Lautsprecher gestellt hatte: „Ok!"

„Da trifft man sich einmal und dann so was. Entschuldige bitte!"

Ich nickte für mich: „Hauptsache du kommst heil an und da habe ich jetzt wenigstens Zeit, die Torte zu backen."

Unser Gespräch endete. Ella war auf dem Rückweg eingeschlafen und schlummerte friedlich vor sich hin. Ich hatte quasi sturmfrei. Ich lief ins Schlafzimmer und zog mir kurze Shorts und ein T-Shirt an.

Unten angekommen, band ich mir meine Schürze um. Ein Spruch zierte diese:

„Ich bin gerade in die Küche gekommen - ohne Worte! Habe das Licht ausgemacht, jetzt geht's."

Eine unordentliche Arbeitsfläche sah man bei mir selten, doch manchmal wenn mich alles nervte, brachte der Spruch einen wenigstens zum Lachen.

Ich trat an die kleine Kochinsel und holte die

nötigen Zutaten aus den Regalen. Es landete Sahne, Himbeeren, Sahnesteif, Vanillezucker und vieles mehr auf der Platte und ich legte los. Es war großartig, in der Küche zu stehen und etwas zu kreieren, was deinen Stempel trug. Es entspannte mich und ich ließ das Radio leise im Hintergrund vor sich her dudeln.

Zu meiner Überraschung schlief Ella durch und ich war schon eine Stunde später mit der Cremetorte fertig. Es duftete nach frischen Himbeeren und süßer Creme. Himmlisch. Ich stellte die fertige Torte in meinen Kühlschrank und beseitigte ich das kleine, aber doch sichtbare Chaos. Dabei konnte ich nicht widerstehen die Schüssel auszukratzen. Die Himbeercreme zerfloss förmlich auf der Zunge. Es schmeckte süß und sauer zu gleich. Ich hatte etwas zu viel gemacht, daher verwendete ich den Rest für mich und Josh zum Kaffee.

Ich zog die Schürze aus und wechselte zufrieden mein T-Shirt, da es einige Spritzer abbekommen hatte. Das war bei mir nicht unüblich. Es gab keinen Backtag, wo ich nicht mindestens einmal gekleckert hatte.

Ella wachte gerade auf, als ich mit allem fertig war. Sie war ein Baby, das ständig Hunger hatte. Darüber war ich jedoch froh, da sie damals viel zu dünn auf die Welt kam. Umso mehr freute ich mich, dass sie so fleißig aß. Ich nahm Ella aus der Babyschale, fütterte sie und bespaßte sie, bis die Zeit um war und Josh kam.

Es klingelte an der Tür. Voller Vorfreude lief ich zum Hauseingang und bevor meine Augen ihn erblickt hatten, sprang ich auf Josh zu und fiel in seine Arme. Tränen der Freude rannen mir übers Gesicht. Ich hatte ihn so vermisst, dass es fast schon schmerzte.

Ich blickte auf und wir sahen uns stumm und dankbar in die Augen. Mühsam unterdrückte er seine eigenen Tränen. Das Gefühl von Einsamkeit und Verzweiflung in mir wich.

„Endlich", flüsterte ich tränenerstickt.

Dieser Moment wurde so mächtig, dass aus stummen Tränen laute, heftige Schluchzer wurden. Josh hielt mich fest.

„Ich bin da, Lil. Alles wird gut", liebevoll gab er mir einen Kuss auf die Stirn.

Ich nickte, wischte mir rasch über die Augen. „Willkommen in meinem kleinen Reich."

Er löste seinen Blick langsam von mir und sah sich um. Seine Augen strahlten. Josh war genau wie ich. Ihm waren diese Magie, dieser Friede und die Freiheit sofort bewusst.

„Komm, ich zeig dir erst einmal dein Zimmer. Mach bitte etwas leise, Ella schläft gerade", ich führte meinen Bruder ins Haus und ihm entwich ein kleines „Wow". Ich lächelte und zeigte ihm die Räume unterm Dach. Sobald wir weit genug weg von ihr waren, begann er zu reden: „Das hier ist wundervoll und Ella ist noch niedlicher geworden. Dir ist doch sicher bewusst, dass sie das nur von ihm hat."

Er hatte es spaßig gemeint und trotzdem verkrampfte sich etwas in meiner Brust. Josh riss die Augen vor Schreck weit auf: „Das... das war nicht meine Absicht. Das wollte ich nicht, echt nicht. Ich fühl mich so bescheuert!" Abwinkend führte ich ihn weiter und zwang mir ein Lächeln auf die Lippen.

Zum Schluss zeigte ich ihm sein provisorisches Gästezimmer.

„Wow, Lil! Das hast du wunderschön eingerichtet. Danke", er lächelte mich etwas hilflos an und ich sprang ihn in die Arme, so dass er vor Schreck fast sein Gleichgewicht verlor.

„Ich bin echt froh, dass du da bist", kam es mir flüsternd über die Lippen.

„Ich hab dich lieb, Lil!"

„Ich dich auch!"

Er ließ mich herunter und hielt mein Gesicht mit seinen zwei Händen fest, bevor ich mich hätte wegdrehen können: „Du siehst müde aus. Erschöpft und traurig. Es schmerzt, dich so sehen zu müssen. Ich mache mir Sorgen. Wie geht es dir? Willst du darüber reden?"

Wie von selbst schüttelte sich mein Kopf: „Diese Woche noch, aber nicht heute." Mit flehenden Augen sah ich ihn an und er nickte zögerlich: „Lass uns zu Ella gehen."

Kapitel 2

Edmund

Der Wind wehte leicht und von der Terrasse des Hotels hörte man sacht das Meer rauschen. Die Sonne schien warm und ich fragte mich allmählich, wo Max steckte. Wir waren kaum da und er war schon verschwunden. Das ärgerte mich. Zu mal Max und ich uns gestritten hatten. Das Thema Veränderungen war bei uns zur Zeit sehr prägnant und das zerrte an meinen Nerven.

Das letzte Gespräch nagte an mir, so dass ich zur Wiedergutmachung extra eine Cremetorte für ihn bestellt hatte. Aber das war nicht alles, was mich beschäftigte.

Mein Vater übte zusätzlichen Druck aus, wollte, dass ich heirate, und endlich der Öffentlichkeit mein Gesicht zeigte. Das Ganze ließ mich verzweifeln und veränderte mich mit der Zeit. Max war dabei der einzige Mensch, der zu mir hielt.

Zu allem Überfluss war ich nach unserem Streit so sauer gewesen, dass ich die nette Bäckerin angefaucht hatte und auflegte. Wenn morgen keine Cremetorte kam, würde ich es ihr nicht verübeln. Die alte Frau dachte bestimmt nur das Schlimmste von mir.

Urlaub nannte mein Vater den Aufenthalt hier. Für mich war es pure Bestechung von ihm, stumme Erpressung. Er erhoffte sich davon eine entspanntere Situation im Königreich. Doch der König hatte damit nur das komplette Gegenteil bewirkt.

Wenigstens waren wir am Meer. In der Natur. Weit fort von zu Hause. Hier war es so friedlich, dass man fast nicht anders konnte, als zu entspannen. Die Hotelatmosphäre wirkte freundlich und wohlgesonnen.

Ein perfekter Ort für einen längeren Urlaub.

Zu meiner Überraschung war die Hoteldirektorin in unserem Alter. Sie hatte das Hotel ihrer verstorbenen Tante übernommen und man sah ihr den Stolz, mit dem sie dieses führte, an. Es musste hart sein, aber es ging mich ja nichts an. Es sei denn, mein Freund Max und sie würden zusammenkommen. Schon bei der ersten Begegnung mit ihr hat es zwischen ihnen geknistert. Das hatte selbst ich gespürt. Bei der Erinnerung schlich sich ein Lächeln auf meine Lippen. Ich wünschte ihm von ganzen Herzen, dass er glücklich wurde. Egal ob mit ihr oder einer anderen.

Aber nicht gleich am ersten Tag!

Seufzend verließ ich die Terrasse. Es war inzwischen drei Uhr nachmittags, ich klingelte beim Zimmerservice durch und bestellte einen großen Cappuccino und ein paar Nougatkekse dazu.

Die Wartezeit vertrieb ich mir mit dem Auspacken der restlichen Sachen. Danach machte ich es mir auf dem Sofa gemütlich und starrte an die Decke. Wenn man jahrelang immer nur das tat, was von einem verlangt wurde, war es schwierig, seinen eigenen Weg zu gehen. Es klang in meinen Ohren erbärmlich, aber war ich es denn nicht?

Nur wenige Minuten später klingelte es an der Tür. Der Zimmerservice begrüßte mich höflich und verschwand dann diskret. Hinter ihm stand zu meiner Überraschung Max, welcher betreten zu mir sah. Er hasste es genauso wie ich, wenn wir uns stritten.

„Es tut mir leid", sprach er fast synchron mit mir und wir klopften uns kräftig auf die Schulter.

„Möchtest du auch was zum Kaffee?"

Er schüttelte nur den Kopf. Ich sah Max an, dass ihm etwas auf der Seele lag, weshalb ich ihm nachhalf: „Na komm, erzähl es mir schon. Was ist zwischen dir und dieser Emma gelaufen?"

Auf die Frage hin riss er überrascht die Augen auf, doch ich lächelte nur wissend: „Ich bin nicht blind. Bei euch hat es voll gefunkt."

Mühsam unterdrückte ich mir mein dämliches Grinsen.

Er schüttelte den Kopf: „Wir kennen uns kaum und es geht alles zu schnell. Ich habe sie zufällig im Gang getroffen und wir haben uns unterhalten…"

Max stockte mitten im Satz.

„…bis ihr über einander hergefallen seid", vollendete ich.

„Ja." Frustriert stöhnte er auf: „Was mache ich nun?" Er sah mich fragend an.

„Finde es heraus Max. Hör auf dein Herz. Zwei Monate hast du, um dieses Gefühl zwischen euch zu ordnen."

„Edmund", sein Blick, plötzlich völlig ernst, traf auf meinen und ich schluckte, „Als wir kurz davor waren, öffnete sich die Tür und eine junge Frau kam herein. So wie es aussah, kannten sie sich. Nur schemenhaft erhaschte ich einen Blick auf sie, doch …."

Schon wieder brach er mitten im Satz ab.

„Und sie?"

Er winkte ab, aber ich wusste genau, dass er mir einen entscheidenden Aspekt verschwieg: „Ach, nichts."

Max log, jedoch hakte ich nicht weiter nach. Er würde zu mir kommen, wenn ihm etwas auf dem Herzen lag. Ich war kein Mensch, der andere zum Reden drängte.

Ich nahm einen Schluck meines Cappuccinos und biss von dem Keks ab.

„Wir machen uns doch morgen trotzdem einen schönen Tag gemeinsam?", ich sah ihn bittend an und er nickte.

„Was unternehmen wir heute? Gehen wir an den

Strand? Ich würde gerne in die Wellen abtauchen", erwiderte Max.

„Klar! Lass uns gleich losgehen." Ich leerte meine Tasse und sprintete schon ins Schlafzimmer und kramte nach einer schwarzen Badehose. Zusätzlich nahm ich die dunklen Flipflops in die Hand sowie das mitternachtsblaue Badetuch. Schnell zog ich mich dann um und gefühlte 5 min später stand fertig in meinem Zimmer. Während ich nach der Tasche griff, überlegte ich, wann ich das letzte Mal im offenen Meer war. Die ständigen Verpflichtungen verwehrten mir die Zeit dazu und das eingeschränkte Schwimmen unter den wachsamen Augen der Wächter konnte man nicht dazuzählen. Wie sehr ich es hasste, nicht einen Schritt gehen zu können, ohne verfolgt zu werden.

Ich ärgerte mich über mich selbst. Nun war ich schon einmal nicht im Palast und trotzdem dachte ich daran. Ich schüttelte den Kopf, um die Gedanken zu vertreiben, und trat dann in den Wohnbereich der Suite. Max blickte erschrocken auf. Er hielt die Broschüre der Bäckerei in seinen Händen.

„Das war nicht meine Absicht!"

Ich grinste und zuckte mit den Schultern: „Ich habe eine Cremetorte bestellt, weil ich mich bei dir entschuldigen wollte. Ich habe sie heute erst in Auftrag gegeben. Wenn sie Nachsicht mit mir hat, kommt diese Morgen. Durch den Streit vorher war mein Tonfall nicht angemessen"

Ich lächelte matt. „Hey, Ed. Danke."

Er hielt mir seine Faust entgegen und ich schlug dagegen.

Der Strand war trotz Hochsaison erstaunlicherweise fast leer. Nur vereinzelt sah man Familien mit Kindern und so fanden Max und ich schnell ein ruhiges

Plätzchen. Wir legten unsere Sachen ab. Ich nahm dabei meine Sonnenbrille von der Nase und blinzelte heftig gegen das Sonnenlicht. Es war heiß und die Sonne strahlte mit all ihrer Kraft. Ich sah ein Paar mit zwei Kindern, die zusammen eine Sandburg bauten. Ein Stück weiter spielten vier Jugendliche Volleyball, andere wiederum sonnten sich, einige lasen. Die Menschen am Strand strahlten glücklich. Wann war ich das letzte Mal so unbeschwert und frei wie sie gewesen? Das Möwenkreischen holte mich zurück ins hier und jetzt.

„Wer als letztes im Wasser ist, hat verloren", rief Max und sprintete los.

Aber nicht mit mir. Ich nahm all meine Kraft zusammen und hechtete hinterher. Nur paar Sekunden später holte ich ihn ein und erreichte fast zeitgleich mit ihm die ersten Wellen.

Ich tauchte tief ein. Die Unterwasserwelt hatte schon immer etwas mystisches an sich und diese Stille strahlte auf eine eigene Weise. Doch kein Mensch konnte für die Ewigkeit untertauchen und so schwamm ich wieder an die Wasseroberfläche zurück. Ich drehte mich suchend nach Max um und beobachte kurz, wie er sich von den Wellen treiben ließ. Er starrte in den wolkenlosen Himmel und lächelte vor sich hin.

Der erste Wasserschwall von mir traf ihn härter als beabsichtigt in seinem Gesicht. Er schreckte hoch, funkelte mich kampflustig an und nur wenige Sekunden später tauchten wir uns gegenseitig unter. Max und ich mussten dabei so stark lachen, dass wir das Wasser verschluckten. Es war so unbeschwert mit ihm. Max wusste immer, wie er mich am besten ablenken konnte. Egal ob von den Pflichten im Königreich oder den Gedanken in meinem nie ruhenden Kopf. Ich lächelte ihn dankend an.

„Lass uns raus aufs Meer schwimmen", er deutete hinter mich. Er schwamm vor und ich folgte ihm. Tief atmete ich ein und speicherte diese Erinnerung ab, denn es würde das letzte Mal sein. Dieses Wissen ließ mich angespannt zurück, doch mit jedem Schwimmzug verschwand sie immer mehr und ich genoss es, mich endlich mal wieder so richtig auszupowern.

Zurück im Hotel räusperte sich Max: „Ed, ich weiß, dass wir zu zweit einen Männerurlaub machen. Ich bin heute Abend aber von Emma eingeladen worden. Komm doch mit. Sie hat nichts dagegen und freut sich, dich näher kennen zu lernen. Es gibt Live-Musik und eine Eistorte in einer Pizzeria neben an."

Verlegen kratzte er sich am Hinterkopf und wich meinem Blick aus. Ich lächelte ihn beruhigend an.

„Hey Max. Du weißt, ich steh ohne Ausnahme hinter dir. Das war vor 20 Jahren so und ist heute immer noch der Fall. Ich will, dass du glücklich wirst und wenn das Emma ist, die das schafft, dann schnapp sie dir, bevor es ein anderer tut. Ich werde dich nicht aufhalten, das weißt du. Aber lass es langsam angehen. Es ist euer erster Tag!"

Dankbar lächelte er mich an.

Wir verstanden uns blind und ich vertraute ihm mein Leben an, natürlich freute ich mich dann für ihn.

„Ich wünsche mir, dass du eines Tages das findest, was du suchst!"

Die Worte sprach ich zwar zu ihm, jedoch fühlte es sich an, als hätte ich meinen größten Wunsch laut ausgesprochen.

„Lasst euch von mir nicht stören. Doch morgen gehört der Tag uns." Ich lächelte und verließ das Zimmer.

Wow. Dieser Ort schaffte es, meine Gefühle komplett durcheinanderzubringen. Am Rande des Balkons angekommen, sah ich in den anliegenden Wald. Meine Gedanken schweiften ab und ungewollt dachte ich an das eine Mädchen zurück. Die Erinnerungen an sie waren fast nicht mehr vorhanden, da ich an diesem Abend zu tief ins Glas geschaut hatte. Doch das, was mir im Gedächtnis geblieben war, ging mir heute noch unter die Haut. Sie war sexy, verführerisch, hatte aber auch etwas liebevolles und zerbrechliches an sich. Sie hatte braunes hüftlanges Haar und schokoladenbraune Augen. Doch ihr Gesicht entglitt mir immer mehr.

Ein frustriertes Seufzen entwich mir. Was wenn sie die eine war? Die eine fürs Leben. Die eine, die ich nichtsahnend liegengelassen habe. Nach dieser Nacht war ich einfach gegangen, ohne eine Nachricht zu hinterlassen. Es sollte mich nicht interessieren, doch ich wusste, dass ich sie damit furchtbar verletzt hatte. Was war nur aus ihr geworden?

Kopfschüttelnd riss ich mich aus meinen traurigen, verzweifelten Gedanken und sagte mir noch einmal: „Edmund, reiß dich zusammen."

Vollkommen in einer anderen Welt versunken, bemerkte ich Max erst hinter mir, als es zu spät war.

Ich zuckte zusammen und drehte mich ruckartig um.

„Sorry! Es ist halb sechs. Ich habe noch Zeit. Wenn du möchtest, können wir eine kurze Runde drehen!"

Ich überlegte: „Klar, lass uns gleich los."

Er stimmte zu: „Zeigst du mir die Bäckerei, bei der du für mich bestellt hast?"

Ich schaute überrascht auf: „Du weißt schon, dass sie zu hat?"

Er nickte wissend. „Weiß ich doch, aber dann

können wir das mit einer Runde durch die Stadt verbinden."

Max sah mich abwartend an. „Einverstanden. Na dann mal los."

Wenige Minuten später waren wir abmarschbereit. Es dauerte nicht lange und wir kamen in eine kleine romantische Gasse. Die Hauswände waren in einem warmen gelben Ton gehalten und Kletterrosen schlängelten sich an den Wänden empor. Es war gemütlich. An das Ende dieses Ganges grenzte eine weitere Straße, worauf sich das Rathaus, ein Supermarkt, ein Fleischer, eine Bank und viele kleine Läden befanden. Vor dem Rathaus befand sich ein großer Platz und nicht weit von ihm standen das Hotel und das Café.

Wir spazierten weiter und erreichten kurze Zeit später genau dieses. Durch die offenen Fenster erblickte man die Innenräume. In einer Ecke erkannte ich eine kleine Ladentheke, dahinter die Regale, Vitrinen und alles weitere, um ein Café zu führen. Durch einen Türrahmen landete man in einen angrenzenden Raum zum Sitzen. Der wiederum schien in eine Art Bibliothek überzuleiten. Es war stilvoll eingerichtet. Überall strahlte es warm, einladend und sommerhaft. Die alte Frau hatte auf jeden Fall Geschmack.

„Sehr edel und elegant und doch gemütlich", flüsterte Max erstaunt, „Ich frage mich, wie alt sie ist."

Es räusperte sich jemand und wir drehten uns ertappt um: „Das Café ist leider zu, aber morgen Abend findet hier ein Live-Konzert statt. Kommen Sie dann wieder."

Der Mann lächelte freundlich und wendete sich schon zum Gehen, jedoch hatte ich eine Frage: „Warum ist das Café denn geschlossen?"

Er drehte sich wieder um und schüttelte leicht den

34

Kopf: „Als Arzt habe ich eine Schweigepflicht. Tut mir leid. Ich empfehle es Ihnen aber wärmstens."

„Die Ursache verraten Sie nicht", es war zwar eher eine Feststellung, doch er schien es als Frage an zu sehen.

Wieder wiegte er lächelnd mit dem Kopf: „Das sollten Sie sie persönlich fragen. Es hat einen familiären Grund, mehr sag ich Ihnen nicht dazu. Einen schönen Tag."

Damit ließ der Arzt uns stehen.

„Na dann schauen wir morgen auf jeden Fall vorbei", sagte Max in dem Moment, als die Uhr halb sieben schlug.

„Am besten wir laufen zurück ins Hotel. Nicht dass du das Date mit Emma verpasst", erwiderte ich schmunzelnd.

Er boxte mir spielerisch in den Arm. „Was denn?", neckte ich ihn. Max unterdrückte sich mühevoll ein Grinsen, doch er schaffte es nicht ganz und brach in ein heftiges Lachen aus. Irritiert runzelte ich die Stirn. Er schüttelte leicht den Kopf: „Alles gut."

„Wenn du meinst. Was ziehst du denn an?", fragte ich ihn stattdessen. „Hemd und Jeans, sonst wirkt es zu formell", er lächelte verträumt. Max schien mit seinem Gedanken schon ganz woanders zu sein. Es war schön, ihn glücklich zu sehen.

Ich machte es mir auf der Couch gemütlich und zappte durch die Sender. Es lief nichts Gescheites, weshalb ich ihn wieder ausschaltete. Stattdessen griff ich nach meinem Handy und scrollte durch den Nachrichtenverlauf. Ein paar waren von meinen Eltern. Zwei von Oma und eine von meiner kleinen Schwester Elena. Ich klickte sie an:

„Ich vermisse dich schrecklich. Hier ist teilweise die Hölle los, aber deshalb schreibe ich dir nicht. Du musst dir unbedingt die Nachrichten anschauen oder lesen. Es wurde heute der Tag deiner Krönung bekanntgegeben! Unsere Eltern haben schon alles geplant und dich nur deswegen weggeschickt. Wehe du verrätst mich, denn eigentlich hätte ich dieses Gespräch nicht mithören sollen. Nur noch zwei Monate. Wenn du zurückkommst, wirst du dem Königreich vorgestellt. Als Kronprinz Edmund. Du bist jetzt sicher nicht erfreut, doch ich bin trotzdem Stolz auf dich. Du wirst ein besserer Regent, als Dad es je könnte.
Deine dich liebende Schwester,
Elena"

Fassungslos starrte ich auf diese Nachricht. Dass es nicht mehr lange geheim blieb schön und gut, aber mir so in den Rücken zufallen, ging gar nicht. Sie schmissen mich sofort ins kalte Wasser, das hätte ich von Dad nie erwartet.

Ich war stocksauer. Nicht auf Elena, sondern auf meinen Vater, König Alexander, und meine Mutter, Königin Lydia. Sie ließen mir keinen Freiraum für Entscheidungen.

Ich wählte die Nummer des Büros meines Vaters. Nach dem zweiten Klingeln ging seine Sekretärin ran. „Stellen Sie mich sofort zu ihm durch", erwiderte ich wütend. Es dauerte ein bisschen, bis sich der König meldete: „Ja?"

„Vater!", meine Stimme bebte vor unterdrückter Wut, „Wann wolltest du es mir sagen? Dachtest du, ich bekomme es nicht mit? Ich bin sowas von enttäuscht von dir."

Stille. Nichts. Ich spürte, wie er sich seine Ausrede zurecht suchte. Doch es folgte keine: „Es tut mir leid. Ehrlich, mein Sohn. Du musst aber langsam dein Amt einnehmen. Ich habe diese Entscheidung als König und nicht als Vater getroffen. Bitte verzeih mir, wir können nicht länger warten. Du bist zwanzig, es wird Zeit. Außerdem könnten wir uns somit besser um deine Schwester kümmern und du nimmst ihr viel Last ab."

Mein Vater schwieg wieder. Er hatte mir keine faule Ausrede geliefert, wie sonst immer. Das erstaunte mich. Gleichzeitig hatte er Elena als Druckmittel eingesetzt. Er wusste genau, dass ich alles für meine kleine Schwester tun würde. Er räusperte sich: „Genieß den Urlaub und deine Freiheit, denn statt dich dorthin zu schicken, hätte ich andere Dinge mit dir machen müssen."

Ja, das konnte ich mir vorstellen: „Danke, wir hören bestimmt noch einmal voneinander." Damit legte ich auf und atmete aus.

Verzweiflung, Wut, Verständnis, Loyalität und eine schwere Entscheidung mischten sich in mir zu einem riesigen Chaos. Ich hörte, wie Max das Zimmer betrat: „Was ist los, Ed?"

„Zwei Monate noch. Dann bin ich offiziell Kronprinz des Königreichs Floria." Er schluckte. „Was mache ich denn jetzt nur? Ich und ein Land regieren. Alle bauen darauf, aber was, wenn ich versage?"

„Hier Edmund", er legte seine Hand auf mein Herz, „du hast in deinem Herzen dieses Glitzern. Deine Güte, Ehrlichkeit und Liebe. Unterschätze diese Macht niemals."

Er drückte mich kurz an sich und verließ dann das Zimmer. Erst als er die Tür schloss, rannen mir die Tränen der Dankbarkeit seiner berührenden, tief gehenden Worte über mein Gesicht. Ich wüsste nicht, was ich ohne ihn machen würde.

Kapitel 3

Lilyana

Josh und ich hatten uns viel zu erzählen und so wurde es nie langweilig. Meinen Terminplan für diese Woche hatte ich ihm jedoch noch nicht dargelegt und so wusste er bis dahin nicht, was alles auf dem Plan stand. Wir hatten Ella vor 30 Minuten bettfertig gemacht und gerade erst schlafen gelegt. Gemeinsam hatten wir beschlossen, uns draußen hinzusetzten. Mit einer selbstgemachten Käseplatte und roten Weintrauben genossen wir die Zeit zu zweit. So langsam ging die Sonne hinter dem Meer hinunter. Es war gemütlich und seit Wochen fühlte ich mich zum ersten Mal nicht mehr einsam, sondern geborgen und geliebt, und das war himmlisch.

„Josh", fing ich an und wartet ab, bis er zu mir sah, „Morgen gebe ich ein kleines Live-Konzert in meinem Café. Es gibt verschiedene Eistorten sowie Kuchen dazu. Übermorgen Abend habe ich dann einen Auftritt im Hotel. Die sind sehr wichtig."

Er nickte nachdenklich und ich sah ihm seine Sorge um mich an.

„Ich werde auf jeden Fall kommen, schließlich habe ich deine Stimme schon so lange nicht mehr hören dürfen."

Ich lächelte ihn dankbar an, doch eine letzte Frage blieb. Was war mit unseren Eltern? Es schmerzte sehr, nicht zu wissen, wie es ihnen gerade ging, was sie machten und ob sie über mich nachdachten. Ich kannte die Antwort und obwohl ich es besser wusste, wollte ich diese nicht wahrhaben. Es zerriss mich innerlich in tausend Stücke sie nicht sehen zu können und das Wissen, sie enttäuscht zu haben, schnürte mir die Kehle zu. Tränen brannten in meinen Augen und ich drängte sie mit aller Kraft zurück, doch eine löste sich und kullerte lautlos die Wange hinab. Diese ganze Situation ließ mich schwach werden. Sonst war ich so voll innerlicher Stärke und niemand hätte die Lilyana von früher brechen können. Das Gefühl, kurz vor einem Nervenzusammenbruch zu stehen, laugte mich aus.

„Hey", Josh kam zu mir und legte seinen Arm um meine Hüfte, „Nicht weinen."

Er hauchte die Worte in mein Haar: „Lass uns reingehen und darüber sprechen, ja?"

Die Entscheidung lag bei mir – wollte ich reden oder nicht? Ich fürchtete mich vor diesem Gespräch, hatte Angst vor der Wahrheit. Ich nickte jedoch und wir schritten durch die gläserne Terrassentür in das kleine Strandhaus. Drinnen setzte Josh den Tee auf, während ich mich auf dem Sofa einkuschelte. Er hantierte in der Küche, als hätte er nie etwas anderes getan und auf einmal schlich sich der Wunsch in meinen Kopf, dass es schön wer, wenn es jemanden gebe, der dies aus reiner Liebe für mich tun würde. Es war absurd und doch brannte er sich so fest in mein Gehirn. Ich wünschte mir ein Stück weit mein früheres Leben zurück, aber dafür war es zu spät. Zum Glück war Josh für mich da. Ich driftete mit den Gedanken ab und vergaß fast meinen Bruder.

Er hatte zwei große und dampfenden Teetassen in der Hand. Es roch herrlich nach Früchten. „Hier", er reichte mir eine Tasse. Dankend lächelte ich ihn an und er setzte sich.

„Danke, dass du da bist. Das bedeutet mir eine Menge", flüsterte ich.

„Möchtest du erzählen, wie es dir geht?", er sah mich fragend an.

Ich schüttelte ablehnend den Kopf: „Ich kann das jetzt noch nicht."

Er nickte unzufrieden: „Bitte friss es nicht in dich hinein und versteck nicht dein wahres ICH vor mir."

„Ich weiß nicht, ob ich schon bereit dazu bin."

Meine Kehle fühlte sich trocken an. Nachdenklich glitten seine Augen zu mir: „Ich bin dein Bruder! Dir zu helfen und dich glücklich zu sehen, ist alles, was ich mir gerade wünsche." Betreten blickte ich zu Boden. Ich verdiente seine grenzlose Geschwisterliebe und Fürsorge nicht. Tränen sammelten sich hinter meinen geschlossenen Augenlidern. Wir lehnten eine Weile stumm aneinander. Es war keine unangenehme Stille, denn jeder schien seinen eigenen Gedanken hinterher zu hängen.

Plötzlich kam mir ein anderer entscheidender Gedanke in den Sinn: „Wir reden immer von mir, aber nie über dich. Ich weiß gar nicht, wie es um dein Privatleben steht. Also was ist mit dir Josh? Wie läuft es? Hast du eine Freundin gefunden?"

Meine Frage kam so abrupt, dass er zusammenzuckte. „Es muss und ja, ich habe jemanden kennengelernt. Sie heißt Melina. Sie ist bezaubernd und das erste Mal seit langem habe ich das Gefühl zu Hause zu sein", seine Augen strahlten, „Ist es denn okay für dich, wenn ich über unsere Familie rede?"

Mitten in der Bewegung erstarrte ich. Er hatte genau ins Schwarze getroffen. Es freute mich, ihn so glücklich zu sehen. Doch es versetzte mir einen Stich. Ich nickte trotzdem und zwang mir ein überzeugendes Lächeln auf die Lippen.

In meinen Kopf spielten sich aber nur diese Sätze ab: „Jetzt war er gebunden. Er würde mich nicht mehr brauchen. Josh war verliebt!"

Er schwärmte von ihr und in mir kroch das Gefühl von Sehnsucht nach einer ebensolchen Liebe hervor. Es umfasst meinen ganzen Körper und zog mich in die Einsamkeit zurück. Josh schien nichts davon mitzubekommen und ich war froh darüber. Wenn er sich Sorgen machte, würde er mich nicht mehr aus dem Auge lassen und das würde ihm mehr schaden als mir helfen. Wegen meiner Wenigkeit sollte er nicht auf irgendetwas verzichten müssen.

Er erzählte ununterbrochen von ihr und seine Worte sprudelten eins nach dem anderen aus ihm heraus. Mit jedem weiteren legte sich mehr Liebe hinein. Mit der Zeit verlor ich mich in seiner Geschichten und wie ein Hörbuch fesselte sie mich, bis ich schließlich einschlief.

Stöhnend drehte ich mich, da der Mond mir ins Gesicht strahlte. Es blendete und wie durch einen Tunnel nahm ich ein lautes Kreischen wahr. Es kam immer näher und erschien mir merkwürdig vertraut.

Ella!

Schon saß ich im Bett. Verblüfft sah ich mich um. Wir waren doch in der Wohnstube, oder? Wie war ich dann hier oben in meinem Zimmer gelandet? Da fiel es mir wie Schuppen von den Augen – Josh. Er hatte mich hochgetragen und das, obwohl ich viel zu schwer für ihn war. Ella kreischte ununterbrochen. Schnell stand ich auf und eilte zu ihr.

„Scht, sonst weckst du noch deinen Onkel auf!" Sie brüllte unbeirrt weiter. Ich nahm sie vorsichtig aus dem Kinderbett und achtete dabei auf ihren Hinterkopf, da sie ihn nicht selbst halten konnte. In dem Momente wirkte sie so zerbrechlich, wie eine Porzellanpuppe, und mich umgab kurzzeitig das Gefühl von Versagen. Schnell schüttelte ich den Kopf und fing an, sie zu stillen. Dabei summte ich ihr ein Lied vor und schaute liebevoll auf sie herab. Sie war bezaubernd.

„Du machst das hervorragend und bist eine wundervolle Mutter. Darin bestand für mich nie ein Zweifel", seine tiefe Stimme ließ mich aufschrecken. Josh stand im Türrahmen: „Sorry, ich wollte dich nicht wecken."

„Hast du ja nicht", er grinste, „Schließlich hat sie ja gebrüllt oder etwa nicht?"

Er lächelte so breit, wie ein Honigkuchenpferd. Noch immer etwas verschlafen, sah er zu Ella: „Sie hält dich auf Trab. Kein Wunder, das du Augenringe hast."

Erschrocken keuchte ich auf: „Ist das so offensichtlich." „Jap. Sorry Schwesterherz, doch es ist nun mal so, sie sind riesig." Mit einem leichten Lächeln auf den Lippen sah ich ihn an: „Na Dankeschön! So ist es halt, wenn man allein ist. Das einzig Gute ist, dass sie zur Zeit so viel schläft. Frag mich nicht, wie es wird, sobald sie älter ist."

Er schaute auf die Uhr. „Um 12 erst! Das hätte ich ja nicht gedacht. Ich dachte, Babys schlafen länger durch!"

Ich grinste ihn an: „Willkommen in meiner Welt."

Er schüttelt immer noch ungläubig den Kopf. „Ich lass dich jetzt mal allein. Versuch, noch etwas zu schlafen, ja?" Josh lächelte und war schon fast weg, als ich ihm hinterherrief: „Du hättest mich nicht extra hochtragen müssen!"

Er sagte nichts, doch ich wusste, dass er es jeder Zeit wiederholen würde. Ella war endlich fertig, ich trug sie vorsichtig ins Bett zurück und legte mich danach ebenfalls schlafen. Die Decke war noch warm und so kuschelte ich mich wieder hinein, während ich langsam einschlummerte.

Ella hatte die Nacht so unruhig wie noch nie geschlafen. Wahrscheinlich merkte sie, dass Josh da war, oder sie hatte einfach einen schlechten Tag hinter sich. Ich hatte jedenfalls kaum Schlaf gefunden und ein Blick auf den Wecker machte die Lage nicht besser. Es war erst kurz nach vier Uhr. Ella lag in meinen Armen und schlummerte leicht vor sich hin. Immer wenn ich versucht hatte, sie abzulegen, wachte sie wieder auf und fing an zu schreien. Angestrengt hockte ich also da. Die kleine Maus war echt raffiniert. Selbst mein Versuch, mich etwas umzusetzen, scheiterte kläglich.

Erschöpft gab ich auf und stieg aus dem Bett. Leise öffnete ich die Tür und schlich den Flur hinab in die Wohnstube. Ich legte Ella auf das Sofa vor mir in eine Decke gehüllt hin und setzte mich dann zu ihr.

Ich suchte mir einen Film heraus und entschied mich für eine Romanze. So leise, wie es machbar war, stellte ich ihn ein, da ich weder Ella noch Josh wecken wollte. Solche Geschichten, wie ich sie gerne sah, zeigten mir, dass alles möglich war. Ich fand die Vorstellung so schön, dass zwei Menschen, die sich liebten, keine Grenzen gesetzt waren. Es war unwahrscheinlich, doch träumen durfte man ja. Ich war gerade bei der Hälfte des Filmes angekommen, als mein Bruder den Raum betrat.

Überrascht blickte er zu mir: „Immer noch die gleichen Dramen?" Ich lächelte: „Ja."

Er nickte wissend und setzte sich auf die rechte Seite.

Wie oft hatte ich mir diese Lovestorys schon reingezogen, während Josh neben mir saß und immer eine Krise davon bekam. Bei der Erinnerung an das letzte Mal lachte ich auf. Er hatte den Film so oft gesehen, dass er sich einen Anzug angezogen hatte und die Rolle eins zu eins nachgespielt hatte. Es war zum Totlachen. Am Ende ist er über sein selbstgemachtes Bühnenbild gefallen und lachend auf mir gelandet. Wir hatten Stunden danach noch in meinem Zimmer gelegen und uns darüber schlapp gelacht. Man konnte mit Josh eine Menge Spaß haben. Ich hoffte, seine Freundin verdarb ihm diese Charaktereigenschaft nicht.

Er sah mich prüfend an, nachdem mein Lachen abebbte: „Deine Nacht war kurz." Es war keine Frage, sondern eine Feststellung und ich nickte. „Es geht schon, wenn sie erst einmal größer sind, kann man sich immer noch ausruhen", ich lächelte matt.

Er war mit meiner Antwort keineswegs zufrieden, doch er ließ es auf sich beruhen. Das Ende näherte sich und kurz bevor die letzte Szene im Film kam, wurde Ella langsam munter.

„Na Kleine! Bist du wach?"

Ich nahm sie auf den Arm und merkte, wie mich Josh von der Seite beobachte. Ich sah zu ihm auf und ein warmer Gesichtsausdruck trat in seine Gesichtszüge. Sie funkelten voller Stolz, Liebe, Freude, Hoffnung. Ich sah wieder zu Ella herunter.

„Ich glaube, es wird Zeit, dass du sie auch mal in den Arm nimmst", ich sah ihm fest in die Augen.

Sofort verloren sie ihren Glanz und verdunkelten sich. Er wollte nicht, da er etwas Angst hatte. Angst davor, sie fallen zu lassen wie mich damals. Josh hatte es mir bei ihrer Geburt erzählt und ich hatte Verständnis dafür, doch das ist Vergangenheit. Fehler passieren im Leben, das ist menschlich.

„Josh, ich weiß, es ist schwierig für dich. Aber du sitzt auf dem Sofa und sollst sie nur mal kurz halten. Wenn ich dir nicht vertrauen würde, denkst du, dass ich sie dir dann geben würde?", ich schaute ihn erwartungsvoll und ernst zugleich an.

Dass er so schnell einknickte, hätte ich jedoch

nicht erwartet: „Na schön, aber du zeigst mir wie, okay?"

Ich nickte und überreichte Ella vorsichtig ihrem Onkel. „Mit der einen Hand hältst du ihren Kopf. Die andere wiederum legst du unter ihren Po", er versuchte, meine Anweisungen um zusetzten, sah aber trotzdem total überfordert aus.

„Lehn dich ruhig zurück und zieh sie näher an deinen Körper."

Ich half ihm etwas beim Umsetzen. Ich nickte bestätigend und als er mir in die Augen sah, entspannte er sich endlich auch.

„Wann musst du heute im Hotel sein?", fragte er. Der Film war zu Ende und ich hatte im Hintergrund nur leise die Nachrichten laufen.

„Gegen halb drei. Warum?"

Er schüttelte leicht den Kopf: „Nur so. Wenn du erlaubst, passe ich in der Zeit auf Ella auf? Sie muss doch heute Abend bestimmt mit zum Konzert. Das wird anstrengend genug, da hat sie vorher etwas Ruhe."

Ich dachte über seinen Vorschlag nach. „Schaffst du es denn, ungefähr eine halbe Stunde auf sie allein aufzupassen?"

Er nickte: „Klar doch. Und zur Not habe ich ja deine Nummer." Ich lachte auf: „Ja, zur Not bin ich immer erreichbar."

Ich sah zu Josh hoch. „Ich schaff das. Schließlich bin ich dein älterer Bruder. Eigentlich hätten ich und meine eigene Familie, die ersten sein müssen, die hier das Baby bekommt", er grinste mich an.

„Na gut", gab ich nach, „Ihr schafft das schon. Tschüss kleine Maus." Liebevoll stupste ich ihre Nase.

Ich trat schwer bepackt mit einer Kühlbox ins Freie.

„Hey, und ich? Bekomme ich keinen Abschiedskuss?", seine Stimme klang belustigt. Wir wussten beide, dass es nur spaßig gemeint war, und grinsten uns an.

Ich schritt auf trotzdem noch einmal auf ihn zu und hauchte ihm einen Abschiedskuss auf die Wange, ehe ich mich auf den Weg ins Hotel machte.

Der Tag war heute etwas kühler, was mir nichts ausmachte, so lange es nicht zu regnen anfing. Ich lief über den Kiesweg in Richtung Innenstadt, um so die Straße zu vermeiden. Dort, wo ich wohnte, lebte zwar fast kein Mensch, doch manchmal fuhren um diese Jahreszeit viele Traktoren durch. Das brauchte ich nicht unbedingt. Ich erreichte den Stadtrand und bemerkte, wie der Wind langsam auffrischte. Ich zog mir die dünne Strickjacke fester um mein roséfarbenes Kleid und verfluchte mich selbst dafür, dass ich mir keine Jeans angezogen hatte.

Geschickt bahnte ich mir einen Weg durch die kleinen malerischen Gassen, bis ich den Rathausplatz erreichte. Es herrschte reges Treiben. Nur selten sah man hier unbekannte Leute, denn Aqua war eher ein Dorf und das liebte ich daran so sehr. Jeder kannte jeden. Und alle halfen einander. Ich sah in den Himmel. Große dunkle Wolken drängten die Sonne zurück. Ich verzog genervt das Gesicht. Es handelte sich sicher nur noch um wenige Minuten, bis es anfing zu schütten. Schnell machte ich mich daher auf den Weg und als hätte das Wetter sich mit mir abgesprochen, fing es keine Sekunde später an zu regnen. Ich trat gerade noch rechtzeitig unter das Vordach des Hotels.

„Na toll. Wie komme ich denn jetzt unversehrt wieder zurück?", grummelte ich vor mich hin.

Es war nicht nur ein einfacher Regen, nein, es

schüttete wie aus Eimern. Ich drehte mich um und betrat das Hotel. Musste Emma mich eben fahren.

Ich lief in das Foyer und trat mit etwas Abstand an die Rezeption, da ein Gast vor mir stand. Ich lauschte zwar nicht, doch ich bekam trotzdem das halbe Gespräch mit.

Ein älterer Herr, um die sechzig, fragte eine Aushilfe, die meines Erachtens nicht von hier stammte, wo man denn schick zu Abendessen gehen konnte. Sie sah dabei so hilflos aus, dass ich nach vorne trat und das Wort ergriff: „Entschuldigen Sie bitte, ich habe zufällig ihr Gespräch mitgehört, da ich gewartet habe. Sie und Ihre Frau möchten etwas hier in der Gegend unternehmen, beziehungsweise Essen gehen, da sie diese Woche hier ihren Urlaub verbringen, ja? Und sie wollen, wenn es geht, jeden Tag etwas anderes machen?"

Überrascht und vorerst leicht irritiert schaute der Mann mich an. Aber dann nickte er erfreut. Ich trat zu ihm und zeigte auf eine kleine Karte von Aqua, die er auf den Empfangstresen ausgelegt hatte.

„Heute haben wir Montag, den 15. Juli", fing ich einfach an, „Von Montag bis Freitag hat bei uns eigentlich alles regelmäßig auf. Ich würde ihnen für heute vorschlagen, etwas drinnen zu unternehmen. Zum Beispiel ist am Abend ein Livekonzert gleich gegenüber des Hotels in diesem Café da."

Ich zeigte durch die Glastür hindurch auf das kleine Café von mir.

„Es wird Kaffee und Kuchen geben, sowie einige Eistorten. Dazu wird am Klavier gespielt und gesungen. Das Ganze findet um achtzehn Uhr statt. Ist dies nichts für Sie, empfehle ich Ihnen für diesen Abend die kleine Pizzeria."

Ich zeigte auf die Karte und er nickte sichtlich zufrieden damit, endlich jemanden gefunden zu haben, der ihm alles erklärte.

„Zusätzlich können Sie und ihre Frau bei schönem Wetter die Wiesen und Wälder erkunden. Es ist herrlich dort. Es gibt hier die Klippen, die würde ich kurz vor Sonnenuntergang oder bei Sonnenaufgang besichtigen. Die Bilder und die Aussicht sind dabei unbeschreiblich und malerisch schön. Natürlich steht der Strand ihnen jeder Zeit zur Verfügung oder sie besuchen unseren kleinen Tierpark."

Ich lächelte ihm freundlich an und verriet ihm noch ein paar letzte Geheimtipps. Glücklich strahle er mich an: „Ich danke Ihnen wirklich sehr. Sie könnten Fremdenführerin werden. Sie haben ein echtes Händchen für das Kreative. Hier nehmen Sie das und herzlichen Dank für ihre Bemühungen."

Er drückte mir fünfzig Kronen in die Hand. Ich schaute verwirrt auf das Geld und er lachte auf: „Jetzt sagen Sie ja nicht, dass sie das nicht annehmen. Das würde mich sehr kränken." Dankend sah ich ihn an, obwohl es mir immer noch unangenehm war. Er nickte ein letztes Mal, bevor er verschwand.

Die Aushilfsrezeptionistin sah etwas beschämt auf: „Dankeschön. Sie haben mir das Leben gerettet." Ich lächelte Sie aufmunternd an.

„Keine Ursache. Das hier", ich zeigte auf die Box, „ist die Torte für Edmund. Er hat mir gesagt, dass er sie hier abholen wird. Die Kühlbox stellt er nach dem Gebrauch einfach wieder unten ab. Danke."

Sie nickte und ich bahnte mir einen Weg zu Emma. Kurz vor ihrem Büro kam sie mir entgegen: „Hey, Lil. Lange nicht mehr gesehen. Du siehst erschöpft aus."

Sie nahm mich erfreut in den Arm. Ich lächelte sie an: „Ella hat diese Nacht kaum ein Auge zu getan, aber es geht schon."

„Was machst du hier so allein?", fragte sie mich.

„Ein Gast von dir hat eine Torte bestellt. Die habe

ich gerade eben abgegeben. Es schüttet aus vollen Eimern dort draußen. Ich bin hergelaufen und sitze fest."

Sie lächelte leicht gequält: „Ich würde dich ja gerne fahren, aber ich habe alle Hände voll zu tun. Wie kommst du denn jetzt nach Hause?"

Ich zuckte mit den Schultern: „Da wäre ja kein Problem, doch Josh ist allein mit Ella. Ich kann ihn nicht so sitzen lassen." „Mist", schimpfte Emma.

Ich nahm es ihr nicht übel, sie sich selbst dafür aber umso mehr.

„Was ist los, Em? Gibt es Komplikationen?", eine tiefe sexy Stimme meldete sich hinter meinen Rücken zu Wort.

Ich zog die Augenbrauen hoch. Em? Niemand nannte sie so. Ich sah sie fragend an, doch sie formte mit ihren Lippen leise: „Nicht jetzt."

Verärgert nickte ich und drehte mich zu dem Mann um. Wir starrten uns eine Weile lang an, als kannten wir einander, jedoch wüsste ich nicht woher. Misstrauisch scannten meine Augen ihn ab. Es war der Typ vom Büro und sie sahen vertraut aus.

„Wenn du meiner besten Freundin einmal weh tust, verspreche ich dir hoch und heilig, dass du nie wieder jemanden Schaden wirst."

Ein Hund, der bellt, beißt bekanntlich nicht, doch wenn es um Emma ging, änderte sich alles. Ich wollte nicht, dass ihr genauso wehgetan wurde wie mir. Irritiert zog er eine Augenbraue in die Höhe und hob unschuldig die Hände.

Sie stupste mich an. „Was soll das?", zischte sie mir ins Ohr, doch ich verzog keine Miene und hatte nicht wirklich vor, ihr zu antworten.

„Du erzählst es mir ja nicht. Und da ich mir Sorgen mache, weil du meine beste Freundin bist, kommt dieser Mann auch nicht so leicht bei mir damit durch.

Ist das klar?"

Sie nickte beschämt: „Ich weiß. Tut mir leid. Ihr kennt euch ja schon von gestern. Lil, das ist Max. Max, das ist Lilyana." Sie schaute von einem zum anderen und wurde langsam ungeduldig. Wir scannten uns ab. Ihm gefiel, was er sah. Egal ob er mit Emma was hatte oder nicht.

Ich funkelte ihn weiter an, bis er als Erstes einknickte: „Freut mich, dich kennenzulernen, Prinzessin."

Ich rümpfte die Nase: „Mein Leben ist alles andere als ein Märchen."

Diesen Max konnte ich nicht leiden. Das beruhte aber auf Gegenseitigkeit!

Emma schien es nicht zu gefallen, wie schlecht wir uns verstanden, denn sie wurde immer nervöser, also riss ich mich dann doch zusammen: „Freut mich dich kennenzulernen. Vielleicht hast du ja Lust, mich nach Hause zu bringen. Wir unterhalten und lernen uns besser kennen. Ich bin nämlich zu Fuß hier und das Wetter spielt gerade April."

Ich lächelte ihn süß und unschuldig an. Er verstand, worauf ich hinauswollte, und nickte.

„Ich glaube, das ist keine so gute Idee", warf Em ein. „Ich denke schon", antworteten Max und ich unisono und verließen das Hotel.

Kapitel 4

Edmund

Unruhig schritt ich im Zimmer auf und ab. Die Gedanken überfielen mich so sehr, dass mir der Kopf schwirrte. Ich stand komplett ohne Plan da, versuchte mich aber, auf meine Rede zu konzentrieren. Die Ansprache des Kronprinzen. Eigentlich musste ich es jetzt nicht tun. Schließlich war niemand hier, der überprüfen konnte, was ich machte. Daher ließ ich den Stift schnell sinken und starrte stattdessen aus dem Fenster.

Es regnete in Strömen. Es war ungemütlich draußen, deswegen brachte Max eine Freundin von Emma nach Hause. Es war ein schlechter Zeitpunkt, da wir reden wollten. Aber er hatte eigene Probleme und das Gewicht der Last war nur für mich bestimmt. Ich fand es toll, dass er dem Mädchen überhaupt half. Hätte ich auch nicht anders gemacht.

Ein Blick nach draußen und zeigte mir, wie der Regen Tropfen für Tropfen an die Scheibe prasselte. Jegliche Entspannung, die man bei einem Urlaub außerhalb des Palastes haben sollte, fehlte mir jedoch.

Meine Oma hatte mir immer gesagt, mich allen Problemen zu stellen, sei ein Schritt in die richtige Richtung. Aber krampfhaft Lösungen zu finden, wird nie funktionieren. Manchmal vermisste ich sie sehr. Klar hatte ich zwei Großeltern und ich verstand mich mit beiden, zu ihr hatte ich jedoch immer eine besondere Verbindung.

Sie hatte ein Zimmer voll mit Notizen, Sprüchen und Zeitungen beklebt. Vater nannte es Hirngespinste, aber es war ihr eigenes kreatives

Chaos. Es hätte sie traurig gestimmt, es zu verlieren, weshalb ich es für sie erhielt.

Es war ein Kraftakt, doch schließlich hatte ich mich gegen ihn durchgesetzt und gewonnen. Sie hatte viele Listen und Schriften von Reisen, Wünschen, Liedern, Zielen, vereinzelten Wochentagen und Geburtstagen. Einfach von allem und jedem, ohne das es manchmal Sinn machte. Doch sie freute sich jedes Mal, wie ein kleines Mädchen, wenn sie etwas abhaken oder nachlesen konnte. Oft saß ich einfach nur daneben und beobachtete sie. Sie war fantastisch.

„Vielleicht sollte ich das Ganze mit meinen Punkten einmal versuchen?"

Ich schnappte mir einen Notizblock und Kuli und drehte diesen zwischen den Fingern. Meine Hand zuckte und schrieb dann von selbst alle Sorgen und Probleme auf:

Rede schreiben, Eltern glücklich machen, Frau heiraten, die ich wirklich liebe, Schwester Last abnehmen, Volk helfen, mich akzeptieren, Mädchen finden...

Gerade der Punkt mit meiner Schwester war mir besonders wichtig. Ich wusste, dass wenn ich heiraten würde und das Königreich regierte, ich ihr viel mehr Freiheiten verschaffen konnte. Sie stände dann auch nicht so stark unter Druck, die nächste zu sein. Denn wenn ich erst einmal unter dem Hammer gelandet war, interessierte es meine Eltern weniger, was aus ihr wurde und wie schnell. Eine Tatsache, die ihr viel bedeutete, da sie sich genauso nach Freiheit und wahrer Liebe sehnte wie ich. Sie war schon immer meine Angriffsfläche, die der König nur zu gut zu benutzen wusste. Ich würde alles tun, damit sie das Leben führen konnte, dass sie sich wünschte. Auch wenn ich mich dafür Aufopfern musste.

Alles war nicht so einfach zu verstehen und doch befreite das Aufschreiben mich innerlich zumindest ein wenig.

Ich stand auf. Der Regen hatte etwas nachgelassen und ich trat auf die Terrasse. Der Wind wehte kühl durch mein Haar und die Tropfen, die durch meine Sachen drangen, ließen mich frösteln. Ich atmete tief ein.

„Edmund, was machst du denn hier draußen? Komm rein, sonst holst du dir noch den Tod", die Stimme von Max riss mich aus meinen Gedanken. Ich drehte mich zu ihm um und er trat zu mir.

„Und hast du die Kleine weggeschafft?"

Seine Augen funkelten belustigt: „Ja, sie ist sehr temperamentvoll, sexy und klug…"

„…jedoch nicht Emma", beendete ich seinen Satz grinsend.

„Ganz genau", er starrte verliebt vor sich hin. Oha! Ihn hatte es echt erwischt.

„Vielleicht wäre sie ja etwas für dich?", er lächelte wissend. Max wünschte sich Ablenkung für mich. Ich verstand ihn, aber ich wollte keine Ablenkung, zumindest nicht auf diese Weise. So eine Sorte von Mann war ich definitiv nicht und würde ich auch nie werden.

„Nein, danke."

Er schüttelte den Kopf: „Immer noch das eine Mädchen. Sie hat es dir ja schwer angetan und trotzdem hast du sie gehen lassen."

Schlagartig veränderte sich die Stimmung: „Ja, ich bin gegangen. Okay, aber was willst du hören? Hm!? Dass ich feige bin? Jeder Tag ein Fehler ist? Oder dass sie nie glücklich geworden wäre im Palast mit mir?"

Meine Stimme wurde wütend. Er sah mich an: „Das war nicht… Das wollte ich so nicht sagen. Tut mir leid. Aber wer behauptet, dass es ihr heute besser geht?" Sofort hatte ich ein schlechtes Gewissen. „Ja, man weiß es nie."

Ich klang verzweifelt, traurig und von mir selbst enttäuscht.

„So, Schluss mit Trübsal blasen, jetzt gibt es erst einmal Cremetorte", ich holte die Kühlbox und stellte sie vor Max ab. Er nahm den Deckel ab und kam eine wunderschöne Himbeercremetorte zum Vorschein.

Sie war märchenhaft verziert und eigentlich gefiel mir so etwas nicht, doch diese Dekoration passte perfekt. Sie strahlte erfrischend und die Himbeeren sahen saftig süß aus. Obendrauf wurde sie fein mit zartschmelzender Schokolade übergossen. Es war ein Meisterwerk vom feinsten.

„Wow. Da hat sich Lilyana ganz schön ins Zeug gelegt." Irritiert sah ich ihn an: „Lilyana?"

Er nickte beeindruckt. „Emmas Freundin! Sie besitzt diesen kleinen zauberhaften Laden. Wir haben die Besitzerin auf Ende fünfzig geschätzt, weißt du noch? Und in Wahrheit ist sie erst neunzehn. Das ist krass."

Geschockt starrte ich ihn an. Ich hatte nicht wirklich die beste Freundin von Emma angeschnauzt oder? „Was ist los Ed?"

Ich winkte ab und holte ein scharfes Messer, um den Kuchen zu teilen, und legte das erste Stück auf den Teller. Es hatte einen dunkelroten Kern. So flüssig und zart. Der Teig war hauchdünn. Ich nahm eine Kuchengabel und setzte das Kuchenstück an meinen Mund.

„Himmlisch." Es zerfloss auf der Zunge und es war so fruchtig und spritzig mit einer kleinen Süße. „Perfekt. Egal wen ich heiraten werde, das wird meine Hochzeitstortenbäckerin."

Max nickte zustimmend und wir verspeisten fast

die halbe Torte.

„Also da musst du Lilyana aber ein ordentliches Trinkgeld geben", er seufzte zufrieden und strahlte vor Glück von einem zum anderen Ohr. „Auf jeden Fall." Er grinste plötzlich anzüglich und erst da verstand ich seine zweideutige Aussage.

Etwas fester boxte ich ihn in die Seite und ging dann zum Kühlschrank, um dort die Torte zum Kühlen unterzubringen. Max setzte sich der Weile aufs Sofa und sah mich fragend an: „Willst du denn zu dem Konzert heute Abend?"

Ich überlegte. Schließlich wollte ich sie ja auch mal kennenlernen. „Ja, klar. Lass uns hingehen."

Wir kamen vor dem Café an. Es war viel los. Alle aus Aqua schienen gekommen zu sein. Der reinste Wahnsinn. Schon allein draußen hielten sich zwanzig Personen auf. Es waren eiserne goldangesprühte Stehtische aufgestellt und ein weißes Sonnensegel hing darüber. Auf den Tischen standen Kerzen, Servietten und kleine Feldblumengestecke. Es war liebevoll angerichtet und die untergehende Sonne sorgte für eine leicht angehauchte Romantik. Mit viel Liebe zum Detail hatte es diese Lilyana geschafft, dass man sich wohl fühlte. Doch das schönste – hier war ich nur ein Gast, kein Prinz, Sohn oder Bruder.

Schon von weitem sahen wir Emma und Max lief sofort zu ihr. Ich folgte ihm langsam. Er umarmte sie liebevoll, so als würden sie sich ewig kennen und nicht nur einen Tag und gab ihr einen Kuss auf die Wange.

Bei ihr war er einfach nur Max und nicht der strenge Geschäftsmann und Sohn seines Vaters. Uns beiden blieb zwar immer viel erspart, aber solche

Freiheiten wie hier waren mir und Max neu.

„Hey, Edmund. Schön dich zu sehen", begrüßte mich Emma freundlich.

Ich umarmte sie kurz und trat dann einen Schritt zurück.

„Willst du was essen?"

Lachend sah ich zu ihr: „Nein, danke. Max und ich hatten gerade erst eine halbe Cremetorte von Lilyana. Was mich interessieren würde, was für eine Art von Livekonzert heute stattfindet?"

Sie lächelte glücklich und ihre Augen leuchteten dabei auf. Ich verstand, was er an ihr so toll fand.

„Lily wird für uns Klavier spielen und singen. Es wird bombastisch. Ich liebe ihre Stimme. Sie ist so hauchzart und so melodisch. Kommt doch mit rein, es fängt gleich an."

Wir folgten ihr hinein: „Morgen spielt sie auch noch mal im Hotel."

Sie schritt in den Laden und trat durch eine Tür in das zweite Zimmer. Es war ein Klavier aufgebaut und einige Stuhlreihen zum Sitzen.

„Hey, Lil.", rief Emma quer durch den Raum. Die Dame, die neben dem Flügel stand, sah auf und ich hielt unwillkürlich den Atem an. Sie war so schön. Ihr roséfarbener Jumpsuit schmiegt sich zart an ihre ausgeprägten Rundungen. Ihr braunes Haar glänzten und ihre Augen funkelten so stark wie ein dunkler Bernstein im Licht. Sie war elegant gekleidet und ihr Lächeln kam mir so bekannt vor. „Wahnsinn!", hauchte ich leise. Mein ganzer Körper kribbelte überall und sie kam auf uns zu. Ihre Hüften schwangen beim Gehen leicht mit. Sie musterte mich eingehend und wir waren beide wie voneinander gefesselt.

Sie stelle sich vor: „Hey, dich kenne ich noch nicht. Du musst Max bester Freund sein. Ich bin Lilyana."

58

Ich starrte sie mit offenem Mund an. Ihre Stimme war so sinnlich und zart. Ich hätte schwören können, dass ich sie nicht zum ersten Mal hörte! Sie ähnelte ihr, dem Mädchen aus der Bar, so sehr. Ich schüttelte leicht den Kopf. Unmöglich! Die Lilyana vor mir war viel weiblicher, älter und reifer, ihr Haar kürzer und dunkler, als ich es von der anderen in Erinnerung hatte. Außerdem kam sie damals nicht von Aqua, sondern aus der Stadt. Das war also alles nur ein dummer Zufall. Mein Verstand spielte mir einen Streich. Ein harter Hieb in den Rücken riss mich aus meiner Trance.

„Was, ach so ja… mir ist so komisch, zu viel Torte … Frische Luft … Sorry."

Ich wandte mich ab, sah aber noch das irritierte Gesicht von Lily, bis ich den Laden verließ.

Draußen angekommen, atmete ich tief durch. Mir ging es echt beschissen. Ich lief eine kleine Runde, wobei ich einen Schluck Cola trank, um wieder zu Kräften zu kommen.

„Hey, Ed. Warte!" Max Stimme halte über den Rathausplatz. Unschlüssig blieb ich stehen. „Alles klar? Du hast uns allen einen ganz schönen Schrecken eingejagt."

Er klang aufrichtig besorgt.

„Nein, also ja. Ich weiß doch auch nicht. Es ist so vieles. Meine Eltern, die Krone, das Volk, du, das Mädchen von jener Nacht und dieses komische Gefühl, das ich Lilyana kenne." Verzweifelt sah ich in seine Augen und zu meiner Überraschung nickte er bestätigend.

„Ich weiß, was du meinst."

„Klar, ich wurde ein Leben lang darauf vorbereitet, doch jetzt wo es so greifbar ist, habe ich Angst, zu versagen. Ich möchte meine Freiheit nicht verlieren, aber gleichzeitig möchte ich auch niemanden enttäuschen. Und Gott verdammt, ich will nicht mit einer Frau verheiratet werden, die mir meine Eltern aussuchen." Ich kickte einen Kieselstein weg und würde am liebsten auf irgendetwas einschlagen. Max hörte zu und das gab mir Halt, aber dieser würde auf Dauer nicht ausreichen. Er fühlte mit einem, doch er wusste, dass es bei mir um einiges schärfer zuging.

„Ed, sag, wie ich dir helfen kann." Verzweiflung klang in seiner Stimme mit.

„Ich weiß nicht wie. Und in dem du dir den Kopf darüber zerbrichst, macht es mich noch wütender, dass ich es nicht alleine hinbekomme."

Er sagte nichts. Es war sinnlos. „Lass uns zurückgehen Ed. Sieh dir das Konzert an und dann machen wir uns einen ruhigen Männerabend!"

Ich nickte zu stimmend, jedoch hatte ich Angst vor den Reaktionen der beiden Mädchen. Es war eine unangenehme Situation. Wir traten zu ihnen und sofort sah Emma zu mir auf: „Ist alles in Ordnung Edmund? Du siehst blass aus." Ihre ehrliche Besorgung rührte mich, doch das Mitleid in ihren Augen brachte mein Fass fast zum Überlaufen.

„Em, lass ihn. Er wird schon wissen, wenn er etwas braucht."

Die zarte auffordernde Stimme von Lilyana.

Ich war das Mitleid von anderen so sehr gewohnt, das es schmerzte. Doch Emmas Freundin strahlte mir nur Mitgefühl entgegen und das erleichterte einen. Sie ließ mich für den Moment so, wie ich war. Dankend wollte ich etwas erwidern, als ein Mann mit schwarzen Haaren und einem Baby auf dem Arm nach draußen trat.

„Lil, es wird Zeit." Er kam auf uns zu und gesellte sich kurz mit zu Lilyana.

Mein Blick verfinsterte sich und ohne das ich wusste warum, flammte Wut und Eifersucht gegen diesen Typen in mir auf.

Was war nur los mit mir? Ich hatte zur Zeit anscheinend mit Stimmungsschwankungen zu kämpfen.

Er sah sie liebevoll an und ihre Augen strahlten auf. Die Liebe zwischen ihnen war greifbar. Das sah jeder. Mein Blick ruhte auf dem Baby, das mich musterte. Ich erkannte Lilyana in den Gesichtszügen dieses kleinen Wesens. Also war es ihre Tochter und somit war sie es auf keinen Fall. Das Baby konnte noch kein halbes Jahr alt sein, was keineswegs passte und trotzdem hatte es etwas Fesselndes an sich.

„Kommst du?", fragte er jetzt und sie nickte.

Sie wandte sich um und während sie hineinging, flatterte ihr Jumpsuit im Wind. Sie kam einer Elfe gleich. Sie war gebunden und hatte einen Mann. Super! Dann konnte sie es spätestens jetzt unmöglich nicht sein. Trotzdem ließ mich ihr Anblick nicht mehr los. Wieso kam sie mir dennoch so bekannt vor? „Mach verdammt nochmal einen Haken hinter diese Nacht Edmund", maßregelte ich mich selbst.

„Edmund? Kommst du nicht mit rein?" Max und Emmas Stimmen rissen mich aus den Gedanken. „Doch klar, gleich. Geht schon mal vor und haltet mir einen Platz frei." Ich sah, wie Max die Stirn runzelte und Emma ihn schließlich mit sich zog.

Wie brachte ich meinen Kopf dazu, zu entspannen?

Nach einer Weile folgte ich den anderen in das Café. Alle Stühle waren schon besetzt und so blieb ich im Türrahmen stehen. Von hier aus hatte man einen guten Überblick. Ich sah, wie sich eine Gruppe aus zwei Damen und drei Herren angeregt unterhielten. Junge Teenager, die wahnsinnige Fans sein mussten und aufgeregt warteten. Andere wiederum ihre Handys ausschalteten oder vom Kuchenstand zurückkamen. Es war ein reges Treiben.

Dann fiel mein Blick auf Lilyana mit dem Mann und das Baby in ihrem Arm. Sie schienen ein ernsthaftes Gespräch zu führen. Der Typ starrte auf sie herab und sah nicht gerade glücklich aus. Ich merkte, wie mein Körper sich unbewusst anspannte. Doch als sie anfingen zu lachen, entspannte ich mich sichtlich. Misstrauisch blieb ich trotzdem.

Mein Blick schwirrte weiter zu Emma und Max. Sie saßen in einer Ecke und lachten gemeinsam über etwas, was ich nicht verstand. Die Gespräche verstummten langsam und ich sah auf. Lilyana stand vor dem Flügel und erhob das Wort. Sie musste ihr Baby dem mir Fremden gegeben haben und war bereit, endlich anzufangen.

„Meine Damen und Herren, liebe Nachbarn, Freunde und Familie. Schön, dass sie heute so zahlreich erschienen sind. Es ist mir eine große Ehre und ich habe euch ein paar Stücke mitgebracht. Danke, dass ihr mich alle so herzlich unterstützt und aufgenommen habt. Ich fange mit dem Song: Comptine d'un autre été- Amélie aus der anderen Welt an. Und nun viel Spaß."

Sie setzte sich und es wurde Mucks Mäuschen still und sie fing an zu spielen.

Es war zauberhaft. Die ersten Töne erklungen und ich starrte wie gefesselt auf ihre zierlichen Hände, die diese wunderschöne und traurige Melodie spielten. Es war märchenhaft. Sie nahm mich mit in einer Welt aus Gefühlen, Tanz, Musik und Leidenschaft. Eine Gänsehaut breitete sich auf der Haut aus und ich verlor mich darin. Unbemerkt liefen mir stumm einige Tränen. Ich schien in dem Stück gefangen zu sein und fühlte die Melodie mit dem ganzen Körper nach. Wäre die Königin hier, würde sie sie um Kopf und Kragen loben. Das Lied neigte sich dem Ende. Es blieb das Gefühl, einen Fehler begangen zu haben.

Der letzte Ton verklang und ich wünschte mir das Lied zurück, das sie gerade noch so kräftig und ausdrucksstark gespielt hatte. Tosender Applaus halte von den Wänden wieder.

Woher kannte ich sie verdammt?!

Sie sah ins Publikum. Es war faszinierend, wie genügsam sie war, obwohl jeder Mann der Augen im Kopf hatte, sie anstarrte. Wie bescheiden sie mit allem umging. Sie spielte sich nicht auf und das zeugte von einem starken Charakter.

„Mein nächstes Stück wird das Lied Avalee eines aquanischen Pianisten sein."

Ich dachte sofort an den Film dazu. Er spielte im Königreich und zeigte, dass wir alle zusammenhalten. Jeder Mensch war gleich und entfaltete sich frei in diesem Stück. Er bedeutete mir und auch dem Volk im Allgemeinen sehr viel und doch hielt sich mein Vater im wahren Leben nicht daran. Obwohl der Film so viele Lösungsansätze für unsere Probleme aufzeigte. Doch der König wollte davon ja nichts wissen. Ich nahm es mir als Ziel, den Charakter vom Film ins wahre Leben hier in Florea zu übertragen. Die Disparitäten mussten endlich weichen. Aber sieh einer mich an. Der Ursprung dieser Umstände lag im alten Adel. Im Endeffekt waren wir nichts ohne unser Volk und wir herrschten nicht mehr so wie früher. Es war mein liebstes Lied von diesem Film, weil ich auch Träume hatte. Bloß das mir hier die anderen nicht egal waren. Ich hatte einen Ruf zu wahren.

Sie begann die so vertraute Melodie zu spielen und die ersten Takte erklangen vorsichtig und so gefühlvoll. Sie hatte künstlerisches Talent - eine Begabung. Ein Blick zu Max zeigte mir, dass es ihm ebenso sehr berührte wie mich.

Jede Medaille besaß zwei Seiten und meist sahen wir nur die Guten, da die Schlechten verdrängt wurden. Wir Menschen verurteilen und schauten nicht mehr hin. Gefühle nutzte man aus und private Dinge wurden ohne Grund gegen einen verwendet.

Ihre Stimme setzte so plötzlich dazu ein, dass mir der Atem stockte. Es war so herzzerreißend. Wie sie alle ihre Wünsche in die Zeilen lag und diese ihre Stimme beeinflussten, war magisch. Ich hörte sie. Die Qualen, die Verzweiflung, der Hass, aber auch die Liebe, Treue, Hoffnung, Freiheit. Es fehlte etwas. Doch ein was sprach sie nicht an, oder?

„Ed, reiß dich zusammen. Du kennst diese Frau nicht mal. Sie hat ein Baby und hat einen Mann. Was denkst du dir nur", flüsterte mir mein Verstand, aber ich dachte ununterbrochen an sie.

Kapitel 5

Lilyana

Das Konzert war ein voller Erfolg. Nur die Blicke von diesem Edmund, der mir so vertraut vorkam und doch so fremd war, hinterließen bei mir eine Gänsehaut. Ich hatte das Gefühl, als würde er tief in meine Seele schauen und das erzeugte eine große Angst in mir.

Am Ende gab es viel Beifall und die meisten spendeten eine Kleinigkeit. Es war mir unangenehm, Kronen, die Währung in unserem Land, von anderen zu nehmen. Ich stand lieber auf eigenen Beinen. Doch es abzulehnen, wäre unhöflich gewesen.

Ich war gerade mit allem fertig, als Josh sich zu mir gesellte. „Der Mann neben Emma gefällt mir nicht. Er hat keine guten Gedanken."

Skeptisch sah ich zu ihm hoch. Meinte er das ernst? „Woher weißt du seine Gedankengänge? Und außerdem ist das ihre Entscheidung!"

Er schüttelte energisch den Kopf: „Nicht Emmas Lover! Der andere. Der ist mir nicht ganz..."

Fragend zog ich eine Augenbraue hoch und er deutete auf Edmund. Ich schmunzelte. Das war mal wieder typisch für uns beide. Wir hatten oftmals dieselben Gedanken und Gefühle bei einer Person, bloß dieses Mal waren meine nicht so negativer Herkunft wie seine.

„Das ist Edmund, Max bester Freund. Sie bleiben beide zwei Monate hier. Er ist in Ordnung."

„Nein, ist er nicht!", erklärte Josh wütend und ich zuckte zusammen. So war er noch nie. Was war nur los mit ihm?

„Er hat dich zu lange angeschaut. Dieser Edmund wird dir das Herz brechen, wenn ich nicht aufpasse. Du verkraftest einen Mann wie ihn nicht auch noch!"

Mein Atem stockte. Seit wann übertrieb er so stark und war so übervorsichtig geworden?

Josh machte sich Sorgen um mich. Okay, Edmund weckte seinen Beschützerinstinkt, aber das war zu viel des Guten!

„Joshua, ich würde mich nie auf diesen Kerl einlassen. Vertrau mir." Besänftigend legte ich einen Arm auf seine Schulter und er entspannte sich.

„Wir reden heute Abend weiter, Schwesterchen." Ich nickte und suchte den Raum nach Ella: „Wo ist sie, Josh?" Leicht panisch sah ich mich um.

„Sie ist bei Emma und Max. Geh ruhig zu ihnen. Sie hat dich vermisst."

Er küsste meine Stirn. Ich lief zu den dreien und merkte dabei, wie ich von Edmund beobachtet wurde. Seine Miene schaute unglücklich aus und ich fragte mich warum.

Ella quietschte vergnügt, als sie mein Gesicht sah. Ihre kleine Hand streckte sich leicht aus und verlangte nach mir. Ich nahm sie Emma lächelnd ab.

„Lily, dein Konzert war der Wahnsinn. Du solltest dir überlegen, öfter welche zu geben." Max lächelt mich freudig an.

Unser Start war anfangs schwer, aber auf der Autofahrt haben wir uns näher kennengelernt und vor allem ausgesprochen. Max war ein toller Mann und Gesprächspartner. Er passte für mich perfekt zu der Emma vor mir, stellte ich bei ihrem Anblick fest.

„Die Harmonie war perfekt und deine wundervolle Stimme erst."

Er redete immer weiter und erstaunt riss ich schließlich die Augen auf: „Du weißt ja einiges über Musik."

Er grinste leicht und ich sah ihm an, dass er mir etwas verheimlichte. Ich bin zwar neugierig, doch es war seine Entscheidung und ich ließ es darauf beruhen.

Emma zog mich währenddessen samt Baby in ihre Arme. Ich war ihr dankbar für die Liebe, die sie mir und Ella jeden Tag gab.

„Habt ihr Hunger? Es gibt Kuchen und ich finde bestimmt noch ein Eis im Froster."

Max grinste: „Es hat halt durchaus Vorteile, wenn man eine Freundin hat, die alles backen und kochen kann, was man will."

Ich lächelte Emma kurz zu und übergab ihr noch einmal Ella, bevor ich zum Lagerraum verschwand. Schoko und Himbeere – Emmas Lieblingssorten. Glücklich begab ich zum Büffet und sah, dass die Kasse voll war. Es erfüllte mich mit Stolz zusehen, dass die Leute meine Torten liebten und ich viel loswerden konnte. Josh stand hinter der Theke und passte auf, dass das Büffet nach Plan lief und seine Ordnung hatte. Er war mir eine große Hilfe.

„Hey, Lil! Alles gut soweit?" Ich nickte: „Viel ist ja nicht mehr übrig für dich, Josh."

Grinsend sah ich ihn an, während er sich theatralisch ans Herz fasste: „Es schmerzt liebes Schwesterlein. Erlöse mich vor dieser Qual."

Ich lachte schallend auf. „Ich habe Erbarmen mit dir."

Auf einen Teller lud ich ihm vier Stück von verschiedenen Kuchensorten. „Hier", ich reichte ihm diesen, drehte mich grinsend um und ging zurück zu Emma. Ich erreichte sie und sah, wie Edmund und Emma sich angeregt unterhielten: „Was heißt das, ich bin nicht gut genug?"

Er klang empört. Sie zuckte dabei nicht mal mit der Wimper und setzte zu einer Antwort an, stoppte jedoch abrupt. Ihr Blick fiel auf mich.

„Was ist hier los?", meine Stimme erklang unsicher.

„Wo ist Max?", hakte ich nach, da sie mir auf die erste Frage keine Reaktion schenkten.

„Er ist auf der Toilette. Zu viel gegessen!"

Ein Schuldgefühl nagte an mir, obwohl mich keinerlei Schuld traf. Meine Torten und Kuchen waren teuflisch gut. Im wahrsten Sinne des Wortes. Ein unangenehmes Schweigen legte sich über uns. Ich hatte keine Ahnung, was ich tun sollte. Die meisten Gäste waren schon gegangen, aber trotzdem waren vereinzelt welche da und redeten miteinander. Ella hatte ich in der Zwischenzeit wieder auf dem Arm. Ihre Augen jedoch huschten immer wieder zu Edmund, was mich nachdenklich stimmte.

Emma erhaschten meinen Blick und räusperte sich: „Bleibt es morgen dabei?"

Ich nickte: „Ja, Joshua passt in der Zwischenzeit auf Ella auf." Sie lächelte erfreut darüber, dass ich Zeit fand.

„Kommt dein Mann auch?" Überraschend traf mich Edmunds Frage.

Traurig verzog ich das Gesicht. Ein Ehemann und Vater, das wäre schön. Ich rang mit mir und hoffte, dass man mir niemand den inneren Kampf nicht ansah. Doch Emma bemerkte es trotzdem und sprang für mich ein: „Sie hat keinen Lebenspartner, Edmund."

Verwirrt blickte er auf und da ging mir ein Licht auf. Ich prustete los: „Hahaha. Das hat noch keiner geschafft. Joshua ist mein Bruder!"

Ich zeigte zu Josh und konnte mich vor Lachen kaum halten. Am Ende hatte ich sogar Tränen in den Augen.

Ella zappelte auf meinem Arm hin und her und ich beruhigte mich langsam: „Scht! Alles ist in Ordnung!"

Ich sah zu Emma und Edmund. Sie mit einem Grinsen im Gesicht, das alles sagte. Er schien immer noch verwirrt.

„Ich weiß, das geht mich nichts an, aber wo ist ihr Vater?"

Die Ohrfeige saß. Tränen traten mir in die Augen. Edmund standen die Schuldgefühle und das Mitleid in seine Miene geschrieben. Das gab mir den Rest. Ich begann zu zittern und Emma kam schnell zu mir und nahm Ella entgegen. Sie verschwand und tauchte wenig später mit Josh und Max auf. Max sah gleich fragend zu Edmund. Mein Bruder stürzte zu mir, zog mich mit sich und hielt mich einfach nur fest.

„Es tut so weh", flüsterte ich erstickt. Seine Arme schlossen sich noch stärker um mich: „Irgendwann wird es aufhören!"

Irgendwann?! Ich wollte nicht mehr. Dieses ständige Gefühlschaos schmerzte tief in meiner Seele.

Lange saßen wir beide schweigend da, bis sich jemand hinter uns räusperte. Ich riss mich zusammen. Es waren die anderen, die in den Raum traten. Emma nahm mich in den Arm, während Max und Edmund nicht recht wussten wohin. Ich stand unschlüssig auf.

„Ich werde nicht darüber sprechen", unterbrach ich die Stille.

Josh nickte und sah prüfend zu den Jungs, die unter seinem Blick sichtlich schrumpften.

„Wo ist Ella?", ich scannte den Raum mit meinen Augen nach ihr ab, doch ich fand sie nicht. „Das hätte nicht passieren dürfen. Ich bin verantwortlich."

„Lily, du brauchst Zeit für dich. Wir und vor allem Ella wird es verstehen, wenn du dir mal eine kurze Verschnaufpause nimmst."

Sie sah mich voller Mitleid an und ich ertrug es einfach nicht. Es war mir zu viel.

„Du weißt doch gar nicht, wie es ist. Ihr wisst es alle nicht. Man, Emma! Ich habe keine Zeit. Ich muss Rechnungen bezahlen und mir zusätzlich Geld verschaffen, da die Steuern von Jahr zu Jahr steigen. Ich bin eine alleinerziehende Mutter. Ich muss arbeiten, um zu überleben, habe nie eine Nacht Ruhe und beschissene Eltern, die nichts mehr von mir wissen wollen und nicht da sind, so wie deine. Ich habe niemanden und diese kleine Maus vermisst bestimmt ihren Vater, ihre Großeltern und was weiß ich noch alles. Halt dich gefälligst da raus, du weißt nämlich nicht, wie es in meinem Herzen aussieht", die letzten Worte schrie ich und verließ dann hastig den Raum.

Reue mischte sich unter meine Wut. Aber diese Tatsachen auszusprechen, bereute ich keines Wegs. Während ich mir einen Weg ins Freie bahnte, sah ich Emmas Eltern, die Ella auf dem Arm hielten. Dort konnte sie erst einmal bleiben. Ich lief aus dem Haus und ein kurzes Stück Richtung Wald, da davor eine kleine Bank stand. Ich ließ mich auf ihr nieder und vergrub meinen Kopf in den Händen.

Was war nur los mit dir, Lily? Schwer seufzte ich und erschrak, als sich jemand neben mich setzte. Ich schaute auf. Max! Fragend sah ich ihn an, doch er sagte nichts.

Er streckte nur seine Arme aus und ich lehnte mich zögerlich an ihn. Es war kein komisches Gefühl. Eher familiär. Ohne dieses Kribbeln. Fast wie bei meinem Bruder, bloß schwächer, ungeformt. Wir saßen einfach nur schweigend da. Niemand sagte etwas und ich genoss diese eigene Ruhe.

„Ich bin nicht hier, weil Emma es so will. Sie wissen es nicht, dass ich gerade bei dir bin. Ich wollte dir aber sagen, dass ich deine Art und Weise, wie du damit umgehst, verstehe. Meine Mutter starb vor zwei Jahren und wir waren auf einmal alleine. Klar ist das ein schlechter Vergleich, aber Dad arbeitete von da an mehr. Immer noch."

Er sprach zögernd weiter: „Plötzlich übernahm ich jegliche Verantwortung für meinen kleinen Bruder und versuchte die Arbeiten von Dad zu übernehmen. Ich kam viel weniger zur Ruhe und es nahm mir den letzten Rest der Freiheit, die ich vorher besaß. Ein Baby ist ein ganz anderes Kaliber. Ich habe großen Respekt vor dir und verstehe zumindest ein bisschen, wie du dich fühlst."

Er drückte mich fest an sich. „Warum habe ich den Eindruck, dass wir uns so vertraut sind? Also nicht so wie du und Emma, aber doch so als müssten wir uns kennen?", fragte ich.

Er nickte bestätigend: „Das stimmt, das gleiche Gefühl habe ich auch zu deinem Bruder und ihn kenne ich erst seit heute! Und ihm fehlt die Autofahrt!"

Ich lachte auf. Diese Heimfahrt endete sehr chaotisch. Wir hatten uns fast einen Platten gefahren. Max und ich hatten viel miteinander gesprochen und gelacht und uns so besser kennengelernt.

„Nimm es Edmund nicht so böse. Er ist kein schlechter Mensch. Ed hat viel um die Ohren und ist mit seinen Gedanken überall und nirgends."

Es war süß, wie er seinen Freund verteidigte.

„Ich habe Angst als Mutter zu versagen", kam so plötzlich und laut von mir, dass wir beide zusammenzuckten.

Er schwieg einen kurzen Zeitraum, bevor er mich fragte: „Warum? Du stehst zwar allein da, doch du bist so stark. Ella liebt dich und du hast so ein gutes Verhältnis zu ihr."

Ich dachte über seine Worte nach: „Sie ist noch zu klein…"

Mein Satz wurde abrupt von ihm unterbrochen: „Ja, vielleicht, aber sie spürt deine Liebe und Wärme. Sie kann sich glücklich schätzen, so eine Mama wie dich zu haben. Glaub mir einfach Lilyana."

Ich nickte nur und ließ meinen Gedanken freien Lauf. Wir erzählten uns noch einiges und bemerkten gar nicht, wie die Zeit verging, bis Josh, Edmund und Emma auf uns zukamen.

„Hey Leute, wir haben euch schon überall gesucht", fing sie an.

Ich schwieg, was ein Fehler war.

„Hätte ich gewusst, dass ihr allein sein wollt, wären wir gar nicht erst gekommen!", warf Em weiter ein und schaute wütend zu mir.

Ich hob abwehrend die Hände und stand auf. „Max hat mich nur getröstet. Vielleicht fragst du erst einmal, bevor du uns verurteilst. Du weißt, dass ich nichts für ihn empfinde."

Traurig sah ich sie an. Sie war heute so anders als sonst. Ich erkannte sie in manchen Momenten gar nicht mehr wieder. Es verletzte mich sehr.

„Josh?", er sah zu mir und nickte. Er verstand mich blind und das brauchte ich jetzt. „Holen wir Ella und gehen dann los." Gemeinsam schritten wir zum Café und auch wenn es keine direkte Flucht war, fühlte es sich genauso an.

Ella lag im Bett und schlief tief und fest, nachdem ich sie gestillt hatte. Nun saß ich mit meinem Bruder auf der Couch und gemeinsam schauten wir einen weiteren Film. Ich schlummerte leicht neben ihm ein. Plötzlich ertönte ein Knall und ich riss den Kopf hoch.

„Josh, was war das?", verunsichert blickte ich zu ihm. „Ich habe keine Ahnung, aber schau lieber mal nach Ella, ja?"

Ich nickte nur und verließ langsam und noch leicht schlaftrunken den Raum. Ich öffnete die Tür und sah zu Ellas Bett. Sie schien friedlich zu schlummern und alles schien unauffällig, weshalb ich das Zimmer wieder leise hinter mir schloss.

Vielleicht nur ein Vogel, der in der Nacht gegen das Fenster geprallt war? Wäre zumindest nicht das erste Mal.

Unten angekommen setzte ich Tee auf und holte selbstgemachte Plätzchen aus dem Regal. Es hatte Vorteile kochen und backen zu können sowie einen großen Garten zu besitzen. Durch das Fenster schaute ich genau darauf und da es offen stand, drang die kühle Nachtluft ins Haus.

„Josh?", flüsterte ich und sprach weiter, als ich ein Ja vernahm, „Tee?"

Wieder kam ein Ja vom ihm und ich goss schmunzelnd den Tee auf. Dann schlurfte ich zurück ins Wohnzimmer.

„Danke."

„Wofür, Lily?" Ich sah ihm fest in die Augen: „Es ist nicht normal, was du alles für mich machst. Für deine Rückendeckung, Liebe und Art, wie du Ella aufnimmst. Das bedeutet mir so viel, denn es ist nicht selbstverständlich. Du bist der beste große Bruder, den es auf der ganzen Welt gibt. Ich hab dich lieb."

Liebevoll strich er mir eine Träne weg und zog mich in seine Arme. „Immer. Das weißt du doch."

Ich lächelte und genoss den Moment, den wir teilten. Er nahm sich einen Keks und ich gab mir schließlich einen Ruck: „Jetzt erzähl mir noch mal richtig von deiner Freundin."

Prüfend sah er mich an: „Sicher, dass du das willst?" Ich nickte und er schwieg eine Weile, bevor er sich doch dazu entschloss, mit mir über sie zu reden. „Also sie heißt Melina und studiert Medizin. Sie ist ein Jahr jünger als ich. Sie ist perfekt. Am besten ich zeig dir mal ein Bild."

Er zog sein Handy aus der Tasche und scrollte

durch seine Galerie.

Er hatte eins gefunden und zeigte es mir glücklich strahlend. Ich prägte es mir gut ein. Sie hatte dunkelbraune, fast schwarze Haare und ein paar süße Sommersprossen. Ihre Augen leuchteten katzenhaft grün und sie war schlank und wohlgeformt.

Auf dem Foto schaute sie liebevoll zu meinem Bruder und hatte eine Hand auf seiner Brust, während er in die Kamera grinste. Sie sahen total süß aus.

„Vielleicht werde ich ja mal Tante", lächelte ich Josh an. „Ganz bestimmt wirst du das. Du wirst sie lieben, wie deine eigenen Kinder. Nur verwöhnen. Eis machen und Kuchen backen. Sie werden nie wieder zu uns zurückwollen, wenn sie einmal bei dir waren." Er lachte bei der Vorstellung laut auf.

„Ich werde halt die allerbeste Tante auf der Welt sein." Ein Lachen glitt über mein Gesicht, bevor ich leise seufzte.

„Denkst du noch oft an diesen Typen von jener Nacht?", er schaute auf und ich schluckte.

„Ja!", schrie ich innerlich. Jeden Tag. Immer. Wenn ich Ella sehe. Mein Schweigen sprach Bände. Tränen traten in meine Augen.

„Lilyana, du bist etwas Besonderes. Egal ob mit Baby oder nicht. Eines Tages wirst du jemanden finden, der dich so nimmt, wie du bist!"

Ich schniefte: „Und wenn ich ihn schon längst gefunden habe?"

Er schwieg, denn er wusste nichts darauf zu erwidern genauso wenig wie ich. Dieses Gefühl war zum Kotzen.Ich trank einen Schluck Tee und er rann mir die Kehle hinab und wärmte von innen. „Die Plätzchen sind echt spitzenmäßig", durchbrach Josh die Unruhe in mir. Was würde ich nur ohne ihn machen? Ich wusste es ehrlich gesagt nicht.

Kapitel 6

Edmund

Der Abend gestern hatte komisch geendet. Nachdem wir die beiden so vertraut miteinander vorgefunden hatten, gab es nicht nur zwischen Emma und Max heftigen Streit. In all dem hielt ich mich zurück, auch wenn ich nicht leugnete, dass mir dieser Anblick einen Stich in Herz versenkte.

Aber ich kannte sie doch nicht! Warum schmerzte es dann trotzdem so?

Der Wecker piepste und ich rollte mich quälend langsam zur Seite, um diesen nervenden Ton ein Ende zu bereiten. Stöhnend schmiss mein Körper sich aufs Bett zurück und starrte an die Decke.

Ich hatte ein mulmiges Gefühl bei der ganzen Sache und ich hatte so eine Vorahnung, dass dieser Urlaub in einer Katastrophe enden würde und das hatte nichts mit der Krönung zu tun.

Mein Rücken schmerzte und so rappelte ich mich auf. Es war bereits neun Uhr. Viel zu spät für meinen Geschmack. Leicht verschlafen tapste ich zu Max's Zimmer. Vorsichtig öffnete ich die Tür und stellte fest, dass er nicht mehr da war. Eine kleine Vorahnung brachte mich zum Grinsen und ich griff nach dem Telefon, um mir einen Kaffee zu bestellen.

„Guten Morgen, Rezeption Starhotel hier. Was kann ich für Sie tun?"

„Hallo, hier ist Edmund. Ich hätte gerne einen Kaffee in die Suite."

„Möchten Sie etwas zum Frühstück dazu, Mr. Edmund?"

Bei dieser Anrede zuckte ich unwillkürlich zusammen. Es versetzte mich zurück nach Hause, da mich die Angestellten dort ebenfalls so ansprachen.

Vorher war es noch Prinz oder eure Hoheit, doch das war mir meist zu formell. Ich handelte daher alle auf das Mister herunter.

„Mr. Edmund, sind Sie da?"

Ich nickte, was sie jedoch nicht sah: „Ja, bringen Sie mir bitte einen Obstsalat mit Naturjoghurt und einen Smoothie zusätzlich. Danke."

„Sehr gern", damit legte sie auf.

Ich lief zurück ins Zimmer und warf mir einen Hoodie sowie eine Jeans über. Alles lässige Kleidung, die ich zu Hause nur ganz selten trug. Schneller als gedacht, klingelte es an der Tür.

„Einen Moment!", rief ich und schloss noch rasch den Reißverschluss der Hose, lief eilig zur Tür und öffnete sie: „Stellen Sie es doch bitte auf den Tisch."

Eine Kellnerin trat ein und stellte meine Bestellung ab. „Hier, das ist für Sie", ich reichte ihr fünf Kronen.

Sie runzelte irritiert die Stirn: „Sie müssen nicht zahlen. Das setzen wir alles auf die Rechnung."

Dieser Spruch und ihre unschuldige verwirrte Miene, brachten mich zum Schmunzeln. Das war echt süß.

„Das ist Ihr Trinkgeld", sagte ich nur und wartete ihre Reaktion ab. Ihr entwich ein kleines „Oh".

„Guten Appetit", damit ließ sie mich allein. Mit einem Grinsen auf den Lippen schloss ich die Tür.

Zurück im Wohnzimmer fischte ich nach dem Handy und scrollte durch die Nachrichten. Eine war von Vater, fünf von meiner Mutter und eine von Max. Seine klickte ich zuerst an.

Max: Bin bis um 10 bei Emma. Pack schon einmal deine Badehosen ein, wir gehen an den Strand!

Ein Tag am Meer klang mal nach einem Plan. Abwägend sah ich auf die ungelesenen Nachrichten meiner Eltern. War es das Risiko wert?

Ma: Na, wie geht es dir? Hast du Spaß?

Ma: Hier sind drei Bilder von den Damen, die dich unbedingt kennenlernen möchten. Sie sind so entzückend. Die Zweite gefällt mir besonders. Überlege es dir gut und verletz niemanden!

Auf jedem Bild war eine andere drauf. Doch ich nahm mir nicht wirklich die Zeit, sie näher zu betrachten. Natürlich hatte sie sich nicht überlegt, dass sie damit mich verletzte. Sie ließ mir keine Freiheiten mehr! Die Person, um die es ging, bestimme, wen sie liebt oder nicht. Es fehlte nur noch mein Dad.

Dad: Hey, entschuldige den Vorfall. Es war nie meine Absicht, dich zu hintergehen.

Diese Nachricht schockte mich am meisten. Er gab es selten bis nie zu, wenn er einen Fehler machte. Vielleicht war es seine Art, so zu sein. Für mich kam dies einem „Hab dich lieb" sehr nahe.

Ich antwortete niemanden, da Max es nicht verlangte, Mutter es nicht verdiente und mein Vater nicht weiter darüber reden würde. Damit war das erledigt.

Mit den Fingern griff ich kurz durch meine blonden Locken. Ich trank gerade einen Schluck Kaffee und kostete einen Löffel vom Obstsalat, als mein Handy zu klingeln anfing.

Elena!

„Ja, Leni? Was gibt es?"

„Hey, Ed", sie klang verunsichert, „ Mama dreht durch. Sie plant deine Hochzeit. Ist so vernarrt in diese Sarina, dass diese jetzt schon bei dir im Zimmer wohnt und lässt sogar das Hochzeitskleid für sie schneidern. Ich hab ihr gesagt, dass das nicht ..."

Perplex starrte ich auf das Handy: „Was zu Hölle erzählst du da? Gib Sie mir. Sofort Elena. Verstanden!"

Meine Stimme bebte nur so vor Zorn. Es herrschte einvernehmliche Stille.

Meine Mutter meldete sich fröhlich am Telefon: „Hey, Ed. Schön, dass du dich mal meldest. Prinzessin Sarina ist so wundervoll und ihre roten Haare. Ach, sie ist perfekt und..."

„Halt deinen Mund, Mutter!", unterbrach ich sie zornig, „Was fällt dir ein, so über mein Leben zu entscheiden! Sarah oder wie auch immer packt ihre Sachen und verschwindet. Sofort. Und nicht nur aus meinem Zimmer. Ich bin enttäuscht von dir, Ma."

Sie schwieg und ich hörte Elena leise im Hintergrund sagen: „Du wendest damit deinen Sohn immer mehr von dir ab, merkst du es denn nicht, Mum!" Sie klang anklagend und es war nicht für meine Ohren bestimmt. Ich schluckte schwer und legte auf.

Ich knallte das Handy auf den Tisch und verschränkte die Arme hinterm Kopf. Das Gefühl von Hilflosigkeit, Unterdrückung und Einschränkung was in mir aufstieg, zerrte an meinem Herzen. Frustriert setzte ich mich aufs Sofa und starrt auf das schwarze Display.

War das ihr scheiß Ernst?

Ich hatte sie lieb, das würde immer so bleiben, doch manchmal blieb das Gefühl, dass sie genau das schamlos ausnutzte. Sie war eine hinterlistige Frau.

Unzufrieden starrte ich in die Kaffeetasse und aß

den Salat auf. Mein Handy vibrierte währenddessen sieben Mal, doch ich ging nicht ran.

Kurz vor zehn kam Max ins Zimmer und merkte natürlich sofort, dass etwas nicht stimmte. Er kam zu mir und schmiss sich neben mich aufs Sofa.

Es herrschte eine einvernehmliche Stille, bis er schwer seufzte und sagte: „Familie kann man sich eben nicht aussuchen."

Ein sarkastisches Lachen drang über meinen Mund: „Was du nicht sagst."

Wir saßen uns lachend gegenüber.

„Danke", schmunzelnd sah ich ihn an. Er nickte. „Gerne."

„Und hast du deine Badesachen gepackt?"

Er lächelte: „Schon heute früh. Schließlich brauchen wir noch eine Freundin für dich." Max wollte mich damit aufmuntern, doch ich verzog widerwillig den Mund.

„Erzähl Ed. Was ist bei dir zu Hause passiert, dass du so verstimmt bist?"

„Die Königin ist auf die glorreiche Idee gekommen eine Sarina, die ich heiraten soll, bei mir ins Zimmer einziehen zu lassen. Sie hat schon meine verdammte Hochzeit geplant. Die Eltern der Braut wohnen natürlich längst im Palast. Und ICH wäre ahnungslos nach Hause gefahren." Ich redete vor Wut viel zu schnell und laut.

„Hätte nicht gedacht, dass es deine Eltern noch einmal schaffen, sich selbst zu übertreffen. Aber das, Edmund, ist wirklich scheiße."

„Lass uns später reden. Wenn es so weiter geht, verderben sie uns nämlich noch den Urlaub!"

Ich verließ den Raum und holte meinen schwarzen Rucksack. Ich stopfte einen dicken Pullover oben drauf und zog mir eine dunkelblaue Badehose und ein weißes schlichtes T-Shirt drüber. Draußen schlüpfte ich in meine Flipflops und sah, dass Max schon längst bereit war. Ein Grinsen stahl sich auf unsere Lippen.

Um zum Wasser zu gelangen, liefen wir durch Hinterausgang des Hotels und den angrenzenden Park, bis man die Dünen sah. Dahinter erstreckte sich schon der schier endlos lange Strand. Wellen preschten eine nach der anderen in den Sand und die Möwen kreischten unaufhaltsam. Es ergab sich die gleiche Situation wie letztes Mal. Wieder einmal waren Max und ich so ziemlich die Einzigen. Ich breitete eine Decke aus und legte unser beider Handtücher darauf.

Schnell zog ich mein Shirt aus und rannte den Wellen entgegen. Ich tauchte hinab und genoss die Stille und das Gefühl von Freiheit, was mich in dem Moment umgab.

Tief holte ich an der Wasseroberfläche wieder Luft. Max folgte und unter Wasser schwamm ich auf ihn zu und zog Max mit mir. Dabei wendete ich zu viel Kraft, denn als wir beide auftauchten, schnappte er keuchend nach Atem.

„Eins zu null für dich", brachte er mühsam hervor. „Hey, komm. Lass uns eine Runde schwimmen." Er nickte zustimmend und wir machten uns auf den Weg.

Er war eher der Typ für schnelle und intensive Sportarten. Ich dagegen war für den Ausdauersport geschaffen. Dies trieb uns manchmal zum Wahnsinn und ich rechnete es ihm hoch an, wenn er mit mir schwamm. Max liebte es, sich im Meer aufzuhalten, doch schwimmen war noch nie sein Favorit. Nach etwa einem halben Kilometer drehten wir um.

Gemeinsam näherten wir uns dem Strand und schon von weitem erkannte ich eine hübsche junge Frau im Bikini, die lachend Richtung Wasser lief.

Wir kamen ihr immer näher und auch Max hatte sie

bemerkt: „Hey! Ist das nicht Lily?"

Stimmt, es war Lilyana mit Joshua und Ella. Sie hatten einen Schirm über die Kleine gespannt, da sie der Sonne nicht ausgeliefert sein durfte.

Max stellte sich nun auf, da wir wieder auf dem Boden stehen konnten, und lief auf Lilyana zu: „Hey, Lily. Was für ein Zufall."

Die genannte Frau drehte sich zu uns um und riss überrascht die Augen auf. Wir kamen näher zu ihr und ich hatte freien Blick auf ihren Körper. Lilyana war schlank und feminin. Dafür, dass sie erst ein Kind bekommen hatte, sah sie fantastisch aus. Ein cremeweißer Bikini verdeckte ihre intimen Stellen. Sie sah perfekt darin aus und er brachte ihre pfirsichbraune Haut deutlich zur Geltung.

„Edmund", ich riss meinen Kopf zu den beiden, die mich anstarrten.

"Was?", fragend sah ich zu ihnen.

„Kommst du mit?", fragte Lilyana.

Ihre Stimme machte alles nur noch schlimmer.

„Nein", energisch lehnte ich ab, „Ich gehe erst einmal raus."

Max runzelte irritiert die Stirn, ließ es aber darauf beruhen.

Während sie im Wasser verschwanden, ging ich zu unseren Handtüchern und setzte mich hin. Nach einer Weile ebbte dieses komische Schwindelgefühl wieder ab und ich konnte endlich entspannt durchatmen. Ich legte mich hin und schaute in den Himmel. Die leichte Sonne, die durch die Wolken schien, wärmte mich und ich schloss für einen kurzen Zeitraum die Augen.

Durch die geschlossenen Augenlidern nahm ich einen Schatten wahr. Irritiert öffnete ich sie wieder und starrte direkt in zwei andere.

Es war Joshua, Lilyanas Bruder.

„Sorry, Kumpel. Ich wollte dich nicht erschrecken."

Er hielt mir die Hand hin und ich zog mich daran hoch.

„Nicht so schlimm. Was gibt es?"

Er schaute einen Moment aufs Wasser, bevor er sicher antwortete: „Ich dachte, ihr gesellt euch zu uns? Schließlich sind wir ja fast eine Familie."

Fragend zog ich eine Augenbraue hoch.

„Emma und Lil sind ja quasi Schwestern. Wenn aus Max und ihr was wird, dann sind wir eine große Familie, da du ja „Max Bruder" bist."

Jetzt ging mir ein Licht auf und ich grinste zurück. „Und was wenn aus Max und Lily ein Paar wird?"

Ihm war mein leicht eifersüchtiger Tonfall nicht entgangen und ich sah förmlich, wie er in sich hinein lächelte.

Er schüttelte belustigt, aber doch aufmerksam den Kopf: „Ganz sicher nicht. So ist Lil nicht! Max ist für sie sowas wie ein guter Freund. Außerdem denke ich, dass sie ihr Herz schon lange verschenkt hat. Nur an die falsche Person! Wenn ich diesen Mistkerl in die Finger bekomme, dann..."

Ich spürte seine innere Zerrissenheit und mein verräterisches Herz klopfte heftig. Sie war vergeben und jemand hatte sie gebrochen. Derjenige hatte echt Schuppen vor den Augen, doch das half mir nicht.

Wir schwiegen eine Weile und starrten auf das Meer. Er unterbrach die Stille zuerst.

Erst da bemerkte ich, dass er mindestens einen halben Kopf größer als ich war. Dabei war ich nicht mal besonders klein.

„Los, Edmund. Tragen wir euer Zeug zu uns."

Wir packten beide die Ecken von der Decke und trugen sie samt Inhalt zu ihrem Platz hinüber. Wir setzten uns und er holte zwei Bier aus einer Kühlbox und reichte mir eine Flasche.

Überrascht schaute ich ihn an, doch er zuckte nur mit den Schultern, nahm einen großen Schluck und erzählte: „Früher hat Lily auch Bier getrunken und wir waren meist mit meinem besten Freund Jess unterwegs. Das ist bei mir noch so drinnen, weshalb ich immer mehr als nötig einpacke."

Ich grinste in die Flasche und nahm einen Schluck. Das kühle Getränk rann mir die Kehle runter und ließ mich angenehm frösteln.

Er schaute aufs Meer und ich folgte seinem Blick. Lilyana und Max lieferten sich eine harte Wasserschlacht, wobei Lily taff durchhielt. Man hörte sie bis hier lachen.

„Ich habe sie schon lange nicht mehr so viel Lachen gehört. Sie ist verletzlich und dennoch stärker, als man denkt. Seit sie von Ella weiß, lebt sie eingeschränkter und ist glücklich mit ihr. Aber ihr Herz wird nie wieder heilen", er lächelte traurig und sah zu Ella, die leicht vor sich hin schlummerte.

Erstaunt, dass er so offen mit mir darüber sprach, hörte ich ihm zu. Er war jedoch nicht auf den Kopf gefallen, was er mir in dem Moment bestätigte: „Ich kenne dich nicht, aber ich sehe es in deinen Augen. Dieses magische Funkeln. Wenn du ihr wehtust, tu ich dir weh. Verstanden?"

Ich nickte leicht, da mich sein Beschützerinstinkt einschüchterte. Große Brüder waren alle gleich. Wir passten immer auf unsere kleine Schwester auf, egal wie alt sie war. Bei ihnen wurden die taffsten Männer zu weichen Kerlen.

„Wieso sehen wir immer als Erstes, dass jemand auf unsere Schwester steht?"

Er zog eine Grimasse: „Bist wohl auch einer." Ich nickte zustimmend.

„Ich weiß es genauso wenig wie du, Edmund."

Er lehnte sich zurück und stützte seine Arme auf dem Boden ab, um sich zu halten. Jetzt hatten wir beide, die gleiche Position. Wir grinsten uns verschwörerisch an.

„Was gibt es denn hier zu lachen ohne mich?", ich blickte überrascht zu Lilyana, die uns gespielt tadelnd ansah.

Max stand hinter ihr. Ich reichte ihm sein Handtuch und Lily beugte sich herunter zu ihrem, so dass ich freien Einblick hatte.

Josh stupste mich heftig an und ich löste meinen Blick hastig von ihr.

„Die Wellen sind herrlich. Man hat einfach das Gefühl von Freiheit, Schwerelosigkeit und die Macht des Wasser ist so stark."

Max grinste wissend: „Das sagt Edmund auch jedes Mal. Es nervt schon fast."

Ich kratzte mich verlegen am Hinterkopf und bemerkte Lilys Blick erst gar nicht, der auf meinem trainierten Körper ruhte.

„Echt?", fragend riss sie den Kopf hoch. Wir fingen daraufhin ein Gespräch an.

Ich ließ mich nicht von Max und Josh Blicken beunruhigen, die belustigt und interessiert auf uns lagen. Mit der Zeit blendete ich sie aus und ich hing nur noch an ihren Lippen. Sie hatte mich komplett verzaubert und in ihren Bann gezogen.

Kapitel 7

Lilyana

Nachdem Max und ich uns im Wasser ausgetobt hatten, sind wir zu Josh und Edmund gegangen, die in der Zwischenzeit ihr Lager zusammengeräumt hatten. Sie schienen sich gut zu verstehen, denn als wir bei ihnen angekommen waren, lachten die beiden miteinander. Bei dem Anblick zog sich etwas in mir zusammen. Bis zum Ende hatten wir viel gesprochen. Edmund hat mir zu jeder Zeit zugehört, mich ernst genommen und immer aussprechen lassen. Das war eine Eigenschaft, die nicht jeder Mensch besaß. Am frühen Nachmittag hatten wir uns dann verabschiedet, da Ella zum einen nicht so lange in der Sonne bleiben sollte und ich mich zum anderen auf heute Abend vorbereiten musste.

Es war bereits drei Uhr, als wir das kleine Strandhaus erreichten. Ich war fix und fertig und setzte erst einmal einen Topf mit Milch für uns auf. Irgendwo im Schrank befanden sich noch Schokobomben, die in der warmen Milch dann zu heißer Schokolade zerfielen.

Während ich dies vorbereitete, zog Josh Ella vorsichtig die Mütze über den Kopf und legte sie behutsam zurück. Ich beobachtete diesen Moment von der Küche aus. Es war berührend, ihnen zu zusehen.

Ich hörte die Milch leise gluckern und zog den Topf vom Herd. Ich nahm mir zwei blaue Tassen mit Meeresmotiv aus dem Schrank und goss in beide die Milch. Auf einen Teller legte ich die Bomben und trug alles vorsichtig ins Wohnzimmer. Ich schaffte es sogar, ohne zu kleckern, zu unserem Couchtisch.

„Kann ich dir behilflich sein?", Josh schaute kurz

von Ella auf, die ihn gerade vergnügt angluckste.

„Nein, bleib einfach bei ihr. Das würde mir am meisten helfen."

Er lächelte, bevor er in seiner eigenen kleinen Welt mit Ella verschwand.

Wäre Ellas Vater auch so?

Ich merkte, wie ich mir den Moment selbst zerstörte.

„Ich hole schnell den Kuchen. Bin gleich wieder da!"

Ich lief zurück in die Küche und holte die bunt gemischte Kuchenplatte aus dem Kühlschrank hervor, die von gestern noch übriggeblieben war. Ich stellte sie auf meiner Kücheninsel ab und starrte auf die Massen an Kuchen: „Das schaffen wir unmöglich allein!"

„Find ich auch", äußerte Josh hinter mir und ich zuckte zusammen. „Frag doch Emma, Edmund und Max, ob sie kommen wollen."

Ich blickte in sein grinsendes Gesicht und wusste sofort, dass er etwas im Schilde führte. Fragend lupfte ich eine Augenbraue an: „Was weißt du, was ich nicht weiß?"

Sein Grinsen wurde breiter, doch er erwiderte nichts. Während ich Emmas Nummer wählte, schritt er zurück zu Ella.

„Starhotel hier, was kann ich für sie tun?" Sie klang außer Atem. Der Verdacht, sie bei ihrer Tätigkeit mit Max gestört zu haben, kam mir sofort.

Sie schien nicht zu wissen, wer am Telefon war: „Guten Tag, hier ist Lilyana Vogtmann. Ist meine Freundin Emma zufällig zu sprechen oder vernachlässigt sie ihre Arbeit für einen Jungen namens Max."

Ich verkniff mir ein Lachen und hörte sie erschrocken aufkeuchen: „Lily. Ich wusste ja nicht…"

Sie schwieg und ich sah förmlich ihr zerknirschtes Gesicht vor mir.

„Eigentlich ruf ich an, um dich, Max und Edmund zum Kaffee trinken einzuladen, da wir noch so viel Kuchen übrig haben. Ihr könntet vorbeikommen und bleiben, bis ich selbst zum Hotel muss. Wenn du aber schon anderweitig beschäftigt bist, ist das natürlich kein Problem."

Ich hörte, wie sie sich im Hintergrund mit Max unterhielt. Ich wartete ab: „In zehn Minuten bei dir."

Ich lächelte und sie legte einfach auf. Sie wusste, dass ich mich freuen würde, und sie war niemand, der gerne sinnlos Zeit verschwendete. Ich setzte eine Kanne Tee und Kaffee an. Dann holte ich Wasser aus einem Schrank und füllte es in eine Glaskaraffe und gab anschließend Zitronenstücke und Minzblätter dazu.

„Josh?" Er streckte seinen Kopf in den Türrahmen. „Was gibt es?"

Ich nickte Richtung Geschirrregal und fügte hinzu: „Deckst du auf der Terrasse ein?"

Er nahm sich das nötige Geschirr und begann zugleich. Auf der Terrasse, die an Wohnzimmer wie Küche grenzte, breitete ich eine Decke auf dem Tisch aus. Josh stellte die Teller darauf ab und ich verteilte es stilvoll auf die jeweiligen Plätze. Eine Treppe führte zum Garten hinunter, wo sich die Wildblumen befanden. Vorsichtig pflückte ich ein Paar und stellte sie anschließend in zwei dursichtige Vasen, die ich vorhin mit raus gebracht hatte. Die Kuchenplatte fand in der Mitte ihren Platz und die Blumen links und rechts daneben.

„Am besten die drei sitzen dort drüben und wir setzen uns mit Ella hier hin."

Ich lief zurück ins Haus und nahm die Wasserkaraffe sowie den Kaffee schon einmal mit.

„Lily?", fragte Josh, „Was wird aus den Tassen von vorhin?"

Ich legte meine Stirn in Falten: „Die habe ich ganz vergessen. Lass uns sie heute Abend nochmal in der Mikrowelle warm machen."

Hastig stieg ich durch die Tür zurück ins Haus und schaute auf die fast makellose Küche. Generell war die Wohnung sehr aufgeräumt, da ich, im Gegensatz zu Josh, super ordentlich war. So hatte ich nicht mehr viel zu erledigen. Ich holte noch die Teekanne und etwas Süßes aus dem Regal und verteilte es auf dem Gartentisch. Die Getränke stellte ich mit den Gläsern auf ein Rolltablett. Es war sehr praktisch, da so nicht zu viel auf dem Tisch stand, was einem beim Reden mit dem Gegenüber störte. Ich sah mich hastig um.

Fehlte noch etwas?

Ich checkte alles ab und Josh kam mit Ella in einer Trage wieder, die ich auf den freien Platz zwischen unsere beiden Stühle stellte.

„Lily, komm runter. Es sieht spitzenmäßig aus. Für neun Minuten, die du nur gebraucht hast, ist das der Hammer. Manche schaffen das nicht mal in einer Stunde."

Seine Worte beruhigten mich leicht. „Danke."

Er lächelte und wie auf Kommando klingelte es. Schnell eilte ich zur Tür und öffnete sie strahlend.

Vor mir standen ein gutaussehender Edmund sowie Max und meine Freundin Emma. Ich umarmte sie und grüßte die anderen zwei freundlich.

„Danke für die Einladung. Dein Haus ist echt schön und die Gegend gefällt mir sehr", ergriff Edmund das Wort und Max bestätigte dies nickend.

„Und da habt ihr es noch nicht einmal von innen gesehen. Sie hätte genauso gut Eventplanerin oder Innenarchitektin werden können", erwiderte Emma grinsend.

„Dann kommt doch rein. Schuhe lasst ihr bitte an. Es ist ja trocken draußen und wir sitzen eh auf der Terrasse."

Edmund schaute sich um und ihm gefiel, was er sah, denn auf seinen Lippen erschien ein Lächeln. Erleichterung durchflutete mich.

Ich führte sie über die Küche nach hinten und hörte, wie er und Max fast unisono fragten: „Was hast du denn alles in zehn Minuten angestellt?"

Verwirrt starrten sie in den Raum und Emma lachte auf: „Das ist gar nichts bei ihr. Sie ist halt sehr sauber und ordentlich."

Ich stimmte mit in ihr Lachen ein und hätte beinahe die gemurmelten Wörter von Edmund überhört: „Das würde meiner Mum sicher gefallen."

Es klang nicht abwertend, aber es war auch nichts Positives daran zu finden. Ich sah ihn prüfend an und unsere Blicke kreuzten sich. Er sah etwas in meinen Augen, was ihn schnell zur Seite schauen ließ.

„Lasst uns rausgehen. Ich bin mir sicher Joshua verhungert gleich", unterbrach Max die kurze Stille und deutete auf Josh, dem förmlich das Wasser im Mund zusammen lief, während er auf die Köstlichkeiten starrte.

Wir traten auf die Terrasse und ich schloss hinter ihnen die Tür.

„Wow", äußerten sich Max und Edmund schon wieder gleich.

„Habt ihr das abgestimmt?"

Sie sahen mich fragend an: „Merkt ihr gar nicht, dass ihr fast immer dasselbe fragt beziehungsweise äußert?"

Amüsiert verfolgten Emma, Josh und ich die Reaktion ihrer Gesichter. „Setzt euch doch", mein Bruder deutet auf die Stühle.

„Was wollt ihr trinken?", erkundigte ich mich in der

Zeit.

„Einen Kaffee bitte", war Edmunds Antwort. Emma trank meist Zitronenwasser, was sie mir auf die Frage hin bestätigte. Max nahm vorerst einen Tee. Ich nickte und holte eine Teetasse von innen.

Ich öffnete den Schrank und fischte nach einer Tasse. Ich hörte, wie jemand die Küche betrat, da die Balkontür leicht knarzte.

„Ich bräuchte mal eine Serviette", erklang eine tiefe Stimme. Ich drehte mich zu Edmund um, der mit einem braunen, statt weißem T-Shirt vor mir stand.

Ich riss schockiert die Augen auf: „Wie ist das passiert?"

Er lächelte und fing an zu erzählen: „Emma hat mit Ella rumgealbert. Sie hat dabei aus Versehen mit ihrer Hand meine Tasse umgestoßen und jetzt stehe ich hier und verbrenne immer noch."

Ich stieß ein leises Oh aus. Er versuchte, nicht zu grinsen, doch ich sah, dass seine Mundwinkel leicht zu zucken begannen.

„Komm mit", ich zog ihn mit in Richtung Bad. „Es ist nicht aufgeräumt."

Er stoppte in der Bewegung und hielt mich fest, damit ich nicht weiterlief. „Was ist nicht aufgeräumt?"

Edmund blickte mir fest in die Augen und ich verlor mich in ihnen. Er kam einen Schritt näher, worauf ich einen Schritt zurückmachte. Edmund ignorierte diese Geste einfach und trat weiterhin auf mich zu. Mit jedem seiner Schritte lief ich einen zurück, bis sein Körper mich an der Wand einkeilte. Tief atmete ich seinen Duft ein, was ihn aufgrinsen ließ. Meine Hände ruhten auf seiner Brust, unfähig sich zu bewegen, geschweige denn sich zu wehren. Mein Blick glitt nach oben und unsere Augen fanden sich. Ich keuchte auf, als er mir so nahekam, dass er fast meine Lippen berührte.

Was taten wir hier nur?

„Das Bad", hauchte ich schließlich, um mich aus dieser Situation zu befreien, „du bleibst mir nicht in diesen Sachen."

Ein Funkeln trat in seine Iriden und mir wurde bewusst, wie zweideutig es für ihn klang. Ich senkte beschämt den Kopf, huschte unter seinen Armen durch und lief die Treppe zu meinem Bad hoch, da es im Gästebad keine frischen Handtücher sowie eine Dusche gab.

Ich hörte ihn leise seufzen und ergänzte eilig: „Du bekommst neue Sachen von Joshua. Ich hole sie nur schnell. Hier ist das Bad. Die Handtücher befinden sich auf dem rechten Regal. Falls du duschen möchtest, ist Shampoo von Josh drinnen."

Er nickte nur und wir schwiegen wieder. Die Stille war mir unangenehm. Ich räusperte mich und schritt eilig zum Gästezimmer.

Als ich durch die Tür trat, stockte mir der Atem. Ich quiekte überrascht auf. Überall auf dem Boden lag seine Wäsche verteilt.

„Igitt. Josh!", schimpfte ich innerlich mit ihm. Ich stieg über eine getragene Unterhose. Vor dem Regalbrett mit den frischen Sachen blieb ich stehen und griff nach der Kleidung.

Ich verließ dann zügig den Raum mit dem Versprechen, ihm die Hölle heiß zu machen, wenn er nicht bald sein Zimmer aufräume.

An der Tür klopfte ich laut: „Die Sachen!"

„Komm rein!", drang es gedämpft durch die Tür. Ich öffnete sie erst unsicher einen Spalt, riss mich dann aber zusammen und trat selbstbewusst in mein Badezimmer.

„Ich habe hier ein", ich stoppte mitten im Satz und starrte auf seine gebräunten Brustmuskeln, die er gerade anspannte, weil er sich abtrocknete.

„Oh, entschuldige ich...", stotterte ich und steckte mir verlegen eine Haarsträhne hinters Ohr.

Wieso brachte mich dieser Mann so aus der Fassung?

Edmund war zufrieden damit, dass er mir gefiel. Er könnte es leugnen, doch seine zuckenden Lippen und seine funkelnden Augen verrieten ihn. Dieser Anblick war so neu für mich, aber auch so real und vertraut.

Edmund kam wie zuvor auch ein Schritt auf mich zu. Alle Alarmglocken schrillten in mir, doch ich blieb stehen. Schaute wie weit er ging. Ich wollte wissen, warum er mich mit seinen Blicken verschlang und ich so auf ihn reagierte.

Er schien selbst einen inneren Kampf mit sich zu führen. So als wüsste er nicht, ob es eine gute Entscheidung war.

Hing er an jemanden? Mein Herz verdrängte jegliche Vernunft. Ließ nur ein stärker werdendes Knistern zurück.

„Was ist?", hauchte ich, den Widerstand in seinen Augen bewusst.

Warum sprang ich bei ihm so an, obwohl ich den Mann aus jener Nacht noch hinterher trauerte? Was war das hier?

„Lily, du bringst mich um den Verstand. Wieso bist du mir so vertraut und doch so fern?"

„Ich weiß es nicht", erwiderte ich atemlos.

Und dann unternahm ich etwas Unüberlegtes. Ich stellte mich auf die Zehenspitzen, schlang meine Arme um seinen Hals und zog ihn zu mir heran. Ich wollte ihn so sehr, dass es schmerzte, und ich gab diesem Gefühl nach. Mein Atem beschleunigte sich und die ganze Sache ließ auch ihn nicht kalt. Es fühlte sich an, wie vom Blitz getroffen. Wenige Millimeter trennten unsere Lippen nur noch und er nahm mir die Entscheidung ab, indem er sie einfach überbrückte und mich endlich küsste.

Sanft fuhren unsere Lippen übereinander und erkundeten sich gegenseitig. Seine waren weich und luden meine dazu ein, zu verweilen.

Ich seufzte zufrieden und drängte mich vorsichtig gegen ihn. Meine Hand ruhte in seinem seidigen Haar und er zog mich fordernd an den Hüften näher. Doch unser Kuss blieb weich und beflügelt.

Ich spürte, wie seine Zunge langsam vorglitt und in dem ich meinen Mund öffnete, gewährte ich ihm Zugang für mehr. Es fühlte sich ungewohnt schön an und die Zärtlichkeit in seiner Geste ließ mich schwach werden. Sein letztes Stück Widerstand schmolz in meinen Armen dahin und dieses Gefühl beschwingte einen.

„Lily, das ist…", fing Edmund an.

„Edmund , Lily? Wo seid ihr?"

Josh!

Ich sprang von Edmund weg. Ertappt sahen wir uns an.

Panik stieg in mir auf und Scham, da uns Josh fast erwischt hatte. Hastig verließ ich daraufhin das Bad, um meinen Bruder unten abzupassen.

Bevor ich jedoch die Tür schloss, sah ich zu Edmund, der verzweifelt in den Spiegel schaute. Verärgerung mischte sich darunter und ich schluckte heftig.

„Bereust du es?", die Frage rollte ungehalten über meine Lippen.

Er sah zu mir. Die Mauer, die er zu tarnen versuchte, wieder aufgerichtet. So als hätte er irgendeinen Entschluss getroffen. Sein Blick war leer.

„Warum sollte ich etwas bereuen, was nie passiert ist."

Seine Stimme klang kühl, abweisend und seine Worte schmerzten ungemein.

Tränen der Wut, der Pein und der Verzweiflung traten in meine Augen und es kostete mich alle Kraft, sie zu unterdrücken. Ich schloss die Tür und rannte zu Josh, der schon auf dem Weg nach oben war.

„Ist alles gut?"

Ich nickte nur kurz angebunden und erwiderte: „Muss mal aufs Klo."

Er sagte nichts dazu und ging dann hoch, um Edmund abzuholen. Ich rannte weiter die Treppen hinunter, lief zum Gästebad und verriegelte von innen die Tür.

Schwer atmend ließ ich mich auf dem Klodeckel nieder und atmete tief ein und aus. Der Kopf stützte schwer in meinen Händen und ich fühlte mich schlecht. Ich sah auf und direkt vor mir stand eine kleine Uhr, die laut tickte.

Ticktack. Ticktack. Immer weiter. Es war bereits um vier. Wir waren fast eine halbe Stunde weg gewesen!

Ich drehte den Wasserhahn auf und spritzte mir kaltes Wasser ins Gesicht. Ich wischte es mir am Handtuch ab und trat dann schließlich durch die Tür.

Ich ließ die Zimmer hinter mir und lief zurück zu den anderen. Alle sahen zu mir, außer Edmund. Emma grinste vielsagend, womit ich mich jedoch nicht weiter beschäftigte. Niemand schien etwas zu merken, denn jeder unterhielt sich angeregt. Er weniger, aber sein Schweigen war unauffälliger als meins.

Max bemerkte es trotzdem und sah immer wieder prüfend zwischen uns hin und her.

„Lily, du isst ja gar nichts?", Josh musterte mich fragend. Er sah besorgt aus. Alle Blicke richteten sich auf meine Wenigkeit. Mir wurde schlecht.

„Ich habe keinen Hunger."

Er runzelte die Stirn und auch Emma und Max sahen mich beunruhigt an.

Nur Edmund hielt sich zurück. Er schaute zu Ella, die schlief. So als wäre sie höchst interessant. Dieser Mistkerl!

„Du hast heute Morgen kaum etwas angerührt. Das Mittagessen haben wir ausgelassen und du hast gar kein Hunger? Geht es dir nicht gut?"

Bis vor einer halben Stunde schon, dachte ich stumm. Mir war jedoch der Appetit vergangen. Ich verstand seine Sorgen, doch in dem Moment stresste es mich einfach nur.

„Es ist alles in Ordnung. Wirklich!", erwiderte ich nun energischer und stand auf. „Ich ziehe mich jetzt für den Auftritt um."

Ich wartete gar nicht erst auf eine Antwort.

Ich schritt zurück ins Schlafzimmer und holte mir das cremeweiße, mit Spitze besetzte Sommerkleid aus dem Schrank. Es lag eng an meinen Körper an und endete bei den Knien. Meine Konturen zeichnete es scharf ab. Ich steckte meine Haare hoch, tuschte die Wimpern nach und trug dezenten Lipgloss auf. Dann stieg ich in die passenden Sandaletten und verließ das Zimmer. Vorher setzte ich mir noch schnell eine schwarze Sonnenbrille auf und schnappte nach meiner Tasche. Ich schaute im Bad in den Spiegel und sah meine Perlenohrringe im Licht schimmern. Ich lächelte mich an und ging dann zurück zu den anderen.

Den Stimmen nach zu urteilen, waren sie schon alle im Flur und warteten. Vorsichtig trat ich zu ihnen. Die Blicke richteten sich auf mich. Verlegen strich ich mir eine lose Locke hinter die Ohren.

Edmunds Blick glitt über mich und unsere Augen verhakten sich kurz miteinander. Er musterte mich, doch ich sah ihn nicht länger an.

Max pfiff anerkennend durch den Mund, was mir ein Grinsen entlockte. Emma nickte beeindruckt und von Josh fing ich besser gar nicht erst an.

„Müssen wir noch etwas aufräumen?"

Er schüttelte lächelnd den Kopf. „Ich mach das. Geh du ruhig. Ella ist ja schon gestillt."

Dankend sah ich ihn an. In den letzten zwei Tagen hatte ich Ella etwas vernachlässigt, was mir ein schlechtes Gewissen bescherte. Ich war doch Tag und Nacht bei ihr und trotzdem machte ich mir einen Kopf.

Kapitel 8

Edmund

Verzweifelt schloss ich die Tür hinter mir. Tausend Fragen kreisten in meinen Kopf, auf die ich keine Antwort fand.

Ihr die kalte Schulter zu zeigen, war notwendig, um sie nicht zu verletzen. Es hätte gar nicht erst so weit kommen dürfen. Ich sehe jetzt noch ihren traurigen Blick vor mir. Ich war ein richtiges Arschloch. Sie ist alleinerziehend. Ihr wurde schon mal das Herz gebrochen. Wenn ich nicht aufpasste, war ich der Nächste, der das tat.

Mit Wut traf mein Fuß auf das Sofa. Ich verlor die Kontrolle über mich.

Und was war mit dem Mädchen aus jener Nacht? Bei der ich genau die gleichen Gefühle hatte?

Noch nie hatte ich so eine tiefe Zuneigung verspürt wie bei ihr.

Vor meinen inneren Augen tauchte gleichzeitig Lilyana auf. Ihre rosigen vollen Lippen vor mir. Sie war hinreißend und ihre schokobraunen Iriden fesselten meine. Tief drang ihr Blick in mich hinein. Was sie da sah, verstand sie nicht. Sie wollte aber. Die stumme Frage stand ihr ins Gesicht geschrieben. Doch das Knistern war mächtiger und mit jeder Sekunde kämpfte es sich durch, bis ihre Lippen auf meinen lagen.

Alles, was ich danach tat, war nur zu ihrem Schutz. Die Intensität zwischen uns sprühte kräftig und der folgende Schritt wäre der Anfang vom Ende gewesen. Wir hätten nie eine Chance. Nicht mit Kind und Königreich und wer versicherte mir, ob ihre Gefühle für einen langen Zeitraum hielten. Ich seufzte schwer auf. Kronprinz zu sein, war alles, nur nicht leicht.

Nach dem Max und Emma vom Konzert zurückkamen, erzählten sie davon und tauschten sich darüber aus. Ich hörte nur mit halbem Ohr zu, da meine Gedanken ganz woanders festhingen. Sie blieb jedoch nicht lange. Emma musste den Rest nacharbeiten, den sie für Lily liegen gelassen hatte.

Ich war mit Max allein und machte sich auf seine Fragen gefasst. Sie folgten aber nicht. Obwohl er mir am Nachmittag immer wieder fragende Blicke zugeworfen hatte, blieb er still. Sonst war er doch auch immer so neugierig.

Als niemand etwas sagte und ich nicht von mir aus zu erzählen anfing, seufzte er. Max erhob sich und lief zur Tür seines Zimmers. In mir stieg ein schlechtes Gewissen auf. Er öffnete sie und war schon fast verschwunden.

„Ich war da. Immer an deiner Seite und jetzt redest du nicht mit mir. Man Edmund! Ich bin nicht blöd. Du und Lily ihr konnte euch nicht mal mehr in die Augen schauen. Sie schwieg die ganze Zeit. Lilyana hat nichts gegessen. Bloß weil du dich besser unter Kontrolle hast, heißt das für mich nicht, dass ich das nicht sehe. Du warst eiskalt, hast eine Fassade hochgezogen sowie König Alexander. Wir hatten uns mal geschworen, nie so zu werden wie unsere Väter. Und was machst du jetzt? Du wirst genau wie er! Du bist echt ein beschissener Freund."

Ich schluckte und sah in seinen Augen Enttäuschung aufblitzen. Ich erblickte Verachtung, obwohl ich es ihm nicht erzählt hatte.

Sein Vorstellungsvermögen schien ihm zu reichen

und er hatte ins Schwarze getroffen. Kein Laut drang über meine Zunge.

Er schüttelte den Kopf und schloss dann die Tür. Erst als ich allein war, traten mir Tränen in die Augen.

„Könige weinen nicht! Gefühle machen uns schwach und angreifbar. Das darfst du dir verdammt noch mal nicht leisten!", hallten die Worte meines Vaters durch meinen Kopf.

Doch ich verlor mich und den letzten Halt, den ich besessen hatte. Ich hielt es nicht mehr in der Wohnung aus, schnappte mir eine Jacke und verschwand.

Ich marschierte darauf los - ohne Ziele und Sorgen, den falschen Weg zu wählen. Ich durchquerte Wiesen, Felder und Wälder und schaute nicht zurück. Lief dem Meer entgegen und kam irgendwann an den Dünen an. Sie führten mich zu einer mir unbekannten Bucht. Ich überquerte die letzten Meter und hielt kurz vor dem Wasser. Der Meeresduft umarmte einen seelisch. Die leichten Wellen, die am Meer strandeten, umspielten sacht meine Füße. Jegliches Zeitgefühl hatte ich verloren. Ich vergaß für einen Augenblick all die Sorgen und genoss einfach den Moment.

Es war eine klare Nacht. Nur der Mond spendete etwas Licht und man sah die Sterne am Himmel leuchten. Von hier hatte man einen atemberaubenden Blick auf die berühmten Felsenklippen, die die Menschen magisch anzogen.

Ich blickte zu ihnen. Das Wasser krachte hart dagegen. Man musste von dort oben einen wahnsinnig tollen Ausblick haben.

Ich sah hinauf und mir stockte der Atem. Eine Gestalt stand nahe am Abgrund. Ich schaute genauer hin und meine Beine trugen mich wie automatisch in diese Richtung. Ich rannte schneller auf die Klippen zu. Die Frage war, wie viel Zeit mir blieb.

„Wenn sie springen wollte, wäre sie dann nicht schon gesprungen?", fragte ich mich selbst laut und lief immer weiter.

Oder steckten in der Person noch letzte Zweifel? Egal, was es war, ich musste sie abhalten!

Ich sprintete los. Meine Lungen brannten, mein Herz schlug schnell. Wenige Minuten später trat mit etwas Abstand zu jener Gestalt. Kurz verschnaufte ich.

„Gott sei Dank! Sie ist noch da", dachte ich und beobachtete die Umgebung.

Sie starrte aufs Wasser und im schwachen Mondlicht erkannte ich, dass es eine Frau war. Sie schien tief in ihre eigenen Gedanken versunken zu sein. Sie hatte mich nicht gehört und wenn, sagte sie nichts.

„Es wäre eine schlechte Idee zu springen. Es gibt viel bessere Methoden, um sich das Leben zu nehmen."

Was faselte ich da?

„Das weißt du aus eigener Erfahrung, ja?", ihre Stimme klang belustigt.

„Na hör mal. Ich bin nicht derjenige, der springen will."

Sie schnaubte: „Und wer behauptet das?"

„Du kannst ... Warte! Was?... Du möchtest nicht ...", ich kam mir echt dumm vor. Doch es erleichterte mein Herz ungemein.

Sie drehte sich kopfschüttelnd um. Es war Lilyana. In Jogginghose und T-Shirt, soweit ich erkannte. Sie schien genauso überrascht wie ich: „Wo kommst du denn her?"

Sie sah mich abwartend an. „Ich bin gerade vom Strand bis hier hoch in fünf Minuten gesprintet. Ich dachte, hier will sich jemand umbringen."

Lilyana lupfte belustigt eine Augenbraue an: „Ich weiß ja nicht, wo du herkommst, aber bei uns bringen sich nicht einfach mal Menschen so mir nichts dir nichts selbst um."

Sie verkniff sich ein Lachen, doch ihre zuckenden Lippen verrieten sie.

„Besser, als wenn ich nur zugesehen hätte, war diese Aktion allemal."

Sie nickte nachdenklich. „Ich würde mir niemals das Leben nehmen", flüsterte sie dem Meer entgegen und setzte sich.

Ich tat es ihr nach. Eine angenehme Stille legte sich zwischen uns. Wir saßen einfach nur da und genossen diese Sommernacht.

„Ich auch nicht. Ich bin ein Vorbild für meine kleine Schwester. Habe eine wichtige Aufgabe und werde später mal Verantwortung übernehmen. Man kann leider nicht immer gehen, wann es einem gerade so passt."

Ich spürte ihren Blick auf mir. „Wenn dass das Einzige ist, was dich hält, ist dein Leben bedeutungslos."

Sie meinte es nicht böse, dennoch verletzte mich ihre Aussage und die ruhigen Minuten waren vorbei. Am liebsten hätte ich ihr etwas entgegen geschrien.

„Warum?"

Sie sah aufs Wasser hinaus. Ich dachte, sie wüsste keine Antwort auf diese Frage und klopfte mir innerlich schon auf die Schulter.

„So, wie du dein Leben beschreibst, lebst du nur für die Arbeit und deine Schwester. Doch was ist mit dir? Wo und wann kommst du? Was ist DEIN Sinn des Lebens? Wofür stehst du auf? Warum bist du du? Wenn die Antwort auf alles ist, um deine Eltern glücklich zu stellen, dann tust du mir leid. Du lebst nur einmal. Und vor allem nur für dich! Erwartungen und

Anforderungen bleiben immer bestehen, aber nur man selbst entscheidet, was man davon auf seinen Schultern trägt. Den Schlüssel zu allen Fragen tragen wir letztlich in unserem Herzen."

Ich starrte aufs Meer. Ihre Worte rüttelten etwas in mir wach. Sie weckten mein wahres Ich. Hinter all den Mauern verbarg es sich und schützte sich vor Fremden. Doch sie traf wie ein Laserstrahl durch sie hindurch.

„Danke." Sie sagte nichts und wir schwiegen wieder. Hingen beiden unseren eigenen Gedanken nach. „Warum bist du hier?"

Sie sah zu mir. „Wahrscheinlich aus dem gleichen Grund wie du."

Ich überlegte.

„Es gibt Dinge im Leben, die verschließt man tief in seinem Herzen. Baut Mauern drum herum. Man will, dass sie niemand sieht. Sie machen uns schwach und angreifbar. Doch eigentlich warten wir alle nur auf den richtigen Menschen, der sich die Zeit nimmt, sie einzureißen und unsere Geschichte liest. Wir wollen verstanden und akzeptiert werde, so wie wir sind."

Ich lächelte in mich hinein und merkte, dass sie noch nicht fertig war. Ich ließ ihr Zeit, bis sie von alleine weiterreden würde. Doch es dauerte eine Weile, weshalb ich die Sterne beobachtete, die am Himmel strahlten.

„Wenn man denkt, man hat diesen Menschen gefunden, ist es schwer, sich von ihm zu trennen. Auch wenn es nur ein einziger Tag war. Es sind die kleinen unscheinbaren Momente, die es dir zeigen."

Ich schaute sie an und meinte Tränen in ihren Augen zu sehen.

„Diese Augenblicke", fuhr sie fort, „können Leben schenken. Hoffnung. Liebe. Verlangen. Und diese Gefühle werden immer im Herzen bleiben. Doch ein anderer muss nur den Schalter umlegen und sie verpuffen. Verblassen in unseren Gedanken und man weiß nicht mehr, wer man ist. Eine Person kann dich zerstören, ohne das sie es überhaupt bemerkt. Sie bricht deine Mauern ein und statt Liebe hinterlässt sie nur Schutt und Asche."

Sie versuchte, sich zu beherrschen. Sich selbst zu kontrollieren. Sie war stärker, als man auf dem ersten Blick dachte.

„Manchmal müssen wir einfach loslassen, um vom Wind wie eine Feder fortgetragen zu werden. Fortgetragen in ein neues Leben."

Sie lachte auf: „Poesie steht dir."

Lily sah mich neckend an und ich fiel lachend mit ein. „Dir aber auch."

„Kommst du oft hier her?", fragte ich in die stille Nacht hinein.

Sie schüttelte den Kopf: „Vor Ella war es noch etwas öfter, aber mit der Schwangerschaft wurde mir das Ganze einfach zu gefährlich. Jetzt passt Josh kurz auf sie auf, da ich meine Auszeiten brauche. Und doch habe ich ein schlechtes Gewissen dabei. Ich möchte sie nicht allein lassen und ihr wehtun. Dann habe ich das Gefühl, zu fürsorglich zu sein. Mein Herz platzt immer vor Freude, wenn sie mich so niedlich anlacht."

Sie stützte sich mit den Händen hinter ihrem Rücken ab. Mir wurde warm ums Herz, als ich sie so reden hörte, da sie sich mir ja quasi anvertraute. Wir kannten uns erst seit zwei Tagen. Wir näherten einander und schauten, wie weit wir ihm vertrauen konnten.

„Du und Ella seid großartig. Deine Eltern sind bestimmt wahnsinnig stolz auf euch. Schau doch mal, was du auf die Beine gestellt hast. Er ist selbst Schuld, eine Frau wie dich …", ich brach ab.

Heftiges Schluchzen ertönte aus ihrem Mund. Mist, was hatte ich falsch gemacht?

Sie begann immer stärker zu weinen und zitterte dabei unkontrolliert.

„Hey", ich zog sie in meine Arme und strich ihr beruhigend über den Rücken. Es half nicht viel, doch sie schmiegte sich eng an meinen Körper. So lagen wir eine Ewigkeit schweigend da. Ich hatte etwas Falsches gesagt und das machte mich verdammt wütend. Schuld stieg in mir auf.

„Tut mir leid", ihre Stimme war leicht kratzig, aber sie hatte sich wieder einigermaßen gefangen.

„Für so etwas Lily, sollte man sich nicht entschuldigen. Jeder Mensch weint mal. Das sind Gefühle und wenn man sie in sich verschließt, platzt eines Tages eine Bombe in einem."

Sie lächelte, was mich ungemein erleichterte und lehnte sich weiter zu mir. Plötzlich erhob sie sich und meine Hand entglitt ihrer.

Sie räusperte sich verlegen: „Ich muss zu Ella zurück. Josh wird sich auch schon Sorgen machen." Ich nickte und stand ebenfalls auf.

„Es war wahnsinnig schön, hier mit dir zu sitzen. Und das lag nicht nur an der fantastischen Aussicht." Ich war mir sicher, dass sich ihre Wangen rot färbten.

„Edmund?"

„Ja?" „Ich weiß nicht, wer du bist oder wie es in deinem Leben aussieht. Aber lebe es, so wie du es willst. Triff mehr Entscheidungen, die von Herzen kommen. Eines Tages findest du jemanden, der dich so nimmt, wie du wirklich bist. Da ist die Arbeit und Familie nicht mehr relevant. Wähle aus Liebe."

Ich sah sie an. Ihre letzte Botschaft ging so tief. Die Wahrheit, die ich in ihren Worten erkannte, schmerzte. Lily kam zu mir und küsste mich auf die Wange, ehe sie sich umdrehte und einfach zurücklief.

Ohne sich umzudrehen, ließ sie mich perplex stehen und schwer schlucken. Aber ich konnte ihr keinen Vorwurf dafür machen, denn ich hatte mich heute Nachmittag nicht besser verhalten.

‚Was war da zwischen ihr und mir? Was ist bei ihr wirklich vorgefallen? Und vor allem, warum habe ich das Gefühl, ein Teil ihres Geheimnisses zu sein?', kreisten die Fragen in mir.

Ich lief ihr nach und sah von weitem, wie sie sich ihrem Haus näherte. Doch statt ihren Weg einzuschlagen, bog ich rechts ab. Zurück zum Hotel. Ich erreichte den Stadtrand. Die Straßen waren hier viel besser beleuchtet und so sah ich, wie spät es war. Kurz vor Mitternacht! Ich kramte in den Hosentaschen nach dem Handy und stellte fest, dass ich es die ganze Zeit nicht dabei hatte. Ich lief weiter und erreichte keine zehn Minuten später das Hotel. Vereinzelt brannten noch Lichter, aber die meisten Fenster waren schwarz.

Ich öffnete die Tür und fragte an der Rezeption nach, ob es irgendwelche wichtigen Anrufe oder Nachrichten für mich gab. Sie verneinte und wünschte mir eine gute Nacht. So leise wie möglich schritt ich durch die Etagen zu unserer Suite. Müdigkeit übermannte mich, während ich die Zimmerkarte aus meiner Jeans holte. Die Tür öffnete sich. Wenn ich Glück hatte, schlief er bei Emma.

Doch ich hatte mich zu früh gefreut, denn ein grimmig dreinschauender Max kam auf mich zu. Er musterte meine Gestalt prüfend und zog mich schließlich erleichtert in seine Arme. Verwirrt von seinen Stimmungsschwankungen erwiderte ich seine Umarmung.

„Tu das nie wieder!" Er hatte unseren Streit nicht vergessen. Doch ich erkannte auch die Sorge in seinen Augen. Um mich und Lily. Er hatte sie sehr ins

Herz geschlossen. Genauso wie ich. Er grummelte.

„Ich weiß, dass dich die Worte verletzt haben. Das habe ich nie gewollt. Ich mache mir nur Sorgen. Dann rennst du aber einfach weg und verschwindest spurlos." Seine Stimme klang wütend.

Ich war genervt und gleichzeitig gerührt von seiner Aussage. „Ich war nur spazieren. Du warst der erste, der gegangen ist und sich in sein Zimmer eingeschlossen hat. Ich bleib nicht hier sitzen und drehe Däumchen, bis du wieder rauskommst."

Er schaute auf den Boden. Damit signalisierte er mir seine Unterwürfigkeit vor dem Königshaus. Doch verdammt die wollte ich nicht.

„Lass das!" Ich brauchte ihn als Freund und riss Max hoch. „Seit Jahren verändere ich mich. Ich bin schon lange nicht mehr ich selbst. Nur fällt es Menschen nicht auf. Ich verschließe mein Herz und die Gefühle darin, da sie mich als Kronprinz angreifbar machen. Wenn du das nicht siehst und mir jetzt in den Rücken fällst, dann hast du mich nie wirklich gekannt."

Tief holte ich Luft. „Ist ein fremdes Mädchen die einzige, die mich wirklich sieht? Mir entgleitet mein Leben und ich kann nichts dagegen unternehmen. Alles ist vorbestimmt. Aber du bist frei. Ich wünschte mir, ich könnte nur einmal haben, was du hast."

Ich stellte mich an das Fenster und sah hinaus. „Ich weiß nicht mehr, wer ich bin." Die letzten Worte drangen verzweifelt über die Lippen.

„Aber ich sehe dich doch. Jedes noch so kleine Detail! Es ist alles da." Er legte mir seine Hand auf die Schulter. „Warum redest du nicht mehr mit mir?"

Er sah mich fragend an. Dieses Mal gab es keine Ausrede und ich sagte ihm die Wahrheit: „Wir haben uns verändert. Die Last des Königreiches ruht auf meinen Schultern. Sie zwingt mich manchmal in die

Knie. Das erwarte ich nicht von dir. Es ist ganz allein das Amt von mir. Ich muss dabei stark sein. Aber du. Du kannst alles wählen, was du möchtest. Du bist frei. Vom ersten Tag an. Die Entscheidung habe ich schon lange getroffen. Mein Vater weiß Bescheid. Ich würde dich nie aufhalten. Wenigstens einer von uns sollte glücklich werden. Ich sitz in einem goldenen Käfig und ja, vielleicht ist das Leben darin toll. Aber was man dafür aufgibt Max, weißt du nicht. Es ist eine Hürde, die wir nicht gemeinsam meistern können."

Ich sagte es ernst und merkte zum ersten Mal, was ich für ihn opferte. Ich sah nicht auf und verschwand in das Schlafzimmer. Ich schmiss mich auf das Bett und starrte an die Decke. Wieder einmal. Ich hasste es, wenn wir uns stritten.

„Edmund?", klang mein Name nach einiger Zeit gedämpft durch die Tür, „Danke! Und gebt euch eine Chance." Dann schwieg er und ich hörte, wie er wieder fortlief.

Kapitel 9

Lilyana

„Lily! Was isst du zum Frühstück?", rief Josh mir aus der Küche entgegen.

Ich schaute kurz von Ella auf. „Einen Tee und Joghurt mit Früchten bitte!"

Ich hörte, wie er sagte: „Dabei bin ich es, der ein Bäuchlein zulegt, und sie achtet auf ihre Figur."

Es entlockte mir ein Lächeln. „Na, meine kleine Maus. Ist dein Onkel lustig?"

Ich krabbelte sie leicht und sie fing an zu glucksen. „Morgen vor einem Jahr bist du entstanden."

Ich lächelte sie zwar an, aber es zog sich trotzdem etwas in mir zusammen.

„Tante Emma macht eine riesige Party. Ich sehe das jetzt schon", seufzte ich.

„Du wärst genauso Lily!", kam Josh lachend ins Zimmer. Schmollend verzog ich meinen Mund. Doch statt darauf einzugehen, fing er nur noch mehr zu lachen an. Blödmann! Dennoch fiel ich mit ein.

„Hast du Ella schon gestillt?", fragte er, als wir uns beruhigt hatten. Ich nickte: „Ja, vor ein paar Minuten."

Er sah zu ihr. „Sie ist so ein süßer kleiner Engel. Vor allem mit den Goldlöckchen."

Josh lächelte und nahm einen Schluck von seinem Kaffee. Ich schnaubte in die Teetasse: „Ja, wenn sie schläft."

Er wusste, dass es nicht so war, und grinste deshalb breit. „Was machen wir heute?"

Ich schaute von meinem Joghurt auf. Ich hielt ihn eher schlecht als recht, da ich Ella auf einem Kissen im Schoß vor mir liegen hatte. „Keine Ahnung. Schlag du was vor! Aber bedenke, dass sie mitmuss!"

Er nickte: „Selbst verständlich kommt unsere

Prinzessin mit."

„Na dann, schieß mal…"

„Hallo, LILY? Ich bin es, Emma! Mach die Tür auf!" Sie musste schreien wie eine Irre, wenn ich sie bis hier her hörte.

Bloß gut, dass wir keine Nachbarn hatten. Ich schüttelte schmunzelnd und doch leicht irritiert den Kopf.

„Geh, bevor das halbe Dorf sie hört." Ich grinste und sah zu Ella. Er verstand sofort und hob abwehrend die Hände.

„Nein! Ich möchte nicht mit dieser Frau gesehen werden. Sie ist schamlos!"

Ich lachte auf. „Lieber jetzt, bevor es zu spät ist."

Er verkniff sich ein Grinsen und schritt extra langsam zur Tür. Keine Sekunde stand eine höchst motivierte Emma im Wohnzimmer.

„Lilyana. Noch in Joggingsachen?" Sie schüttelte grinsend den Kopf und kam auf mich zu geprescht.

Es ist sieben Uhr! Was erwartete sie von mir?

„Dir auch einen wunderschönen guten Morgen. Von anklopfen oder sogar klingeln, hast du noch nie gehört!", ich trank einen Schluck, um meinen entspannten Modus zu behalten.

„Hab ich ihr auch gesagt, aber sie hört nicht auf mich!", erklang Max's Stimme hinter ihr.

„Ich wollte Josh nicht stören, falls er noch geschlafen hätte."

Josh und ich schnaubten beide auf. „Dein Gebrüll ist lauter, als so eine Klingel. Ich wette mit dir, dass sie dich bis zum Dorf alle schreien gehört haben", erwiderte er.

Wir drei fielen in ein heftiges Lachen. Leicht gekränkt sah Emma erst zum Boden, hielt es aber nicht lange durch und lachte schließlich mit.

„Was verschafft mir die Ehre, zum frühen Morgen

von meiner besten Freundin angebrüllt zu werden?", fragte ich sie neckend.

Ihre Augen sprachen Bände. Abwehrend hob ich die Hände und schaute hilfesuchend zu Max und Josh. Beide blieben stumm und mischten sich nicht ein. Großartig!

„Also du kennst mich ja", fing sie an. Ich blickte Emma überrascht an: „Ja, ganz zufällig schon."

Ich verdrehte die Augen.

„Scht! Jetzt lass mich doch erst einmal ausreden!", sagte sie streng zu mir und ich schloss den Mund, um weder etwas zu sagen, noch über ihre Ernsthaftigkeit loszulachen.

„Ich organisiere doch so gerne große Partys. Halt! Bevor du jetzt schockiert deine Augen aufreißt, hör erst einmal zu!" Sie kannte mich. Ich sah aus dem Augenwinkel, wie Josh Max eine Tasse Kaffee reichte, nur um uns dann wieder zu beobachten.

„Jedoch da wir Ella haben", fuhr Emma fort, „und du relativ neu bist, dachte ich, dass wir in einem kleinen Kreise feiern."

Erstaunt weiteten sich meine Augen. „Das sind ja mal positive Nachrichten!"

Sie kratzte sich am Kopf: „Naja …"

„Was?"

„Wir sind halt nur zu dritt. Dekoration und das Abendessen sind gesichert, aber Kaffee ist so eine Sache…" Sie stammelte rum und mir fiel es wie Schuppen von den Augen.

„Ich soll backen? Und du möchtest die Erlaubnis, um mehr einladen zu können?"

Sie zögerte, nickte dann aber langsam. „Backen ist kein Problem. Jedoch entscheide ich, wer kommt!"

Sie sah mich leicht enttäuscht an: „Schön. Das Ganze zu dritt ist trotzdem komisch!"

Ich nahm Ella vorsichtig auf meinen Arm und stand

mit ihr auf. Dabei fiel das Tuch runter. Sie war schneller als ich und reichte es mir.

„Danke. Doch wer hat gesagt, dass es nur ihr beide werdet?", ich deutete auf Emma und Josh. Ich lächelte geheimnisvoll und verschwand dann in der Küche.

Natürlich kam mir sie sofort nach: „Wer kommt noch? Sag schon! Ich muss es doch alles einplanen."

„Du schmeißt mich morgen aus der Wohnung! Ist das nicht Planung genug?"

Max und Josh ließen nicht lange auf sich warten. Sie setzten sich an die Kücheninsel und sahen schweigend zwischen Emma und mir hin und her. Ich durchschaute sie genau.

Ich sah zu Josh: „Könntest du Jess fragen, ob er für mich kommen würde. Er kann auf der Couch, bei dir oder im Hotel schlafen. Ich habe ihn seit Monaten nicht mehr gesehen. Ich vermisse ihn."

Er sah mir in die Augen und nickte. „Alles, was du wünschst. Ich versuch es." Er stand auf und holte sein Handy aus der Tasche.

Jess war ein sehr guter Freund und er kam nahe an meinen Bruder heran. Aber wir wussten beide, dass er gegen ihn immer verlieren würde.

„Ach, Lily", er drehte sich kurz um, „Er hat dich auch vermisst."

Ich freute mich und mir entgingen dabei nicht, die Blicke der anderen. Max war geschockt. Während Emma wissend grinste, obwohl sie keinen Schimmer hatte.

„Hey Jess, wach auf du kleiner Hosenscheißer. Es gibt einen Notfall…" Josh`s Stimme wurde leiser und ich konzentrierte mich wieder auf Max und Emma.

„Wir sind jetzt zu viert. Du, Jess, Josh und ich, wenn er zusagt, sowie Ella. Wir feiern hier und ich dekoriere mit dir zusammen oder gar nicht."

Schmollend verzog sie die Lippen. Max lachte auf: „Deine Freundin ist knallhart, Em."

Er grinste sie an, worauf sie nur frustriert seufzte. Da er auf meiner Seite stand und Josh weg war, hatte sie verloren und gab nach: „Wenn es sein muss."

Ich sah zu Max. „Ihr zwei seid auch eingeladen."

Er riss erstaunt die Augen auf: „Warum das denn?" „Weil ich mich super mit dir verstehe. Du bist ja quasi ihr Freund und Edmund gehört dazu."

„Du magst ihn. Gib es einfach zu", ergänzte er und lächelte wissend.

Ich tat so, als wüsste ich nicht, was er meinte und beantwortete Emmas Frage, die ich mit halben Ohr mitbekommen hatte: „Die letzten zwei sind deine Eltern."

Gerührt sah sie mich an, bevor sie sich an die Stirn tippte: „Mist! Sie können nicht. Sie besuchen meine Großeltern. Sie haben gesagt, dass sie eh Ruhe bräuchten, und da würde ich nur stören. Das war echt fies."

Obwohl sie es nicht gerade erfreulich sagte, grinste sie. „Schade. Dann feiern wir eben zu sechst. Morgen um drei zum Kaffee starten wir und ihr alle müsst eure Badesachen mitbringen!"

Ich strahlte von einem Ohr bis zum Anderen und obwohl ich vorerst keine Lust darauf hatte, wuchs sie in mir von Mal zu Mal.

„Es soll eine Sommergrillparty werden. Die Deko wird dezent. Nur Lichterketten, Blumen, Poolzeugs. Schlicht. Das wäre mein größter Wunsch", ich sah zu Emma, die zustimmend nickte.

„Ich habe was von Grillen gehört! Muss ich da etwa einkaufen und alles für morgen vorbereiten?", hoffnungsvoll sah Josh in die Runde.

„Ja", bestätigte ich ihm leise und sah zu Ella. Meine kleine Maus. Sie würde die Schönste sein mit ihrem Prinzessinnenkleid. Ich küsste sie liebevoll auf die Stirn.

„Ich brauche Getränke, Snacks, Grillsachen und so weiter.", ich sah zu Josh, der begeistert nickte. Deko war noch ausreichend vorhanden. Durch die Bäckerei besaß ich allgemein einen massigen Vorrat. Wir hatten vier Jungs zu versorgen. Das war eigentlich mein einziges Problem.

„Bier", rief ich Josh zu, der alles auf einer Liste notierte. Er nickte bestätigend und schrieb es dazu.

Wir hatten mindestens eine Stunde mit dem Planen und Diskutieren verbracht. Nachdem wir endlich fertig waren, pustete ich erschöpft eine lose Strähne, die mir ins Gesicht fiel, weg.

Ella schlief und ich hatte sie in das Wohnzimmer gelegt. Das Babyphone stand auf dem Küchentisch und so nahm ich sie zu jeder Zeit wahr.

Mittlerweile waren wir von Tee und Kaffee auf Wasser umgestiegen und saßen alle an der Kücheninsel.

„Was hat Jess gesagt? Kommt er?", ich sah Josh abwartend an.

Seine Mundwinkel fielen nach unten: „Er kann leider nicht."

Traurig sank ich in mich zusammen. „Schade. Ich hatte mich wirklich auf ihn gefreut."

„Er hätte zum ersten Mal Ella gesehen. Es schmerzt leicht."

Josh nickte bedauernd, stand dann ruckartig auf und lief hastig Richtung Bad. Fragend sahen wir uns an.

„Danke, dass ihr kommt Max. Das sage ich nicht nur, weil ich niemand anderen kenne."

„Klar, mach dir keine Sorgen. Das mit Jess tut mir leid. Ihr steht euch sehr nahe oder?"

Ich merkte genau, wie er versuchte, mich indirekt auszufragen. Ich setzte schon zu einer Antwort an, als Josh rief: „Emma komm mal bitte!"

Widerwillig machte sie sich auf den Weg, denn sie war neugierig auf Jess. Ich hatte ihr nie von ihm und mir erzählt. Der zerrissene Kontakt schmerzte, da er war ein Stück Familie von mir. Ich hätte Josh`s Freundin auch gerne eingeladen und kennengelernt, doch ich war noch nicht bereit dafür. Ich hatte Angst davor, dass sie mich nicht leiden könnte. Uns Geschwister damit entzweite.

„Ich verstehe es, wenn du nicht mit mir darüber redest. Du musst mir nicht darauf antworten."

„Ich war nur in Gedanken. Josh hat eine Freundin und ich hätte sie auch gerne eingeladen, aber…", ich stockte. Abwartend sah er mich an.

„Ich habe Angst davor."

Die Pause, die über uns hing, ruhte schwer auf den Schultern. „Mehr sag ich nicht!" Er nickte nur und nahm einen Schluck. Max trank das Glas in einem Zug leer.

Ich schaute ihn schmunzelnd an. „Was denn?", er grinste verschmitzt. „Nichts."

Josh und Emma kamen fragend in die Küche zurück. Beide lächelten mich viel zu erfreut an. Misstrauisch sah ich zwischen den Zweien hin und her.

Aus dem Augenwinkel bemerkte ich, wie Emma Max verträumt ansah. Ihre Augen funkelten und seine Blicke ihr gegenüber waren nicht anders. Sie hatten sich verdient. Ich schweifte ab und hörte nicht mehr richtig hin.

„Lily und ihre Geheimnisse. Aber sie ist brilliant im Rätsel knacken." Mein Bruder sah mich fröhlich an. In Max Augen flackerte etwas, doch es verschwand gleich wieder. Hatte ich mir das nur eingebildet?

„Was macht ihr nur mit Lily? Du Arme."

„Hm?", fragend sah ich in die Runde. Ich hatte nicht zugehört und scheinbar etwas Wichtiges verpasst.

Sie stellte sich beschützend vor mich. Er kaufte es ihr ab. Das erkannte ich an seinen Gesichtszügen. Immer noch nicht wusste ich, worum es hier ging. Sie ließ ihn weiter zappeln.

„Bleib entspannt Max", sie prustete los und bekam sich fast nicht mehr ein vor Lachen. Ihr stiegen sogar Tränen in die Augen.

„Dein Gesicht", ich schüttelte lachend den Kopf, als sie dies sagte und sich darauf nicht wieder einkriegte. Es wäre ewig so weiter gegangen, wenn nicht ein Handy geklingelt hätte. Ich hörte es als Erste, da Em so laut redete.

„Telefon", rief ich in die Runde und Emma verstummte. Alle lauschten dem Ton.

„Das ist das von mir!" Max holte es hervor. „Es ist Edmund. Da muss ich mal ran."

Wir verhielten uns still, während er mit ihm telefonierte. Undeutlich hörte man eine Stimme am anderen Ende sprechen.

„Reg dich ab ... Wir sind nur kurz weggefahren ... Was ... Es ist noch nicht zehn!", er sah zu Uhr, „...Mist, ja. Wir haben die Zeit vergessen ... jetzt mach kein Drama draus!"

Mein Lächeln war verschwunden und die geknickte Miene von Max sprach Bände. Um den Ärger zu umgehen, kam mir eine Idee.

Blitzschnell schnappte ich mir sein Handy. „Hey Edmund. Hier ist Lilyana."

Am anderen Ende herrschte Schweigen.

„Ich weiß, dass es blöd ist, wenn man vergessen wird. Gerade im Urlaub und dann noch vom besten Freund."

Stille.

„Er wollte nicht so lange bleiben. Wir haben einfach die Zeit aus den Augen verloren."

„Warum?", fragte er zerknirscht.

Er brauchte ihn aus irgendeinem Grund. Das spürte ich.

„Ich habe morgen Geburtstag."

Mein Blick glitt kurz zu Max, der es zu akzeptieren schien, dass ich weitertelefonierte.

„Ich habe euch beide eingeladen. Das klingt seltsam für dich", ich schaute zu Max, „Aber es stimmt! Ich würde mich freuen, wenn du zu sagst. Max kann zumindest…"

Ich schwieg. Er räusperte sich: „Ich komme gerne. Ehrlich. Es ist nicht komisch, dass du Max und mich einlädst, auch wenn wir uns kaum kennen. Manche Menschen gehören halt einfach zusammen."

Mein Herzschlag setzte für eine Sekunde aus.

„Es ist nicht selbstverständlich und ich danke dir für dein Vertrauen."

Ich atmete erleichtert aus und musste feststellen, dass ich erstens die Luft angehalten hatte und zweitens die anderen mich alle anstarrten.

Max und Josh lächelten wissend. Emma sah besorgt aus, doch als ich sie anlächelte, nickte sie beruhigt.

„Willst du ihn noch mal sprechen?"

„Nein. Wir reden dann."

„Tut ihr das wirklich?" Ich sprach zu Edmund, blickte aber zu Max, der mir nicht in die Augen sah.

„Redet miteinander. Hört einander zu. Vielleicht sind sich eure Gefühle ähnlicher, als ihr denkt. Ihr verletzt damit doch nur euch selbst."

Er schwieg und seufzte auf: „Du hättest Seelenklempnerin werden sollen. Das hätte dir gut gestanden."

Ich lächelte. „Bis spätestens morgen."

„Ja und danke", dann legte er auf und ich gab Max sein Handy wieder

Alle sahen mich fragend an. „Was ist Leute?"

„Er hat dich nicht..."

Ich schüttelte den Kopf. „Nein. Er kommt. Es ist alles in bester Ordnung."

Josh und Emma schienen erleichtert, doch Max zweifelte daran.

„Hast du noch Zeit?" Sie nickte: „Ich habe in den letzten Monaten viel vorgearbeitet, damit ich etwas Freizeit für mich, Freunde und Familie habe."

Ich lächelte erfreut: „Dann bleib bis zum Mittag. Mit Ella kann ich eh nichts unternehmen, da es zu warm ist."

„Ja, das dachte ich mir schon. Sie schläft extrem oft oder?"

„Ja", besorgt wandte ich meinen Blick ab, zwang mir aber ein Lächeln auf die Lippen, „Außer abends. Da ist sie wach, die kleine Maus."

„Max, ich glaube, es ist besser, wenn du jetzt zu Edmund gehst und ihr euch aussprecht."

„Wäre die beste Idee." Er stand auf und ich folgte ihm zur Tür. „Danke für alles", er sah mir fest in die Augen.

„Gerne."

Er nahm mich in den Arm.

„Und redet auch wirklich miteinander", sagte ich ihm eindringlich. Er nickte und schritt dann zu seinem Auto, was direkt neben meinem stand.

„Grüß Edmund von mir." Er winkte noch kurz und ich schloss die Tür.

Kapitel 10

Edmund

Es klopfte und ich lief zur Tür. Ein schlechtes Gewissen nagte an mir.

Was wenn Max es mir übelnahm?

Ich drückte den Türgriff herunter und zog die Tür auf. Wir starrten uns an, bis ich ihn fest an mich zog.

„Entschuldige bitte!", erklang es von ihm und mir gleichzeitig.

„Komm erst mal rein", ich trat zur Seite und ließ ihn durch. Er schritt zögerlich voran. Ich verriegelte die Tür und schloss mich ihm an. Statt sich aber auf das Sofa zu setzten, wie er es tat, lief ich zur Minibar und holte für uns beide jeweils eine Wasserflasche hervor. Erst danach ließ ich mich neben ihn fallen.

„Danke." Max nahm sich eine Flasche und öffnete sie zischend. Er jedoch schwieg.

„Lily hat gesagt, wir sollen miteinander reden", unterbrach ich die Stille.

Ein Lächeln trat auf seine Lippen und ich wusste nicht warum. Diese Situation machte mich rasend vor Eifersucht in Bezug auf Lilyana.

„Ich weiß", erwiderte er nur, „Sie hat recht. Und dass eine Außenstehende dies über unsere Freundschaft sagt, obwohl sie uns nicht mal kennt, sagt viel über sie aus. Findest du nicht?"

Ich seufzte schwer und nickte widerwillig. „Fangen wir von heute Morgen an?", sprach ich bedrückt weiter. Innerlich spannte sich mein Körper an.

„Es war nicht richtig, dass ich dich so angeschnauzt habe. Ich habe mir doch nur Sorgen gemacht. Auf einmal bist du nicht mehr da. Wir hatten uns den Urlaub so sehr gewünscht. Schon immer.

Dann bekommen wir endlich mal eine Chance und du bist nicht da. Ich weiß, dass du nichts dafür kannst, gleich am ersten Tag jemanden kennenzulernen, aber deswegen darfst du mich nicht ausschließen. Ich stehe hinter dir und bin für dich da. Ich verlange doch nicht viel ..."

Meine Stimme war alles andere als ruhig. Sie klang anklagend, verletzt, eifersüchtig, verzweifelt. Zu viele Emotionen.

„Ich freue mich ehrlich für dich, Max, wenn du die Zeit vergisst, da es menschlich ist und wir es sonst nie können. Trotzdem ist auf einmal diese Distanz zwischen uns, die vorher nicht da war!"

Schuld trat in seine Augen. „Du hast Recht", erklang es gedämpft. Seine Unterwürfigkeit raubte mir den Atem.

„Mensch Max! Ich bin vielleicht der verdammte Kronprinz, aber vor allem bin ich immer noch dein Freund. Und das, was ich nicht brauche, ist jemand, der mir nicht seine ehrliche Meinung sagst. Auf Arschkriecherei kann ich verzichten."

Die letzten Worte schrie ich ihm entgegen und stand so hastig auf, dass der Sessel umfiel. Ich ließ ihn liegen.

„Im Palast stehe ich jeden Tag auf und bekomme alles um den Mund geschmiert. Wenn es nach meinen Eltern ginge, dürfte ich nicht einmal allein duschen. Meine Frau darf ich mir auch nicht aussuchen und die, die ich heiraten werde, wird mir nach dem Mund reden. So ein Mensch bin ich nicht. Ich dachte, du verstehst mich! Der ganze Ruhm, der Schmuck, das Gold ist nichts wert ohne die richtige Person an der Seite, die einen so liebt, wie man ist."

Max sagte keinen Mucks und ich rauschte in meinem Zimmer davon. Wütend schmiss ich mich aufs Bett.

Seit wann sprachen wir nicht mehr miteinander?

Ich schnappte mir ein Kissen und warf es ziellos durch den Raum. Wird schon nichts kaputt gehen, dachte ich mir. Scheinbar traf es dann doch etwas oder eher jemanden, da ich Max's Stimme fern wahrnahm: „Hey Ed. Es tut mir leid."

Er schmiss sich neben mich. „Sag mir, was dich bedrückt."

Ich schloss die Augen und merkte, wie sie sich mit Tränen füllten. Nein! Hastig wischte ich sie weg und mir entging Max's besorgter Blick auf keinen Fall.

„Ich war gestern Abend nicht allein."

Er riss überrascht die Augen auf.

„Nicht so, wie du denkst. Ich bin wütend fortgelaufen und schließlich an den Klippen gelandet. Ich sah jemanden oben stehen…"

Ich erzählte ihm die Geschichte. Dabei versuchte ich, nichts auszulassen, auch wenn es intim war.

„Ich verstehe dich jetzt besser."

Er lächelte: „Lily tut dir gut. Denkst du nicht, dass sie es wert ist!"

Ich riss meinen Kopf hoch: „Wie meinst du das?"

„Du hast selbst gesagt, wie sie ist und…"

„Ja", unterbrach ich ihn, „Aber was ist mit dem Mädchen von jener Nacht? Was ist mit dem Königreich? Sie akzeptieren kein uneheliches Kind, nicht einmal wenn ich sie wirklich lieben würde."

Er grinste wissend und ich zog fragend eine Augenbraue hoch. „Aber du hast dir schon Gedanken darüber gemacht."

Sein Grinsen wurde breiter, als er in mein Gesicht sah.

„Ich kenne sie verdammte vier Tage. Das hat nichts zu sagen." „Und trotzdem denkst du an sie!", erwiderte er.

Nach dem Gespräch entschieden wir uns dazu an den Strand zu gehen. Ich war schon fertig, als Max aufgebracht in mein Zimmer gerannt kam: „Wir haben kein Geschenk für Lily!"

Ich schaute auf und tippte mir an die Stirn. „Das habe wir ganz vergessen. Lass uns jetzt eins besorgen, ok?"

Er nickte: „Und was schenken wir ihr?"

„Keine Ahnung. Ich bin hinter verschlossenen Toren aufgewachsen. Du genauso. Ich weiß nicht, was man jemanden schenkt. Außer seiner kleinen Schwester."

Ich grinste und er lachte auf. Elena wünschte sich schon immer die allergrößten Geschenke und wenn sie mich mit ihrem Hundewelpenblick anschaute, konnte man ihr nicht widerstehen. Sie hatte sich mal ein Pferd gewünscht, doch unsere Eltern ließen sie nicht. Ich erinnerte mich noch genau an den Tag. Elena hatte stundenlang geweint und da hatte ich sie überrascht, indem ich an ihrem Geburtstag mit einem schneeweißen Schimmel ankam. Danach hatte ich mir eine Standpauke von meinen Eltern anhören dürfen. Ihr Lächeln und das Strahlen in ihren wunderschönen Augen war es allemal wert. Bei der Erinnerung wurde mir warm ums Herz.

Die Sonne knallte heftig auf uns herab, als wir das Hotel verließen. Max und ich überquerten den Rathausplatz und liefen durch die Gassen auf der Suche nach einem perfekten Geburtstagsgeschenk. Irgendwann passierten wir einen kleinen Schmuckladen. Ich trat hinein.

„Edmund, möchtest du ihr wirklich Schmuck schenken?"

Seine Frage überraschte mich nicht. Im Königreich war es ein Akt der wahren Liebe und somit von besonderer Bedeutung, wenn die Frau von einem

Mann Ketten oder Ringe geschenkt bekam. „Ich suche was für meine Schwester und du schaust lieber für deine Freundin Emma."

Er schnaubte. „Sie ist schon bei unserem ersten Treffen meinen Charme verfallen. Ich brauche ihr nichts geben, um mich einzuschmeicheln."

Nun war ich derjenige, der schnaubte. Ich schritt auf die Verkäuferin zu, die schon etwas älter war, und begrüßte sie freundlich.

„Guten Tag. Ich schaue mich hier erst einmal um, bevor ich auf sie zurückkomme. Vorher hätte ich jedoch eine Frage. Eine Freundin von uns", ich deutet extra auf Max und mich, damit sie es nicht falsch verstand, „hat Geburtstag. Wir sind nur zu Besuch hier und haben sie eher spontan getroffen und brauchen jetzt ein Geburtstagsgeschenk. Wissen sie, wo es hier Läden gibt, die dafür ausgestattet sind, Miss?"

Die Höflichkeit, mit der ich sie bedachte, überraschte sie scheinbar, da sie erstaunt aufblickte. Kein Jugendlicher oder junger Erwachsener in meinem Alter redete heutzutage noch so, das wusste ich. Doch ich hatte es nicht anders beigebracht bekommen und würde es mir auch beibehalten. Jeder Mensch hatte es verdient, mit dem nötigen Respekt behandelt zu werden.

Sie lächelte mich erfreut an: „Kaufen sie ihrer Freundin doch einen schönen Ring, ein Armreif, Ohrringe... Sie würde sich bestimmt sehr darüber freuen. Frauen mögen so etwas."

Ich zuckte zusammen: „Sie ist nicht meine Freundin..."

Sie schaute auf und sah mich prüfend an, was mich in meiner Haltung schrumpfen ließ.

„Sie sind jedoch nicht abgeneigt. Nur Ihre Vernunft steht ihnen noch im Weg."

Sie seufzte: „Ihre Augen funkeln. Lassen Sie mich eins sagen: Liebe ist meist nicht das, was man erwartet zu bekommen, sondern das, was man bereit ist, zu geben. Zeigen sie ihr, was sie für sie empfinden."

Sie verschwand im hinteren Zimmer und ließ uns allein zurück. Ihre Worte waren ein Schlag in den Magen.

„Edmund…"

Ich hob die Hand: „Nicht jetzt, ja!"

Ich wandte mich ab und schritt ich durch die Reihen voller Ketten und Armbänder. Eins zog dabei meine Aufmerksamkeit besonders auf sich. Es war eine goldene Kette, die auf den ersten Blick sehr unscheinbar wirkte. Ich betrachtete sie näher und blickte in fein verwobene und filigrane Handarbeit. Ein Einzelstück – das erkannte ich sofort. Das Gold schimmerte im Licht und ein kleines Diadem verband die Kettesträge am Dekolleté. Es war liebevoll verschlungen und auf der Spitze glitzerte ein superkleiner Diamant. Sie kam mir so vertrau vor. Da sie so zierlich war, hätte ich es fast übersehen, doch ganz klein stand in der Krone „Im Herzen für immer dein.". Sie raubte mir den Atem und ob ich es wollte oder nicht, stellte ich sie mir an ihrem Hals vor.

„Was kostet die?", ich blickte mich suchend nach der Verkäuferin um, die schon auf mich zu gerannt kam. Als ich ihr die Kette hinhielt, erklang ein „Ohh".

Sie räuspert sich: „Sie ist ein Einzelstück. Mein Mann hat sie vor vielen Jahren für das Königshaus anfertigen lassen. Es gab nur eine Vorbesitzerin, aber das unterliegt der Schweigepflicht. Sie wurde in unsere Hände zurückgegeben, da die Besitzerin wollte, dass eines Tages jemand sie hier findet, und dasselbe Glück verspürt wie sie damals. Ihre Liebe hat ewig gehalten, bis sie vor zwei Jahren verstarb.

Es soll die ehrlichste und schönste Liebe des Königreiches Floreas gewesen sein. Es hat nicht nur einen geldlichen Wert, sondern ist vor allem ein Zeichen der wahren Liebe. Die Kette hatte einen unbezahlbaren Wert für sie und ihr letzter Wunsch war es, diese an den nächsten zu verschenken. Sie liegt seitdem hier, denn es ist niemand gekommen. Sie ist kostenlos." Ich schaute die Frau an und erschrak. Wenn diese Kette aus dem Königshaus kommt und die Besitzerin und ihr Mann vor genau zwei Jahren verstarben, dann gehörte diese meiner Großmutter. Deshalb kam sie mir auch so bekannt vor.

Es war die Mutter meines Vaters. Ich erinnerte mich gern an sie. Sie hörte mir immer zu und half einem bei allem Möglichen. Bei ihr hatte ich das Gefühl zu Hause zu sein. Geliebt zu werden. Ihr Tod hatte mein Leben verändert...

Ich war plötzlich nicht mehr der kleine Junge. An diesem Tag hatte ich mein früheres Ich verloren. Die Erinnerungen an sie schmerzten.

Ihr Lachen, ihr Humor, ihre Art zu reden und sich zwischen meine Eltern zu stellen, wenn ich sie mal brauchte. Mein Opa hatte sie geliebt und seinen Sohn genauso sehr.

Jedoch hatte mein Großvater nie verstanden, warum Vater das Königreich über seine Familie stellte. Es hatte ihn verletzt und die beiden auseinandergetrieben.

Mein Opa war wenige Wochen nach ihrem Tod gestorben und ich wusste, dass er sie so sehr vermisst hatte, dass es ihn umgebracht hatte. Krampfhaft unterdrückte ich jegliche Emotionen, doch die Bilder hielten mich fest im Griff.

„Ist alles okay bei ihnen?" Ich riss den Kopf hoch und schaute in das besorgte Gesicht der Verkäuferin vor mir.

„Ich nehme sie. Koste es, was es wolle." Ich sagte es eher zu mir selbst als zu ihr.

„Natürlich…", sie murmelte etwas, was ich nicht verstand. Sie nahm sie und brachte sie zur Kasse. Sie lächelte und ich trat zu ihr an den Verkaufstresen.

„Edmund?", ich drehte mich zu Max, „Ich gehe schon mal raus."

Ich nickte und hörte, wie die Tür ins Schloss fiel. Die Frau legte die Kette in eine Schatulle und reichte sie mir.

„Sie sehen ihnen sehr ähnlich. Ihre Großeltern wären stolz auf sie, wenn sie sie jetzt sehen würden."

Mein Mund klappte überrascht auf.

„Es ist keine Schande, für das zu kämpfen, wofür man steht."

Ich räusperte mich: „Danke!" Sie lächelte gutmütig und ich verließ den Laden. „Für wen ist die Kette denn?", fragte Max skeptisch, als ich zu ihm trat. „Ich weiß es noch nicht, doch sie gehörte meiner Großmutter. Entweder halte ich sie so in Ehren oder werde sie meiner wahren Liebe des Lebens geben, wenn ich sie gefunden habe."

Ich sagte es mit so viel Überzeugung, dass Max überrascht die Augenbraue hochzog. Er antwortete nicht, was mir in dem Fall aber nur Recht war.

„Lass und jetzt endlich zu Lilyana kommen."

Wir liefen durch die Gassen und hingen jeder unserer eigenen Gedanken hinter her. Vor einem Blumenladen kam ich jedoch zum Stehen. Es duftete nach Lavendel, Flieder, Rosen, Sonnenblumen.

„Lass uns ein paar Blumen mitnehmen.", sprach Max meine gedachten Worte aus.

„Ja, schau mal den hier", ich zeigte auf einen kleinen Blumenstrauß, der aus verschiedenen Wildblumen bestand.

Er nickte zustimmend: „Der passt zu ihr."

Ich bezahlte und stand wenig später wieder auf der Straße.

„Was denkst du, gefällt ihr?", fragend sah ich ihn an. „Vielleicht ein Kleid für die Kleine. Oder Kerzen... obwohl davon hat sie genug, soweit ich heut früh sehen konnte."

Eine Welle der Eifersucht durchflutete mich. Nicht nur das er bei ihr war, machte mich rasend. Max wusste auch mehr über sie. Ich kam mir vor wie ein nerviges Anhängsel.

„Wie wäre es mit einem Lesesessel? Sie liest doch so gerne und ihren alten Sessel wollte sie mal aussortieren.", erinnerte ich mich.

Er lächelte erfreut. Wir hatten endlich das Richtige gefunden.

Es war ein dunkelblauer weicher Stoffsessel geworden und wurde extra auf ihre Einrichtung abgestimmt. Wir hatten ihn in einem kleinen Möbelladen etwas weiter raus gefunden. Es hatte ein paar zur Auswahl gegeben, aber sie passten nicht dazu. Vom Blumenladen waren wir zum Hotel zurückgelaufen und hatten meinen Wagen geholt. Nachdem wir zurückkamen, ließen wir den Lesesessel gleich im Auto und machten uns dann rasch auf den Weg zum Strand.

Dort angekommen, pflanzten wir uns in den Sand nahe der Düne, da es heute windiger war. Man durfte trotz der Brise die Sonne nicht unterschätzen. Solche Sonnentage waren die gefährlichsten Tage.

Ich breitete die Decke aus und legte die trockenen Handtücher darüber. Wir tauchten ein ins Wasser und genossen die Zeit. Gemeinsam hatten wir uns vorgenommen, bis zum Sonnenuntergang bleiben und diesen zu beobachten. Die Sonne verschwand hinter den Weiten des Meeres. Ich nippte an meinem Bier und sah, wie Max lächelte.

„Wie viele kommen morgen eigentlich?" Max blickte zu mir. „Nur wir zwei, Emma und Josh."

Ich runzelte irritiert die Stirn: „Was ist mit ihrer Familie? Eltern, Tante, Onkel, Großeltern?"

Er setzte sich auf und schaute aufs Meer: „Ich weiß genauso wenig, wie du."

Max schwieg, und ich sah ihm an, dass er sich genau die gleiche Frage stellte.

„Ich habe versucht, Emma zu fragen. Sie schweigt eisern." Ich starrte in den Sand und nahm einen weiteren Schluck, um endlich dieses dumpfe Gefühl loszuwerden.

„Ich weiß, dass mir etwas an ihr liegt. Doch ich bin kein Teil von ihrem Leben. In ein paar Wochen sind wir wieder weg."

Ich schluckte schwer.

„Denkst du, dass sie ihre Familie verlassen musste oder selbst gegangen ist, sowie die Schwester deines Vaters damals?"

Ich sah etwas in ihm aufblitzen und sein Blick wurde traurig. Er nickte. Seine Stimme zitterte leicht vor Wut, als er sagte: „Ich weiß nicht, was meine Eltern dazu geritten hat, meine Tante zu verstoßen, aber es schmerzt. Ich kann Lilyanas Schmerz so gut verstehen, denn ich fühle das Gleiche. Ich weiß nicht einmal, ob ich eine kleine Cousine habe. Oder Cousins. Vielleicht war es damals, weil sie sich nicht nach ihren Vorstellungen entwickelt hat."

Und schon wieder war die Stimmung dahin...

„Ich wollte den Abend nicht ruinieren." Er winkte jedoch nur ab: „Es tut gut, zu wissen, dass jemand da ist, wenn man ihn braucht." Er sah mir fest in die Augen.

Kapitel 11

Lilyana

Ich hatte die Nacht kaum geschlafen und dieses Mal lag es nicht nur an Ella. Mühselig schwang ich mich aus dem Bett und lief total gerädert ins Bad. Ich ging zum Waschbecken und ließ das kalte Wasser über mein Gesicht laufen. Es half, um einen klaren Kopf zu bekommen und wenigstens ein paar Lebensgeister in mir zu wecken. Ich holte meine Zahnbürste aus dem Schrank und putzte mir die Zähne, bevor Ella sich zu Wort meldete.

Es war nicht nur mein Tag, sondern auch ihrer und ich hatte das Gefühl, als wüsste sie das zu genau.

Ich spülte den Mund aus, band die Haare zu einem lockeren Knoten und lief eilig zu ihr. Als ich sie erreichte, hatte sie alle viere von sich gestreckt und plärrte lautstark.

„Sch. Mama ist ja da. Ja, komm mal her."

Ich nahm sie vorsichtig hoch in die Arme und stützte dabei leicht ihren Kopf.

„Ich würde auch so brüllen, wenn ich nichts zu essen bekomme und du mich alleine lässt", kam Josh ins Zimmer, kurz nach dem sie sich etwas beruhigt hatte.

Ich sah zu ihm auf und streckte nur die Zunge heraus.

„Ich würde auch so schreien, wenn mein Onkel mich für seinen Schönheitsschlaf vernachlässigen würde", äffte ich ihn nach.

Er lachte auf: „Gut gekontert. Du hast nicht wirklich geschlafen, oder?"

Es war keine Frage, also antwortete ich erst gar nicht. Mit Ella im Arm schritt ich zu ihm, gab ihm einen kurzen Schmatzer auf die Wange und lief dann in die

Küche. Josh folgte mir.

„Ich find es echt schön hier und freue mich, dass du dir einen Kredit für das Haus und das Café genommen hast. Trotzdem ist es erstaunlich, dass du dir das alles leisten kannst."

Er klang ehrlich erfreut und interessiert.

„Ja, es war nicht leicht. Aber ich habe noch das Ersparte von Omas Erbe und die Hilfe von Emma annehmen müssen. Ich bin ihr und ihrer Familie sehr dankbar." Er nickte und sah weg.

„Was ist, Josh?", seine Stimmung hatte sich schlagartig verändert.

Ich zwang ihn, mich anzusehen. „Was ist los?", ich sah ihm fest in die Augen.

„Ich bin ein schlechter großer Bruder!", er zischte diese Worte.

Erschrocken über die Härte in seinen Worten trat ich einen Schritt zurück und schüttelte den Kopf: „Nein, das bist du nicht! Ohne dich würde ich heute nicht mehr hier stehen."

Er lächelte traurig: „Und trotzdem bin ich so selten für dich da. Ich komme kaum noch dazu, Zeit mit dir zu verbringen. Während ich mit meiner Freundin glücklich bin, sitzt du hier allein, hast Augenringe und steckst deine Energie in Ella. Du bist so tapfer. Ich wäre gerne öfter für euch da."

Ich keuchte auf und sprang schließlich in sein Arme, was uns beide überwältigte.

„Nichts ist mehr so wie früher. Das können wir nicht ändern. Du musst dein Leben weiterleben. Ich komme klar."

Ich drückte ihn an mich: „Und jetzt lass uns kein Trübsal blasen, denn ich hab…"

Josh unterbrach mich, da er heftig zu lachen anfing: „Ich habe vergessen, dir zu gratulieren und du merkst es nicht mal. Genauso wie ich."

Ich fiel in sein Lachen ein. „Wir sind halt eine verkorkste Familie."

Josh nickte: „Was du nicht sagst."

Er ließ mich runter und ich nahm die kochende Milch vom Herd. Josh holte währenddessen zwei Tassen aus dem Schrank.

„Heute koste ich auch mal deine selbstgemachten Schokobomben."

Ich grinste ihn an, er aber verdrehte nur die Augen.

„Josh!", er drehte sich zu mir um, „Du musst nicht zum Geburtstag gratulieren. Wenn du ihn mit mir verbringst oder einfach nur für mich da bist, bedeutet mir das viel mehr."

Er lächelte, bis es sich zu einem wissenden Grinsen verwandelte: „Du willst nur nicht daran erinnert werden, dass du von Jahr zu Jahr älter wirst. Eine alte, weiße Frau."

Empört schaute ich in sein breiter werdendes Lächeln. Ich stieß ihm mit dem Ellenbogen unsanft an und drehte mich dann zur Tür: „Ich werde mich jetzt umziehen und du passt dabei auf deine Nichte auf, alter Knacker."

Leichtfüßig stieg ich die Treppe hinauf und holte mir frische Klamotten zum Anziehen. Ich nahm mir hautfarbene Unterwäsche aus dem Schrank und zog eine Jeansshort sowie ein Top aus dem Regal vor mir drüber. Womit ich jedoch nicht rechnete, war der Besuch, dessen Stimmen bis zur oberen Etage hochdrang. Verwirrt lunschte ich durch die Tür. Langsam stieg ich die Treppe herunter und trat in die Küche. Emma, Max und Edmund standen an die Kücheninsel gelehnt.

Verblüfft sah ich zu Josh, der gerade für alle Kaffee kochte und sich mit den anderen angeregt unterhielt. Die Milch war schon wieder vergessen, was mich nur die Augen verdrehen ließ. Mein Blick fiel dabei auf

Ella, die zu meiner Verwunderung bei diesem Lärm schlief. Lässig lehnte ich mich an die Küchentür und betrachtete das Treiben. Wie von selbst landete meine Augen auf Edmund.

Er strahlte eine Autorität und gleichzeitig eine Lässigkeit aus, die mich schlucken ließ. Seine blonden Locken kräuselten sich um seinen Kopf und eine lose Strähne hing ihm in der Stirn. Man sah deutlich seine Muskeln unter dem schlichten schwarzen Shirt und er trug eine kurze Jeans dazu, die seine muskulösen Beine zeigte.

Edmund saß am Rande der Kücheninsel, Emma und Max folgten.

Sie strahlte wie ein Honigkuchenpferd und auch Max schien glücklich zu sein. Sie passten perfekt zusammen.

„Ich wusste gar nicht, dass wir heute früh schon anfangen wollten." Ich lehnte mich weiterhin an den Türrahmen und lächelte nur.

Em kam sofort auf mich zugestürzt. „Alles Gute zum Geburtstag. Mögest du immer deinen Weg gehen und glücklich sein."

Sie umarmte mich fest. „Danke, Em. Das bedeutete mir viel."

Mühevoll verdrängte ich die Tränen, die in meinen Augen brannten. Als ich zu ihr blickte, schimmerten ihre ebenfalls.

„Hach, Mädels", Josh griff sich theatralisch an sein Herz, „So viel Tränen und Liebe. Was soll nur aus euch werden."

Ich verdrehte wieder mal die Augen.

Max und Edmund folgten Emmas Beispiel.

Zuerst war Max an der Reihe. Er umarmte mich freundschaftlich und gab die üblichen Glückwünsche von sich. Edmund reihte sich ein. Es graute mir davor, da ich nicht wusste, wie wir zueinanderstanden.

Doch er zog mich zu meiner Überraschung fest in die Arme: „Herzlichen Glückwunsch. Auf das du immer die richtigen Entscheidungen treffen und die Liebe deines Lebens finden wirst." Als er die letzten Worte sagte, schaute er mir in die Augen. Ich schluckte den aufsteigenden Kloß in meinem Hals herunter und flüsterte ein „Danke" und bemerkte gar nicht, wie sehr seine Worte Emmas doch glichen.

„Geschenke gibt es erst nachher", rief Emma, was mich grinsen ließ.

„Und warum seid ihr dann schon hier?'

Sie lachte: „Max und Edmund wollen Josh helfen und du und ich schmücken! Vergessen?"

Ich schüttelte verneinend den Kopf. „Aber bevor ihr früh um acht schon alle anfangt, trinken wir erst einmal einen Schluck und ich backe frische Croissants. Ohne Frühstück läuft hier gar nichts."

Ich blickte in die Runde, wo alle begeistert nickten.

„Natürlich wollt ihr alle mithelfen, nicht wahr?", setzte ich eins drauf. Die Gesichter waren unbezahlbar.

„War nur ein Witz."

Ich sah zu Emma, die mich gespielt schmollend ansah: „Keine Croissants?"

Ich zwinkerte ihr zu und machte mich dann an die Arbeit. Während ich den Teig vorbereitete unterhielten sich die Jungs angeregt über Autos, Fußball und typischen Sachen halt. Emma jedoch plante schon die Deko mit mir durch.

„Ich möchte eine Sommerparty. Nichts pompöses, keinen zu großen Aufwand."

Sie nickte etwas enttäuscht: „Und das zu deinem letzten Geburtstag mit einer eins davor." Ich grinste in mich hinein. Emma verhielt sich, als würde ich meinen 80. Geburtstag feiern und gleich von ihnen gehen.

„Der neunzehnte schon!", erklang es belustigt von

Edmund.

Ich nickte nur. „Unsere liebe Lily wird neunzehn und will es nicht richtig feiern", flötete Emma

Ich verdrehte wieder einmal nur genervt die Augen und als der Wecker klingelte, nahm ich die frischen Croissants aus dem Ofen.

„Hm, das riecht ja gut."

Ich lächelte und holte fünf Teller aus dem Schrank. Ich legte auf jeden zwei der Croissants und stellte diese dann auf die Kücheninsel. Wir nahmen alle Platz und fingen an zu essen.

Es duftete verführerisch. Ich hatte extra welche mit Schokofüllung gemacht. Als ich in das Croissant hineinbiss, brach es knusprig in der Mitte und die Süße der Schokolade umhüllte meine Nase sowie meinem Gaumen. Ich hörte, wie die anderen zufrieden seufzten und das wiederum stimmte mich glücklich. Ich schloss die Augen und ließ die Schokolade mit dem Blätterteig auf der Zunge zergehen.

„Gott ist das himmlisch", stöhnte Josh neben mir, „Hätte ich das nur eher gewusst..."

Er kam nicht weiter, da er schon wieder abbeißen musste. Sein Gesicht war unbeschreiblich und ich fiel in ein lautes Lachen. Die anderen stimmten Josh zu.

Endlich kehrte Ruhe ein, dachte ich mir, doch die war mir nicht lange gewährt, da Ella anfing, sich zu regen. Innerlich seufzte ich auf. Sie hatte natürlich auch Hunger. Ich aß den letzten Bissen meines ersten Croissants.

Vorsichtig nahm ich sie aus dem Korb und spürte die Blicke aller auf mir. Es war mir nicht unangenehm, aber unter ständiger Beobachtung zu stehen, gefiel mir nicht. Erst recht nicht von Edmund, dessen Blick schon die ganze Zeit auf mir ruhte.

Ich verließ die Küche in Richtung Schlafzimmer.

Als ich ankam, dunkelte ich den Raum etwas ab, da am Morgen die Sonne hereinschien. Ich zog das Shirt hoch und grinste, als Ella gierig den Mund öffnete.

Erschrocken blickte ich auf, als Emma ins Zimmer gestürmt kam. „Ist etwas passiert?".

Ich sah sie fragend an. Verwirrt starrte sie mich an und blinzelte ein paar Mal, bevor sie wieder zu mir sah.

„Willst du dich setzen, während ich stille?" Ich klopfte neben mich und sie schloss zögerlich die Tür, kam aber auf mich zu.

Ich klappte meinen BH herunter und gab Ella das, auf was sie sich schon freute. Emma schwieg, sodass ich die Initiative ergriff: „Also, was gibt es?"

Sie sah mich an. „Die Jungs haben nur Unsinn im Kopf. Ich halte es ohne dich keine zwei Sekunden dort unten aus. Sie reden über Spiele, Mädchen, Fußball, also über alles Mögliche. Aber..."

Sie machte eine demonstrative Pause.

„Aber?", hakte ich nach.

Sie holte tief Luft: „Ich finde, sie verstehen sich blendend. Ist das nicht toll. Wie eine große Familie."

Ich nickte kaum merklich. Eine Familie... Ich hing meinen eigenen Gedanken nach und schweifte so weit ab, dass ich weder Ella noch Emma wahrnahm.

Doch eine Frage von Em, ließ mich in die Realität zurückkehren. „Was ist da zwischen dir und Edmund?"

Ich holte zischend Luft.

War das so offensichtlich?

Sie nickte, so als wüsste sie, was ich gedacht hatte.

Ich überlegte. „Gute Frage... Ganz ehrlich, ich weiß es nicht."

Ich schaute in ihr grinsendes Gesicht. Ach Emma...

Ich wechselte die Seite meiner Brust und staunte nicht schlecht, was für einen Hunger Ella hatte. Sie gierte so sehr danach, als hätte sie drei Tage nichts bekommen. Ich schüttelte lachend den Kopf und strich über ihr weiches Babyhaar. Sie streckte mir ihre kleine winzige Hand entgegen und umschloss zaghaft meinen Finger, den ich ihr hinhielt.

Emma seufzte auf: „Ihr seid so süß zusammen. Ich hätte nie nein zu dir gesagt, wenn ich er gewesen wäre."

Sie meinte es lieb, aber in diesem Moment schmerzte es einfach nur. Ich sah zu Ella und wusste, dass sie ihren Vater nie kennenlernen wird.

Diese Erkenntnis stach seit Monaten in mein Herz. Sie konnte doch nichts dafür. Tränen brannten in meinen Augen und ich drängte sie schwach zurück. Eine löste sich jedoch und perlte an meiner Wange herab.

„Oh Lily", Emma umarmte mich fest, „das wollte ich nicht."

Ella war fertig und so nahm ich dies als Anlass zum Schweigen und zog mich wieder an. Ich legte Ella über die Schulter, damit sie ihr Bäuerchen machen konnte. Es klopfte an der Tür und wenig später steckte Max seinen Kopf durch die Tür.

Empört schnappte Emma nach Luft: „Was wäre gewesen, wenn Lily noch gestillt hätte! Du musst anklopfen und warten."

Max hob abwehrend die Hände hoch, doch damit war es für sie lange nicht beendet.

Max sah zu mir und flehte mich stumm an. Als er nur mein grinsendes Gesicht sah, wusste er, dass er nicht auf mich zählen konnte. Max schien sich geschlagen zu geben, doch meine Freundin setzte gerade zu ihrem Monolog an.

In seinen Augen blitzte etwas auf. Womit ich nicht

gerechnet hatte, war, dass er sie mit einem leidenschaftlichen Kuss zum Schweigen brachte.

Ich schmunzelte, verzog jedoch den Mund, als aus diesem abrupt mehr wurde. Da hatte sich aber jemand gerne.

Ich nahm Ella und verließ so schnell wie möglich das Schlafzimmer, was die beiden nicht zu unterbrechen schien.

Wenn Emma es mit ihm in MEINEM Schlafzimmer trieb, würde sie hinterher Einiges zu hören bekommen.

Und zwar von mir!

Darauf schwor ich mit meinem Leben.

Kopfschüttelnd stieg ich die Treppe herunter, hielt jedoch inne, als ich meinen Namen hörte.

Redeten die zwei etwa über mich?

Still verharrte ich in der Bewegung und lauschte.

„Ich weiß nicht, was du von Lily willst oder wie viel sie dir bedeutete. Aber wenn du ihr wehtust, dann bist du ein toter Mann. Sie hat echt genug Mist in ihren jungen Jahren durchlebt."

Das war Joshs Stimme. Es war süß, wie er mich beschützte.

Warum sollte er mich aber beschützen, wenn…

Warte! WAS?

Empfand Edmund etwa was für mich und erzählte das ausgerechnet meinem Bruder?!

Mein Herz raste und in meinen Bauch flatterte es aufgeregt.

Wir verstanden uns zu gut für die wenigen Tage und dieser Vorfall im Bad war auch nicht harmlos. Das alles wusste ich. Ich hatte definitiv etwas zwischen uns gespürt, aber da war diese Distanz, diese Vertrautheit, die mir Angst bereitete. Als stünde ein riesiges Geheimnis zwischen uns.

Ich hielt den Atem an und lauschte auf seine

Antwort: „Ich bin mir nicht sicher, worüber du sprichst."

Seine Stimme klang kühl und emotionslos. Das ganze Gegenteil von dem Edmund, den ich kannte. Ich hasste diese Art an ihm.

Josh lachte kurz auf: „Ja klar Kumpel... Natürlich nicht."

Seine Worte trieften nur so vor Sarkasmus und Ironie.

„Seien wir mal ehrlich Edmund. Ich bin nicht blind und Emma sicher auch nicht. Bloß weil meine Schwester es nicht sieht, heißt es nicht, dass wir es nicht sehen. Ich weiß, es ist scheiße, sich zu verlieben. Ihr lebt in anderen Orten, habt Verpflichtungen und sie hat mit neunzehn schon ein Baby, was nicht von dir ist. Aber gegen solche Sachen ist die wahre Liebe machtlos."

„Deine Schwester zu verführen, ist nicht gerade schwer. Und Interesse vorheucheln kann jeder. Und was ich für Lilyana empfinde, habe ich ihr im Bad gezeigt", erstickte Edmund seine Worte im Keim.

Ich keuchte erschrocken auf. Das waren keine Dinge, die man mit dem Bruder besprach.

„Was heißt das?", donnerte es von Josh zurück.

Seine ruhige Art verschwand.

Ich riss mich zusammen und unterbrach das Gespräch, indem ich mit Ella im Arm in die Küche trat.

Ich erstarrte, als ich Josh und Edmund sah, die sich gerade voreinander aufbauten.

Als hätte Ella die schlechte Stimmung gemerkt, quäkte sie los und die Jungs stoppten abrupt in ihrer Bewegung.

Erschrocken starrte ich zu ihnen.

Mein Mund war leicht geöffnet: „Was macht ihr da?" Sie sahen schuldbewusst drein.

„Ihr zwei", ich fixierte sie mit den Augen und sah sie streng an, „Verschwindet jetzt aus dieser Küche und lasst euren Dampf draußen an der frischen Luft ab."

Meine Stimme bebte vor Wut.

„Aber…", Edmund wollte etwas sagen. „Nichts aber. Sei froh, dass ich mich nicht gleich vor Ella vergesse."

Josh zog ihn stumm mit sich, während ich mich fassungslos setzte. Der Geburtstagsmorgen war für mich gelaufen.

Kapitel 12

Edmund

„Mist!", er schrie seine Wut heraus, „Fuck ... Ich hätte mich nicht einmischen dürfen!"

Ich schnaubte. Es war jedoch nicht leise genug und Josh wütender Blick prallte auf mich. Er wirkte aufgelöst und trat gegen einen Stein und ich verzog schmerzvoll das Gesicht.

Wollte der Typ sich etwa die Zehen brechen? Damit war ihm auch nicht geholfen!

Er sank auf den Boden und stützte seinen Kopf in seine Hände.

„Ich weiß nicht, was dich geritten hat, aber sie kann ganz gut auf sich aufpassen. Sie ist stärker, als manch einer denkt."

Dieses Mal war er es, der schnaubte. „Was verstehst du schon? Wer war hier gerade derjenige, der quasi behauptet hat, nur mit ihr zu spielen."

Ich sah deutlich, wie seine Hand sich zur Faust ballte.

„Wir könnten doch schon mal die letzten Einkäufe erledigen", schlug ich freundschaftlich vor und ließ seine vorherigen Worte außen vor.

Er sah auf: „Wie denn? Ich muss das Ganze mit ihr absprechen. Außerdem ist Max nicht da. Emma ist auch verschwunden... Klingelt es bei dir. Lily ist nur herunter gekommen, da sie wahrscheinlich ihrer Leidenschaft verfallen sind. Ich wette mit dir, dass sie fast alles gehört hat."

„Scheiße!" Sie hatte alles gehört?

„Warum musstest du auch einen auf Beschützerbruder machen!", ließ ich meinen Ärger in Gedanken an ihn aus.

Ich schob ihm die alleinige Schuld in die Schuhe,

obwohl ich wusste, dass wir beide da mit drinsteckten.

Er schaute mir fest in die Augen und ich zuckte zusammen. Ich hatte es laut ausgesprochen!

Joshua seufzte jedoch nur und begann zu erzählen: „Du hast sie nicht gesehen. Du warst nicht dabei, als ihr das Herz gebrochen wurde. Als sie schwanger war. Als unsere ach so religiösen Eltern sie vor die Tür gesetzt haben! Du warst nicht bei ihrem Neuanfang dabei. Bei der Namensfindung von Ella. Ihrer Geburt. Bei gar nichts! Du hast sie nicht so leiden sehen wie ich."

Josh wurde immer lauter. Ja schrie fast schon, doch seine letzten Worte waren so leise, dass ich sie beinahe überhört hätte.

Er sah mir in die Augen: „Du würdest das Gleiche, ohne zu zögern, für deine Schwester tun. Du weißt aber hierbei gar nichts über sie. Und du siehst auch nicht, wie es ihr wirklich geht. Du kennst sie nicht anders... Aber ich tue es! Und ich sage dir eins, sie so zu sehen, macht mich kaputt."

Ich sah, wie seine Augen anfingen zu glänzen und versuchte den Kloß, der in meinem Hals steckte runter zu schlucken. Es gelang mir nicht.

Das Gefühl von Schuld stieg in mir auf. Es wuchs. Es wurde größer und füllte mich ganz aus.

Aber ich war dieser Typ nicht! Warum fühlte es sich dann aber genau so an?

Diese Frage drang durch meine Gedanken und ließ mich zweifeln. Es rauschte und ich verlor den Halt der Realität, während sich vor meinem inneren Auge eine Szene abspielte. Erinnerungen von jener Nacht krachten auf mich ein:

„Edmund! Jetzt leg das scheiß Handy weg und genieß mal dein Leben! Dein Vater kann auch bis morgen warten." Max sah mich genervt an und ich nickte. Ich steckte es

weg. Als ich Max's fragenden Blick sah, holte ich es widerwillig wieder hervor und reichte es ihm. Schwer lag es in seiner Hand und ich sah, wie er es selbst wegsteckte. „Lass uns was trinken gehen, Ed", schlug er wenig später vor. Besser gesagt, schrie er es, da die Musik laut in unseren Ohren dröhnte. Dieser Ort war nichts für mich. Ich hörte als Kronprinz zwar gerne solche Musik, doch es stank nur so nach Alkohol, Rauch und Billigkeit. Kein Ort, wo ich freiwillig noch einmal hingehen wollte. Wir bahnten uns einen Weg zur Bar und ich verzog den Mund, als mich mehrere Mädchen von der Seite antanzten. Ich sah zu Max, der gerade zwei Bier bestellte. Er schaute auch nicht unbedingt zufrieden aus. Ich setzte mich auf den letzten freien Barhocker neben ihn und sah, wie ein muskulöser Mann mir ein Bier in die Hand drückte. Er musste mein Gesicht gesehen haben, denn er antwortete: „Keine Angst, die sind sauber." Ich schnaubte, nickte aber und nahm einen Schluck. Das Bier kühlte mich von innen und eine angenehme Gänsehaut breitete sich auf meinem Arm aus. „Edmund, ich weiß, dass es gerade nicht einfach ist und du deiner Schwester so viel Arbeit wie möglich abnehmen möchtest, aber du musst dir auch Zeit für dich nehmen. Such dir ein nettes Mädchen und hab etwas Spaß. Das lenkt dich ab." Ich sah ihn an und lachte trocken auf. „Geht's noch. Wie lange, hm? … Eine Stunde und dann fühle ich mich nur noch mieser? Hackt es bei dir." „Nein, noch nicht", antworte jemand belustigt hinter mir. Ich drehte mich um und sah ein Mädchen vor uns stehen. Sie sah anders aus. So als würde sie nicht hier hergehören. Ihre Kleidung war sexy, aber nicht so sehr, dass es schon wieder übertrieben wirkte. Sie war zierlich und ihre Rundungen fielen eher knapp aus, doch sie war die attraktivste Frau in diesem Raum. Ihre eingedrehten Haare lagen ihr sanft über die Schultern. Mir stockte der Atem, als mein Blick an ihren vollen Lippen, den schokoladenbraunen Augen und ihren wunderschönen

Wimpern liegen blieb. „Schön, wenn es dir gefällt." Sie grinste und ich schluckte. Mist! Zu lange angestarrt. Max stupste mich an, doch ich konnte mich immer noch nicht bewegen. Unsere Blicke trafen sich und hielten einander fest. „Hey, ich bin Max und das ist mein Freund Ed", unterbrach Max uns und sie sah zu ihm. Ihre Augen hatten etwas Freundliches an sich. Und ihr Lächeln raubte mir den Atem. Als ich immer noch nichts sagte, boxte mir Max schmerzvoll in den Rücken und ich stöhnte auf. „Freut mich, euch kennenzulernen. Ich bin..." Weiter kam sie nicht, da der Barkeeper kam, und sie fragte, was sie trinken wolle. Sie mussten sich kennen, denn sie schienen sehr vertraut. Ein Stich durchfuhr mein Herz. Sie bestellte eine Cola und als die beiden fertig waren, kam sie wieder zu uns. „Ich weiß ja nicht, was ihr vorhabt, doch ich habe heute Geburtstag und möchte tanzen."

„Nein", ich keuchte überrascht auf und schüttelte den Kopf.

Tagelang hatte ich versucht, mich an etwas zu erinnern, doch nix, nichts war mir eingefallen.

Und nun kam alles zurück?

Ich spürte den skeptischen Blick von Josh auf mir. Er gewährte mir jedoch die gleiche Diskretion wie seine Schwester. Sie waren sich wirklich ähnlich.

Entschuldigend lächelte ich ihn an und wandte mich zu meinem Auto um. Dort suchte ich nach einem Zettel und Stift und schrieb die Erinnerung des mysteriösen Mädchens auf.

Der Rest des Tages verlief gut. Wir Jungs waren einkaufen und halfen Lily beim Aufbau. Gegen zwei war dann alles fertig. Max, Emma und ich verließen das Haus, um uns umzuziehen. Zusätzlich packte ich Badesachen ein, bevor wir gemeinsam zurück zu ihr fuhren.

Als der Wagen hielt, wartete Josh schon auf uns. Er lächelte uns freundlich zu, doch wir sahen ihn verdattert nur an: „Ich habe dich ja wirklich gerne, aber heute ist Lily die Gastgeberin. Wo ist sie?"

Er wippte ausweichend hin und her. „Was?" „Sie hat Ausgehverbot."

Ich riss die Augen auf: „Warum und vor allem von wem?"

„Ist ihr etwas passiert?", fragte nun noch Emma. Josh schüttelte grinsend den Kopf: „Ich habe eine Überraschung für sie. Damit nichts schief geht, darf sie vorerst nicht rauskommen."

Verständnislos sah ich ihn an, nickte jedoch und er ließ uns durch. Ich trat in die fertig dekorierte Küche.

„Nicht schlecht", gab Max von sich, der mir gefolgt war.

Der Raum wurde nun dezent von Blumenarrangements geziert.

Kerzen standen liebevoll auf den Theken und eine Girlande hing über der Terrassentür.

„Respekt. Und wo ist nun Lilyana?"

„Hier", wehte ihre Stimme leise zu mir. Ich drehte mich um und erstarrte in der Bewegung. Sie stand im Türrahmen und trug ein atemberaubendes, grünes Kleid.

Lily glich einer Elfe. Ihr Haar hatte sie leicht eingedreht und einige Strähnen hochgesteckt. Das Kleid war fließend. Die Blume in ihren Locken tat ihr Übriges. Luftig und frisch. Die breiten Träger überkreuzten sich an ihrem Dekolleté und der Stoff schmiegte sich eng an die Hüfte, bis er von der Taille an fließend herabfiel.

„Wow."

Max nickte zustimmend. Lily sah zu mir.

Ihr Lächeln erlosch, als sie in mein Gesicht sah. In dem Moment wusste ich, dass ich ihr nie genug bieten könnte. Genauso wenig wie dem anderen Mädchen jener Nacht. Diese Erkenntnis schmerzte mehr, als sie sollte.

Ich sah fragend zu Max und er nickte: „Wir haben ein Geburtstagsgeschenk für dich Lily."

Überrascht riss sie die Augen auf: „Ihr habt was?!"

Ich konnte mir ein Lachen nicht verkneifen. Ihr Gesicht sah dafür einfach zu niedlich aus. Wir führten sie zum Wohnzimmer, wo sich ein riesiges Geschenk befand.

Wie ein kleines Mädchen hüpfte sie auf und ab und öffnete es sofort. Vor Erstaunen klappte ihr Mund auf und ihr Anblick brachte mich um den Verstand. Sie starrte auf den Lesesessel und als sie zu uns schaute, sah ich ihre Augen verdächtig glänzen.

Oh nein! Sie würde doch nicht weinen, dachte ich mir. Jedoch war es ihr bitterer Ernst. Sie kam zu uns gerannt und umarmte Max und mich. Wir lachten auf.

„Danke!" Als sie es am Ende ausgepackt, aufgestellt und getestet hatte, war Emma an der Reihe.

„Mein Geschenk ist nicht so gut. Ich hoffe, dir gefällt es trotzdem." Sie holte ein kleines Päckchen hervor und hielt es Lily hin.

Ihre Augen leuchteten auf. Ich liebte es an ihr - dieses verdächtige Funkeln, ihre Stärke, die Liebe und Intensität.

Sie rupfte es hastig auf. Es war eine schwarze Samtschatulle. Schmuck war unter den engsten Freundinnen nicht verboten und da ich Lily und Emma so betrachtete, fand ich es nicht unschicklich. Vorsichtig öffnete sie nun die Schatulle und hervor kam ein goldener Armreif.

Ich spürte förmlich, wie sie die Luft einzog und ihr von neuem die Tränen kamen. Zaghaft nahm sie ihn heraus und flüsterte: „Der ist so wunderschön."

Sie fiel Emma um den Hals. Emma hatte ebenfalls mit den Tränen zu kämpfen: „Für die beste Freundin der Welt."

Emma zeigte auf die Unterseite des Armbandes. „Ihr macht mich jetzt schon fertig. Das kann man ja gar nicht mehr toppen!"

„Das wäre aber schade. Immerhin hast du mein Geschenk noch nicht", wandte Josh ein.

Lily sah zu ihrem Bruder, der schelmisch grinste. „Was ist es?"

Er schüttelte lachend den Kopf: „Schau selbst nach!"

Lilyana ging auf ihn zu, doch er trat nur zur Seite und sie lief einfach weiter. Sie setzte langsam einen Schritt vor den anderen und schien intuitiv in Richtung Tür zu gehen.

„Mach sie auf!"

Sie klinkte den Türgriff hinunter und ich hatte das Gefühl, als würde die Zeit stillstehen.

Mein Atem versagte komplett, als sie die Tür mit Schwung öffnete, kurz aufsah, dem mir fremden Kerl in die Arme sprang und anfing, laut los zu schluchzen.

Wer war dieser Mann?

ER. WAR. MEIN. UNTERGANG.

Lily hing immer noch weinend in seinen Armen, während er ihr beruhigend über den Rücken strich.

Sie wirkten so vertraut. Ungläubig starrte ich auf das Paar und verließ gezwungen langsam den Raum.

Was war nur mit mir los? Warum brachte mich dieser Anblick so sehr aus der Fassung?

Ich ging in Richtung Terrasse und erblickte die schlafende Ella in der Liege auf dem Küchentisch.

Ihr Gesicht kam mir plötzlich auch so vertraut vor.

Es war leicht verknautscht, so entspannt und friedlich. Der Nuckel wackelte in ihren Lippen und sie machte kleine Schmatzgeräusche. Ihre blonden Locken fielen ihr leicht auf die Stirn und ihre Hände umklammerten das kleine Kuscheltier in der Liege.

Sie musste mich bemerkt haben, denn sie schlug plötzlich ihre Augen auf. Meeresblaue, die meinen so ähnlich sahen, musterten mich abwartend. Ich wusste nicht, was ich darauf erwidern sollte, weshalb ich sie leicht in die Füße knuffte. Ihr Gesichtsausdruck wich einem Lächeln.

Vermutete ich zumindest.

„Ist sie das?" Die Frage riss mich aus meiner Blase.

„Ja. Das ist sie." Lilys Stimme sprühte nur so vor Stolz, Liebe und Wärme. Ich lächelte leicht, beäugte aber den Mann verärgert, als er Ella näherkam.

„Hey, du musst Edmund sein. Schön dich kennen zu lernen."

Ich drehte mich angespannt lächelnd zu ihm um. Es erlosch, als er mir die Hand gab und ich in seine Augen blickte. *„Die sind sauber."*

Ich schüttelte den Kopf. Reiß dich zusammen, Edmund!

„Hey. Ja, das bin ich. Und du?"

Er lächelte immer noch. Wahrscheinlich hatte ich mich auch nur geirrt.

„Ich bin Jess. Lilys, aber vor allem Josh's bester Freund. Ich kenne sie schon, seit sie in die Windeln macht."

Dieser Jess lachte auf. Ich runzelte jedoch die Stirn.

„Aber du hast sie nicht einmal besucht, seit sie schwanger war und Ella bekommen hat?", meine Frage kam so plötzlich und war verbitterter, als beabsichtigt.

Sein Blick verdüsterte sich abrupt. Das war wohl ein wunder Punkt, dachte ich fies.

Er musterte mich ebenfalls skeptisch und seine Augen funkelten dunkel. „Ich war nicht derjenige, der sie sitzen lassen hat."

Immer noch sah er mich an.

„Ja, ich aber auch nicht!" Meine Stimme war genauso kampflustig wie seine.

„Jungs, was ist denn in euch gefahren?" Lilys Frage brachte uns dazu, die Blicke voneinander abzuwenden.

„Ihr seid beide nicht daran Schuld und jetzt hört endlich auf. Ihr verderbt mir meinen Geburtstag!" Sie klang traurig. Tränen brannten in ihren Augen.

Mist! Immer machte ich alles falsch.

„Ich muss mal an die frische Luft."

Als ich ihre fragenden Blicke sah, wurde mir klar, dass ich schon auf der Terrasse stand, weshalb ich diese einfach verließ und auf die freie Wiese trat. Ich lief näher an das Feld heran, bis ich mich mitten drin befand. Ich zog die Luft tief ein. Es war herrlich fremd und neu.

„Du siehst so aus, als hättest du noch nie in einem Feld gestanden", erklang Lilys Stimme sacht hinter mir.

Ich drehte mich nicht um. Konnte ihr nicht in die Augen sehen, da es schmerzte. Es muss schön sein, so etwas als Kind gemacht zu haben. Ohne Angst vor den Konsequenzen. Lily trat neben mich.

„Es tut mir leid! Ich wollte ihn nicht so anfauchen."

„Ach Edmund. Ich weiß auch, dass er nicht da war. Aber er war hier." Ich schaute zu ihr und sie fasste sich ans Herz. „Jess hat sich Vorwürfe gemacht, obwohl ich ihn oft beschwichtig habe. Er hat gesagt, er hätte versagt. Als Freund. Jess hat sehr lange mit sich gekämpft."

Ich schwieg – wusste ja eh nicht, was ich sagen sollte.

„Was auch immer du verbirgst Edmund, es ist etwas Gutes. Lass es frei und du wirst sehen, du kannst fliegen."

Sie drehte mich zu ihr. Unsere Augen trafen sich. Mein Herz raste, meine Gedanken waren vernebelt, doch eins wusste ich: „Egal, was du siehst, du wirst es nicht finden. Nicht in mir. Mein Leben ist das reinste Chaos. Lass es dabei bleiben."

Ich wandte den Blick von ihr ab und lief zurück, vorbei an den anderen ins Bad. Ich stützte mich schwer aufs Waschbecken und sah in den Spiegel. Ein attraktiver junger Mann sah mich an. Musterte mich regelrecht.

Er sah gut aus, doch ein Blick in seine Augen verriet ihn. Die Barriere, die er aufgezogen hat, schwankte leicht, kam aber wieder zum Stillstand. Seine Augen wirkten zerstreut, kaputt und müde. Sein Lächeln war gekünstelt. Wer ihn nicht kannte, wusste dies aber nicht besser. Sein Gesicht sah ebenfalls blass aus. Vielleicht etwas hilflos und erschöpft. Der Typ, der einst so voller Leben, Liebe und Lachen war, erschien nicht. Ein echtes Lachen, was er vor einem Jahr das letzte Mal von ihm gehört. Eine Liebe im Herzen, die er verschloss, und dem Leben, dem er aus dem Weg ging, weil es nicht mehr zu ihm passte.

Erinnerung, die schmerzten und kräftiger dem je zurückkamen. Ihn förmlich überrollten:

Ihr Lachen erfüllte meine Ohren. „Ich weiß ja nicht, was ihr vorhabt, aber ich habe Geburtstag und möchte tanzen." Damit ließ sie uns stehen und tänzelte zur Tanzfläche. Auf halbem Wege drehte sie sich sexy um und ihr auffordernder Blick entging mir nicht. Max schubste mich in ihre Richtung und flüsterte noch ein: „Vermassle es nicht." Ich zeigte ihm nur den Mittelfinger und folgte der zierlichen Person vor mir, die schon mit den Hüften zur Musik wackelte. Als wir inmitten der Leute stehen blieben, zog ich sie an der Taille zu mir und wir tanzten ausgelassen. Jedoch verspürte ich immer einen gewissen Druck. Ich wollte nichts falsch machen. „Entspann dich. Ich breche schon nicht gleich zusammen!" Ich starte sie erstaunt an. Las sie etwa Gedanken? Wir bewegten uns elegant weiter zu dem Beat. Mein Kopf schweifte ab. Prinzen tanzten nicht zu solchen Liedern! Der Vorwurf an mich selbst nervte mich und so versuchte ich abzuschalten. Ich ließ mich einfach nur tragen. Die Musik umhüllte mich und pustete alle stressigen Gedanken weg. Übrig blieb nur noch die Freiheit. „Jetzt hast du es!" Sie sah mir tief in die Augen. Ich verlor mich in ihrem Blick und spürte deutlich das Knistern zwischen uns, was langsam einsetzte. „Du bist etwas Besonderes." Die Worte verließen meinen Mund, noch bevor ich es verhindern konnte. Ihre Wangen färbten sich leicht rot und sie schaute verlegen zu Seite. Als sie wieder aufsah, stockte mir der Atem. In ihren Augen glänzte es verdächtig und sie strahlten nur so vor Verständnis, Liebe, Zuneigung, Verlangen. „Du auch, Ed. Du auch!"

„Ich auch!" Ich riss meinen Kopf hoch und meine Trance endete. Warum musste so etwas ausgerechnet jetzt passieren. Ich konnte das nicht ertragen. Ihre Augen erinnerten mich an…

„Edmund? Alles gut?"

Ich nickte und merkte erst gar nicht, dass Max dies gar nicht sehen konnte. Hastig schob ich ein Ja hinterher.

„Der Kuchen schmilzt noch weg, wenn du nicht bald kommst."

Er klang anklagend und ich musste grinsen. Max und Kuchen.

„Ich komm ja schon. Lass mich noch kurz Hände waschen."

Ich betätigte die Spülung und tat so, als wäre ich gerade erst vom Klo runter. Ich trocknete meine Hände ab und lief dann mit Max zu den anderen, die jedoch nicht weiter nachfragten und dafür war ich dankbar.

„Edmund?"

Ich schaute auf und nickte Jess entgegen, der mich ansprach, „Was machst du so beruflich? Studierst du?"

Ich verspannte mich leicht und schaute dann in seine ernsthaft interessierten Augen. Wir hatten wohl beide unsere Anfangsschwierigkeiten, doch eigentlich wollten wir nur das Beste für Lilyana.

Daher lächelte ich ihn an und umschrieb meine Tätigkeit: „Studieren. Ja, so könnte man das Ganze auch nennen. Ich werde später in die Fußstapfen meines Vaters treten, genauso wie Max. Vielleicht werden wir auch mal zusammenarbeiten. Jedenfalls ist es keine Leichtigkeit, meinen Vater gerecht zu werden, weshalb ich wahrscheinlich einsteigen, aber noch nicht gleich seinen Platz einnehmen werde."

Er nickt und lächelt mich an: „Welche Richtung arbeitet dein Vater denn?"

Ich holte tief Luft und Max sein Blick entging mir keineswegs, trotzdem antwortete ich fast wahrheitsgemäß: „In die Richtung Politik, Wirtschaft und Frieden. Er hat zwar sehr viele Mitarbeiter, aber er muss diese ja auch überwachen."

Er nickte und biss von seinem Kuchen ab. Alle Blicke waren auf mich gerichtet. Es war nicht angenehm für mich, jedoch hatte ich mich mit der Zeit daran gewöhnt.

„Welche Position wird Max denn einnehmen?",

schaltete sich Emma nun mit ein.

Ich sah ihn fragend an und als er schließlich nickte, erzählte ich es ihr: „Max wird ebenfalls den Platz seines Vaters einnehmen. Er wird der engste Berater von mir werden. Die nächste Stelle unter mir…in meinem Beruf."

Emma schaute staunend zu Max, der sich verlegen am Hinterkopf kratzt. „Also ist eure Stellung wichtig im Königreich?"

Die Frage traf mich unvorbereitet und ich sah zu Josh. Ich wollte schon etwas erwidern, da schritt Lily dazwischen: „Jetzt lasst ihn doch erst einmal essen."

Ich lächelte sie dankend an und sie erwiderte es, wenn auch nachdenklich.

Ich nahm ein Stück vom Kuchen und spürte die ungeduldigen Blicke der anderen auf mir, da sie noch mehr erfahren wollten. Das war ungewohnt für mich, da sonst alle schon nach dem Wort Politik aufhörten. Das ernsthafte Interesse überraschte mich daher und ich wollte auch nicht, dass jemand Verdacht schöpfte, weshalb ich noch etwas erzählte: „Sozusagen ja. Wir arbeiten eng mit der Königsfamilie zusammen."

Enger, als man denkt.

Alle zogen scharf die Luft ein. Alle außer Max, Ella und ich. „Ihr habt sie schon kennen gelernt?"

Ich nickte zaghaft, da ich merkte, wie mich plötzlich alle mit anderen Augen ansahen. Alle außer Lily. Sie schien fast schon kein Interesse daran zu haben. Ließen wir sie und Max einfach mal außen vor von allen.

„Also hast du den Kronprinzen und die Prinzessin schon kennen gelernt?", fragte Emma, die fast zu hyperventilieren schien.

Ich lachte auf: „Ein Mann verrät nicht alle seine kleinen Geheimnisse. Das solltest du besser wissen als ich."

Sie sah mich grimmig an, da ich ihr nicht antwortete, und wand sich dann ihrem Kaffee zu.

Puh, gerade nochmal so gerettet. Ich wusste, dass das Gespräch an diesem Tag nochmal darauf zurückfiel, war aber froh, dem Sturm erst einmal entkommen zu sein.

Kapitel 13

Lilyana

Edmund schien erleichtert, als das Thema abgehakt war. Ich hatte ehrliche Freude in seinen Augen gesehen, als wir unser Interesse bekundet hatten. Wahrscheinlich taten dies nicht viele. Doch ich sah es ihm an und hatte auch so ein Gefühl, dass er uns nicht ganz die Wahrheit sagte. Noch dazu erstaunte es mich, dass er uns weder Ort noch Namen dieser Firma verriet und zu machte, als wir vom Königshaus zu sprachen. Gut, er hat vielleicht auch eine Schweigepflicht, ich weiß es nicht, aber irgendetwas stimmte da nicht. Zusätzlich hatte sich Max sehr zurückgehalten. Noch mehr als Edmund und fast gar nichts gesagt. Als hätten sie vor etwas Angst.

Irgendwie hatte ich das Gefühl, ihnen helfen zu müssen, und sprang schließlich bei Joshs seiner Frage ein, obwohl es mich brennend interessiert hatte. Er war dann doch noch eingeknickt und hatte etwas verraten, was mich aufhorchen ließ.

Alle vier Männer standen nun mit einem kühlen Bier in der Hand und unterhielten sich angeregt. Emma war gerade bei Ella und bespaßte sie, weil sie vor wenigen Minuten aufgewacht war. Ich räumte gerade den Kuchen in den Kühlschrank und das dreckige Geschirr in die Spülmaschine, als Jess zu mir in die Küche trat.

„Er macht einen guten Eindruck."

Ich schaute auf. Meinte er das wirklich ernst? „Wer?", stellte ich unnötigerweise die Frage.

„Na dieser Edmund. Was läuft da zwischen euch?"

Ich schnaubte: „Gar nichts. Was habt ihr immer alle mit uns beiden?"

Er lachte auf: „Ich habe ihn heute erst kennen

gelernt und deine Blicke sind eindeutig, also erzähl schon!"

Ich klappte den Geschirrspüler zu und steckte mir eine lose Locke hinter die Ohren. „Was willst du hören Jess?"

Er zuckte nur mit den Schultern und fixierte meinen Blick. Böse blickte ich zu ihm und wartete ab. Sollte er doch anfangen! Er schien es zu merken und gab nach: „Dieser Typ, egal wer er ist, ist mir nicht ganz koscher. Er steckt voller Lügen, Intrigen und Geheimnissen."

„Und das weißt du woher?", fragte ich schnippisch. Er zuckte wieder mit den Schultern.

„Du bist doch nicht etwa eifersüchtig!" Diese Erkenntnis traf mich wie ein Schlag.

„Nein!... Nein, bin ich nicht! Ich bin wütend auf ihn..."

Er stoppte und ich ergänzte: „Weil er Recht hat? Weil er dir vertraut vorkommt? Weil er mit mir Zeit verbringt?...Was ist es Jess? Ruiniere mir nicht meinen Geburtstag."

Er verstummte und seine Augen flehten mich an. „Nein, Jess. Das damals ist es nicht deine Schuld. Edmund ist nicht so wie der Typ damals. Du kannst mich nicht vor allem beschützen."

Er zuckte zusammen, als ihn meine harten Worte trafen: „Es wird niemals so sein, wie es war, oder?"

Ich schüttelte bedauernd den Kopf: „Aber du kannst mir mehr vertrauen. Sei einfach mal für mich da und lebe! Du bist wie ein Bruder für mich."

Er nickte traurig: „Es tut mir leid!"

Ich zog ihn an mich: „Mir auch." Mir auch.

Nachdem sich Jess wieder gefangen hatte, lief es eigentlich ganz gut. Ruhig verläuft mein Leben schon lange nicht mehr, weshalb ich diese Hektik bei uns gewohnt war. Sie gehörte nun zum Alltag dazu. Wir haben uns nach dem Essen zum Strand aufgemacht und ich lag jetzt gerade neben Josh im Sand und ließ mich von der Sonne bräunen.

Diesmal hatte ich statt dem cremeweißen Bikini einen pfirsichfarbenen gewählt. Man musste ihn an der Hüfte selbst schnüren, was wie ich fand, ein echter Blickfang war. Dafür war jedoch das Bikinioberteil dezent gehalten. Es unterstrich meine leichte Bräune, jedoch sah man dadurch noch etwas das kleine Babybäuchlein. Aber dafür, dass es erst drei Monate her war, sah man nur wenig.

Ich drehte mich auf den Bauch und schaute zu Josh rüber. Er war wegen mir und Ella hiergeblieben, wofür ich ihm dankbar war.

„Schau mich nicht so an und geh lieber ins Wasser, bevor ich es mir anders überlege!"

Ich gab ihm einen Kuss auf die Wange und sprintete dann dankend ins Wasser. Keine Sekunde später hatte es mich vollkommen umhüllt. Es war herrlich erfrischend und es fühlte sich wie Seide auf der Haut an, als ich hindurch glitt.

Ich schwamm zu den anderen, die etwas weiter ins Wasser gewatet waren und sich gerade eine heftige Wasserschlacht lieferten. Ich tauchte unter, schwamm nahe an Emma heran, jedenfalls vermutete ich, dass sie es war, packte sie am Bein und zog sie unters Wasser.

Meine Vermutung bestätigte sich, als ich mitbekam, wie leicht sie einknickte und als wir dann auftauchten, sah ich sie, wie sie mich wütend anfunkelte. Ich konnte mir ein Grinsen nicht verkneifen. Die drei Jungs sahen uns an und ich grinste auch zu ihnen breit: „Jetzt ist es wenigsten fair, wenn ihr gegen uns Mädchen ankämpft."

Überlegen funkelte ich sie an.

„Träum weiter Mädchen", drei Jungs, alle mit einem Sixpack bestückt, lächeln herablassen auf uns herab.

Sie hatten es nicht anders gewollt.

Ich holte unter Wasser aus und zwang den Ersten in die Knie, was schwieriger war, als erwartet, da das Wasser mir Einhalt gebot.

Ich lächelte zuckersüß auf Jess hinab. Er schaut mich ungläubig an. „Du hast wohl vergessen, dass ich drei Jahre im Karate war."

Eins zu null für mich.

Er stand wieder auf. Emma trat unsicher hinter mich.

„Eins. Zwei. Drei!", zählte ich leise.

Und schon fingen wir an, die Jungs unterzutauchen, nass zu spritzen und Spaß zu haben. Womit ich jedoch nicht gerechnet hatte, war, dass sich die Jungs scheinbar abgesprochen hatten, denn auf einmal stand Edmund vor mir, während sich die anderen zwei Emma vornahmen, weil sie wahrscheinlich erst einmal das leichtere Opfer war.

Ich klammerte mich von hinten auf ihn drauf und wollte ihn herunterdrücken, doch er hielt stand.

Edmund war stärker, als ich zunächst vermutete. Seine Arme packten mich und warfen mich über die Schulter ins Wasser.

Keuchend tauchte ich wieder auf und sah zu ihm. Er kam auf mich zu und als er mich untertauchte, zog ich ihn einfach mit mir.

Ich schaute ihn an und spürte nur zu deutlich seine großen schlanken Hände an meiner Taille. Die Stellen, die er mit seiner Hand berührte, brannten förmlich.

Wir sahen uns schweigend an und ich zog ihn mit mir an die Oberfläche, als ich auftauchte, um Luft zu holen. Ich weiß nicht, was das unter Wasser war, doch ein unglaubliches Gefühl von Verlangen drang in mir zum Vorschein. Immer noch schwiegen wir, doch sein Blick ging mir durch und durch.

Er fesselte mich mit seiner Aura so sehr, dass ich mich nicht lösen konnte.

„Du bist so wunderschön."

Er machte noch einen Schritt auf mich zu, sodass er jetzt direkt vor mir stand.

Meine Knie wurden wackelig und ich war froh darüber, dass er mich hielt. Abwartend sah ich ihn an und befeuchtete meine Lippen.

Küss mich, bitte Ed, küss mich endlich, bat ich innerlich.

Ich platzte fast vor Verlangen und mein Verstand hatte sich längst ausgeschaltet. Sein Blick löste sich nicht von mir. Sein Griff um mich verstärkte sich und eh ich mich versehen konnte, küsste er mich. Er war sanft, herantastend und unsicher, doch es war perfekt.

Ich erwiderte seinen Kuss und schlang meine Arme um seinen Hals, um ihn noch näher an mich heranzuziehen. Wir vertieften den Kuss und ich verlor mich in ihm.

Edmund schmeckte nach Himbeere und einem Geschmack, der wahrscheinlich nur von ihm kam. Es war himmlisch. Doch dieses Gefühl sollte nicht lange halten.

Ein Räuspern riss uns auseinander und beschämt rückte ich von ihm ab.

Es war Jess, der uns erwischt hatte. Ich sah mich suchend nach den anderen beiden um, nur um ihm nicht in die Augen sehen zu müssen. Ich sah sie keine Meter weiter, wie sie sich gerade küssten. Ich wurde rot und schaute schließlich doch zu Jess.

Er war meinem Blick gefolgt und nickte: „Deswegen gehe ich jetzt raus zu Josh."

Es klang nicht anklagend, nicht verärgert und nicht andeutend. Erleichtert atmete ich auf.

„Ich komme mit."

Ich konnte mit Edmund jetzt nicht allein bleiben. Hastig machte ich mich auf den Weg zu Ella, bevor ich es mir anders überlegen könnte, und ließ die Jungs einfach stehen. Ich eilte über den heißen Sand auf Josh zu und zwang mir ein Lächeln auf die Lippen und hoffte, er durchschaute es nicht.

Jedoch hatte ich wie immer kein Glück: „Was war das zwischen dir und Edmund im Wasser?"

Josh sah mich interessiert an und reichte mir mein Handtuch. „Nicht jetzt, ja?"

Er nickte zögerlich.

Ich nahm Ella zu mir und schaute in ihr schlafendes Gesicht. „Solange sie noch so viel schläft, kann ich wenigstens was machen. Wenn sie dann aber groß ist, muss ich sie die ganze Zeit bespaßen."

Nachdenklich blickte ich in die Ferne.

Was gäbe ich nur für einen Vater an meiner Seite. Mein Blick fiel auf Edmund, der sich gemeinsam mit Jess auf den Weg zu uns machten. Als er meinen Blick abfing, schaute ich hastig zur Seite und strich mir eine lose Strähne hinter das Ohr.

„Unsere kleine Lily hat mehr Kraft, als ich dachte." Jess grinste und auch Edmund nickte zustimmend.

„Man sollte die armen Männer nicht alleine auf sie loslassen, das könnte böse enden", fügte Josh grinsend hinzu.

Schmollend biss ich auf die Lippen und verschränkte die Arme vor der Brust. Immer machte mich mein großer Bruder schlecht. Warum wurde es so oft missbilligt, dass Mädchen kämpfen lernten?

Warum war das in diesem Königreich fast schon eine Straftat? Klar, das hier war ein sicheres Königreich. Das sicherste seiner Zeit, aber sie wollten zumindest nicht, dass wir Damen uns wehren konnten, und ich fragte mich immer wieder warum. Es war nicht verboten, doch den meisten Mädchen unserer Zeit wurde genau dies gesagt. Unsere Welt lebte nicht mehr im Mittelalter, aber trotzdem gab es hier noch Dinge der veralteten Ansichten, die ich nicht verstand. Das machte mich rasend. Ich hörte die Jungs scharf einatmen und darüber diskutieren, wie unschicklich es doch sei.

Mein Geduldsfaden riss. Wütend funkelte ich sie an.

Kann sein, dass ich etwas zu gereizt war: „Was!" Als ich sie ansah, schauten sie betreten zu Boden. Ich wartete ab, doch als nichts kam, sprang ich genervt auf und ging.

Sollten sie ihren Mist doch allein machen! Planlos stapfte ich davon und entspannte mich erst nach einem guten halben Kilometer. Mein Atem beruhigte sich und ich war endlich wieder normal.

Ich selbst.

Nicht mehr dieses reinste Nervenbündel, was ich so gut, wie es ging, zu verstecken versuchte.

Mein Blick schweifte zum Meer hinaus und ich blickte Richtung Klippen. Mein Herz machte einen Hüpfer, als ich an jene Nacht zurückdachte.

Meine Wangen wurden rot und meine Beine schwankten etwas.

Es war romantisch mit ihm gewesen.

So schön und es war der erste Moment seit der Schwangerschaft, indem ich mich komplett frei fühlte. Frei und trotzdem geliebt.

Und doch schämte ich mich für das Gesagte in jener Nacht. Nicht weil ich meine Worte bereute, sondern weil ich ihm Tipps gegeben hatte, die ich selbst nicht umsetzte. So war ich schon immer. Anderen zu helfen und mich dafür vernachlässigen. Das konnte ich gut.

Frustriert kickte ich in den Sand und verlor unerwartet das Gleichgewicht. Ich taumelte, fiel und landete hart. Schmerz machte sich in meinem Kopf breit. Ein Fiepen ertönte, mir wurde flau im Magen und schließlich verschwand die Gegend um mich und es färbt sich alles in eine gähnende Leere, die dem Schwarz glich.

Es war grell. Alles so grell. Das Licht. Macht das Licht aus. Gesichter. So viel fremde Gesichter.

Wo war ich? Wo war ich nur?

Panik kroch mir in die Adern, doch ich konnte mich nicht wehren. Nichts konnte ich - nichts.

Und dieser Lärm, dieser ständige Lärm! Müde schloss ich meine Augen und die Dunkelheit umfing mich wieder. Einladend zog sie mich mit.

„Lilyana... Komm schon... wach auf... Du darfst das nie wieder tun."

Eine mir so vertraute Stimme schien mich aus hunderten von Metern Entfernung aus einem Tunnelende zu rufen. Magisch zog sie mich an. Verführerisch lockte sie mich aus diesem Schwarz. Doch es war so kuschelig. So ruhig und geborgen. Niemand störte mich. Keine Probleme. Das Licht war so grell.

Ich wollte nicht. Ich wollte hierbleiben. Hier weit weg von allen. Was hatte diese Stimme mir schon zu bieten.

„Viel zu grell, mich hält nichts mehr", sagte eine mir fremde raue Stimme.

Etwas zuckte an mir. Riss an meiner Hand. „Denk an Ella...Du musst durchhalten Lily...Hinter diesem Licht geht es weiter."

Ella. Wer war Ella? Der Name war mir vertraut und doch so fern. Ella. Ella wird mich nicht retten können. Leicht benommen schüttelte ich den Kopf.

Niemand wird das. Mein Herz ist schon lange nicht mehr heil. Ich hatte nichts anderes verdient. Nichts. Genauso wie dieses Schwarz. Es war ein endloses Nichts.

„Ihre Werte... Nicht..."

„Schlechte Chance... Sie müsste... aufwachen, ja... Nein... Sie muss kämpfen..." War das ein Arzt? „Vier Tage sind nicht... Es tut mir leid..."

„Ahhh..." Eine Stimme sorgte für Aufruhe. Was war hier nur los?

„Beruhigen sie...", befahl jemand energisch.

„Ich bin ruhig... so was von ruhig...", erwiderte jemand.

„Sie müssen... nein, für Ella... nichts tun... abwarten."

Stimmen. Fremde Stimmen, doch das Schwarz war so verlockend. Sündhaft süß wie Schokolade. Nein, ich bleibe. Erinnerungen oder war es nur ein Traum?

Er beugte sich zu mir runter. Verlegen schaute ich auf den Boden. War es klug, mit einem Typen zu tanzen, wenn man was getrunken hatte? – Nein. Wollte mein Körper es trotzdem? – Ja und wie! Was sollte ich denn nun machen.

Langsam bewegten wir uns im Einklang zur Musik. Es war so... Herzzerreißend? Romantisch? Knisternd? Anziehend? Gefühlvoll? Etwas von allem? Dumme kleine Lily. Dumme kleine Hormone! Wir tanzten weiter. Eng umschlungen zur Musik, die uns trug. Die mich in ihren und seinen Bann zog und nie wieder losließ, wie das Wasser auf der Haut. Ich blickte nicht auf. Sei es aus Angst schwach zu werden oder etwas anderes. Mein Blick glitt stattdessen durch den Saal. Alle Frauen, die noch da waren, musterten mich neidisch. Doch ich erwiderte ihre Blicke nicht. Keine Lust auf solche kindischen Machtkämpfe. Plötzlich drehte er mich so abrupt, dass ich fast fiel, doch er fing mich nur geschickt auf und es sah aus, als wäre alles Absicht. Er zog mich dichter an sich und ich merkte, dass er mich nicht ein einziges Mal bedrängt hatte. Was nicht heißt, dass er es nicht noch tat, aber so einen Mann würde ich nirgends wieder finden. „Du denkst zu viel. Zerbrich dir nicht deinen Kopf übers Tanzen und die Leute da. Sie sehen dich alle nur an, weil du so wunderschön bist." Er zog mein Kinn vorsichtig nach oben und ich sah ihn nun direkt in seine Augen. Die Augen, die mich fesselten. In ihren Bann zogen und mich mit in die Tiefe nahm, wie eine Welle, die dich einfach überrollte und mit sich zog. Seine kräftigen blauen Augen überwältigten mich und zogen mich mit in eine mir unbekannte Welt. Meine riesigen Pupillen spiegelten sich in seinen wieder und seine blonden Locken kitzelten mich, als er mich das zweite Mal küsstest.

Für ihn würde es sich zu leben lohnen.

„EDMUND!" Ich sprang auf, wurde jedoch unsanft von einer Maschine zurückgerissen.

Blinzelnd sah ich mich um. Zuerst nahm ich alles nur verschwommen wahr und wurde panisch, als sich zwei Gestalten mir näherten. Doch mein Blick klärte sich nach und nach und ein Schluchzen aus einer Ecke drang an mein Ohr: „Sie ist wach. Sie ist WACH! Gott sei Dank!"

Emma? War das Emma?

„Verlassen sie bitte den Raum. Ich muss sie jetzt alleine sprechen!"

Wo bin ich? Warum ist sie nicht hier? Doch bevor ich etwas sagen konnte, meldete sich eine tiefe Stimme: „Da sind sie ja endlich! Miss Vogtmann, ich bin ihr behandelnder Arzt Herr Professor Doktor Grave. Sie waren sieben Tage ohnmächtig oder in einer Art Traumstarre, damit sie wissen, was ich meine. Sie liegen hier im örtlichen Ärztehaus. An was können Sie sich noch erinnern?"

An was erinnern? Sieben Tage? Was war passiert?

Hilfesuchend und leicht panisch sah ich dem Arzt in die Augen, der wahrscheinlich verstand, was ich ihm damit sagen wollte, denn er fuhr fort:

„Sie sind an ihrem Geburtstag spazieren gegangen, wahrscheinlich ausgerutscht und auf einen Stein mit ihrem Hinterkopf gefallen. Es ist sehr unwahrscheinlich, dass so etwas passiert. Ein Glück wurden sie so schnell gefunden. Die Landung mit dem Hinterkopf war nicht ganz ungefährlich. Sie haben eine starke Gehirnerschütterung, waren jedoch länger weg, als sie sollten. Ich werde ein paar Test mit ihnen machen, aber kommen sie dann erst einmal zu sich."

Er lächelte und ich versuchte es, zu erwidern, und hoffte einfach nicht allzu bescheuert dabei auszusehen.

„Einige Fragen muss ich ihnen jedoch noch stellen! Sind sie bereit dazu?"

Ich nickte kaum merklich und er fing an: „Haben sie Familie?"

Ich dachte nach. „Ja", meine Stimme klang mir fremd und kratzig und der Arzt reichte mir daraufhin etwas zu trinken. Ich schluckte es mühsam und setzte mich dann leicht auf, um besser reden zu können.

„Ich habe einen Bruder."

Der Arzt nickt kurz: „Wie heißt ihr Bruder?"

„Josh. Er heißt Josh. Er ist immer da!"

Tränen brannten in meinen Augen. „Wo ist er?", meine Stimme war mehr als brüchig.

„Er wartete draußen. Bis ich ihnen alle Fragen gestellt habe!"

Erleichtert sank ich zurück ins Kissen. „Haben sie Kinder? Eltern? Groß…"

„Ich weiß nicht", unterbrach ich ihn und dachte angestrengt nach. Sein Blick verriet mir, dass ich nicht falsch antworten dürfte. Unsicher schaute ich zur Decke.

Kinderlachen drang in mein Ohr. Wellen rauschen, Grillen zirpen, eine Babyschaukel.

„Ella", ich riss meinen Kopf suchend um.

Panisch sah ich zum Arzt. „Richtig. Ihre Tochter. Ihr geht es gut. Da sie trotzdem noch etwas brauchen werden, wie es scheint, machen wir erst einmal mit etwas anderem weiter."

Ich nickte zaghaft und fühlte mich von Mal zu Mal unsicherer.

„Was ist das Letzte, an das sie sich erinnern können?"

„Mein Traum", kam es wie von selbst. Pr. Dr. Grave sah mich neutral an und nickte, damit ich fortfuhr, doch ich schüttelte den Kopf. „Diese Sache ist privat. Zu privat und ich weiß, sie selbst noch nicht einzuordnen."

Er sagte nichts weiter dazu. „Eine Frage noch – Was hat Sie festgehalten?"

Ich riss meinen Kopf zu ihm: „Was meinen Sie?"

Ängstlich sah ich ihn an. Ich wartete auf eine Antwort, doch bekam sie nicht.

Warum? Hatte ich etwas falsch gemacht? Er ging nur zur Tür und ich schaute beschämt aus dem Fenster.

„Sie können jetzt alle reingehen. Aber schonen Sie sie. Ihre Erinnerungen kommen nur stückchenweise. Selbst ihre Tochter…"

Dann schlug jemand die Tür zu. Ein kleiner Junge fiel in mein Blickfeld.

Was machte er hier?

Er ging zu einem Bett und schmiss sich gelangweilt darauf. Es war sein Bett und oh… er hatte einen Verband um den Kopf.

„Ich hasse Ärzte, die denken, man hört ihnen gar nicht zu."

Er sah mich nicht an, aber er musste mit mir reden, denn sonst war ja niemand hier. Er sah traurig, allein und verlassen aus.

Warum waren seine Eltern nicht hier?

„Du liegst schon eine Woche hier und alle reden so, als könntest du sie nicht hören. Doch du fühlst mehr, als man denkt. Das weiß ich. Ich spüre es hier."

Seine kleine Hand fuhr zu seinem Herz. In mir zog sich etwas zusammen.

„Wieso bist du hier?", fragend sah ich zu ihm. Er sprang vom Bett und kam zu mir rüber gelaufen und setzte sich.

„Ich bin mit dem Fahrrad gefahren und hingefallen. Meinen Kopf hat es anscheinend ganz schön mitgenommen. Ich bin glimpflich davongekommen, meinen die Ärzte."

Er klang traurig und in Gedanken ganz wo anders.

„Wo sind deine Eltern?", fragte ich nach einer Weile.

Er sah mich nicht an: „Ich habe nur noch eine Mutter. Meine Eltern haben sich schon vor meiner Geburt auseinandergelebt. Sie ist arbeiten und hat keine Zeit. Ich muss noch ein paar Tage bleiben, bis sich alles geklärt hat. Sie arbeitet zu viel. Zu hart."

Der Junge tat mir leid. Es musste schwer für ihn sein.

„Aber jetzt hast du ja mich", kam es prompt von mir und seine Augen strahlten zum ersten Mal an diesem Tag. Er war goldig.

„Alle deine Freunde waren hier. Die sind ja mal richtig cool. Na ja, außer die eine. Die ist ganz schön gefühlsbetont. Sie hat immer geweint. Das nervte. Und den Aufschrei heute *„Sie ist wach. Sie ist wirklich WACH."*

Er gluckste vergnügt und schnaubte gleichzeitig. Dieser Junge war mir definitiv sympathisch.

„Ich bin Lilyana und du?"

Er schaute auf. „Joshua. Ich bin sechs Jahre alt. Mein Geburtstag vor einem Monat hat mich nicht ganz so wie deiner umgehauen. Freut mich sehr."

Er reichte mir fast schon geschäftsmäßig die Hand. Den Namen würde ich mir definitiv merken. „Freut mich auch. Mein Bruder heißt auch Joshua."

Wir quatschten eine Weile, bis ich ihm die alles entscheidende Frage stellte: „Lieblingsessen?"

„Spaghetti Bolognese", kam es von ihm wie aus der Pistole geschossen, „Meine Mutter hat die früher immer für uns gekocht. Ich liebe Spaghetti."

Seine Augen leuchteten auf. „Du darfst die Hackbällchen nicht vergessen", erwiderte ich lachend, als er anfing, von dem Gericht zu schwärmen. Kinder und Essen.

Überrascht hielt er inne und sah mich an. „Kennst du das Gericht?" Mit großen Augen blickte er mich an.

„Na klar, wer kennt das denn..."

Mein Satz wurde unterbrochen, von einer Tür, die krachend aufschwang und meiner Freundin, die auf mich zu gestürzt kam. Sie hielt inne, als sie mich und

Josh Junior zusammen sah.

„Ich…", unsicher sah Emma zu mir.

Was hatte ihr der Arzt nur gesagt?

„…ich gehe lieber." Irritiert sah ich auf. Was hatte Emma denn?

„Nein, ich brauche dringend mal frische Luft. Kinder müssen an die frische Luft. Ich muss an die frische Luft." Ehe ich so genau wusste, was jetzt geschah, war Josh Junior verschwunden und Emma und Max standen im Zimmer und wussten nicht wohin.

Mühsam richtete ich mich auf und deutete auf die Stühle neben mich. Zögerlich, aber dankend nahmen sie sie an und setzten sich. Emma schwieg peinlich berührt und Max, ja der sah mich an, so als wüsste ich nicht, wer er war.

„Ich weiß ja nicht, was euch der Arzt erzählt hat, aber ich weiß, wer ihr seid."

Ich hörte ein erleichtertes Aufkeuchen. „Emma!", ich verdrehte die Augen.

„Mach das nie wieder. Nie wieder, hörst du!" Sie kam auf mich zu und schüttelte mich durch. Ihre Fingernägel bohrten sich plötzlich schmerzhaft in meine Haut. Mir wurde schwindelig, denn ihr plötzlicher Wutausbruch traf mich unerwartet. Wäre ich doch nur in meinem Nichts geblieben.

Instinktiv zog ich mich zurück.

„Lass sie in Ruhe, Emma. Siehst du denn nicht, was du da anrichtest!", zischte Max dazwischen.

Mir wurde alles zu viel. Ich wäre lieber bei dem kleinen Jungen geblieben. Wo war der hin und warum mussten sie ihn ersetzen?

Tränen brannten in meinen Augen und ich sah zu ihnen, als ich dachte, dass ich mich einiger Maßen wieder im Griff hatte. Falsch gedacht. Ihre Gesichter zeigten dies eindeutig.

„Geht. Bitte geht!", flehte ich sie an und ich sah noch, wie Emmas Augen sich geschockt weiteten, bevor Max sie rauszog.

Es war alles zu viel. Zu viel und zu schnell. Wo waren diese verdammten Erinnerungen? Wo war der Traum und was hatte er mit Edmund zu tun?

Ich musste eingeschlafen sein, denn als ich aufwachte, saß Josh Junior auf meinem Bett und sah gedankenversunken aus dem Fenster. Er hat doch nicht etwa die ganze Zeit auf mich aufgepasst?

„Sie ist schön. Hat so viel! Warum sieht der Mann das denn nicht. Hockt stattdessen da und hält ihre Hand und sagt, dass er ihr das Herze breche."

Er führte Selbstgespräche, doch etwa ließ mich aufhorchen. Wen meinte er nur?

Ich wollte trotzdem nicht weiter so tun, als würde ich schlafen und richtete mich auf.

„Hey", meine Stimme klang schwach, „Ich habe gar nicht gemerkt, dass ich eingeschlafen bin. Wie spät es ist es und welchen Tag haben wir?"

„Heute ist der 25.07. und es müsste gleich Kaffee geben, also um drei. Du hast nicht mehr als drei Stunden geschlafen."

Er lächelte mich an. „Dein Bruder hat Sachen vorbei gebracht. Kommst du mit mir spazieren?"

Joshua sah mich mit seinen Hundewelpenaugen an und ich nickte kaum merklich. Doch das schien ihm zu genügen und er sprang erfreut auf.

„Lässt du mich kurz alleine?" Ohne eine Antwort zu liefern, verließ er das Zimmer und ich versuchte langsam aufzustehen. Irgendwie musste ich das schaffen.

Ich zog gerade meine Socken an, als Josh ins Zimmer kam. Er blieb mitten im Türrahmen stehen und ich rannte, soweit mein immer noch müder Körper es zu lies, vor Freude auf ihn zu. Als ich in seinen Armen lag und er mich halbwegs hielt, ließ ich meinen Tränen freien Lauf. Dafür hatte es sich gelohnt aufzuwachen. Wie könnte ich nur ohne ihn leben. Mein Körper zitterte unter seinem Arm und nur gedämpft drang seine Stimme in mein Ohr: „Schsch. Alles gut. Ich bin da."

Doch seine Worte trösteten kaum. Zu sehr nagte etwas in mir und ich wusste nicht was. Nachdem ich mich langsam wieder beruhigt hatte, sah ich zu Josh: „Mein Zimmerpartner heißt auch Joshua und wir wollen eine Runde spazieren. Willst du mit?"

Er schüttelt den Kopf. „Ich warte hier. Geh du ruhig. Ich bin echt müde, Lily."

Ich nickte kaum merklich und als ich in seine Augen sah, wusste ich warum. Es war nicht nur ich, die ihm Kummer bereitet, sondern auch Ella musste einiges damit zu tun haben. Es war lieb von ihm, dass er Ella nicht mitbrachte, um mir Ruhe zu gewähren. Oder war es Angst?

Angst davor, dass ich sie nicht wiedererkannte?! Ich wollte sie aber sehen. Wollte es so sehr und trotzdem hielt mich etwas davon ab.

Träume und Erinnerungen.

Erinnerungen, die heimkehrten.

Erinnerungen, die ich nicht zu ordnen konnte.

„Bring Ella das nächste Mal mit!" Meine Stimme war nicht mehr als ein Hauch ausgesprochener Wörter, doch seine Augen strahlten, und das beruhigte mich.

„Ja. Morgen versprochen. Ich wollte doch nur..." „Ich weiß! Alles gut. Setzt dich hin und ruhe dich aus, aber ich muss erst einmal an die frische Luft."

Er nickte und gab mir einen Kuss auf die Stirn und ich machte mich auf die Suche nach Joshua Junior, nach dem ich mir meine Schuhe angezogen hatte.

Ich fand ihn allein in einer kleinen Sitzecke sitzen und aus dem Fenster schauen. Sein Blick war unergründlich. Ein Pokerface, was er wahrscheinlich schon lange einsetzte, zeichnete sich auf seinem jungenhaften Gesicht ab.

Mein Herz brach bei diesem Anblick.

Durfte der Junge denn nie Gefühlen zeigen? Musste er immer die Fassung wahren? Was war da vorgefallen?

Es war wieder typisch ich. Schon genug eigene Sorgen am Hals haben und trotzdem sich um andere kümmern. Josh sah mein Spiegelbild im Fenster und ein Strahlen trat auf sein Gesicht. Ich fand es schön und beängstigend zu gleich, dass eigentlich nur ich ihm zum Lachen brachte.

Wo waren seine gottverdammten Eltern?

„Lass uns spazieren gehen", ich hielt ihm die Hand entgegen und er ergriff sie, nach dem er zu mir gelaufen kam. Wir erreichten die Treppe zum Park und schritten in die warme Nachmittagsluft hinaus. Wir gingen eine Weile umher und als wir einen verlassenen Spielplatz mit zwei Schaukeln fanden, setzten wir uns auf diese und unterhielten uns weiter.

„Hast du einen Freund?" Ich sah zu ihm und schüttelte den Kopf.

„Gut!" Überrascht schaute ich auf, als ein erleichterter Ausdruck auf seinem Gesicht erschien. Ich wollte schon nachfragen, als er die nächste Frage stellte.

Ganz schön clever für sein Alter. Ich schmunzelte. „Warum hast du dann ein Kind? Hat dich dein Mann auch sitzen lassen?"

Ich merkte, wie mein Lächeln bröckelte und sah

mit schmerzverzerrtem Gesicht zu Boden.

„Ich… Du musst nicht, wenn…"

„Nein. Nein, alles gut", fuhr ich dazwischen und sah ihm wieder in die Augen. „Vor genau einem Jahr und einer Woche feierte ich meinen 18. Geburtstag. Ich war mit meinen Freundinnen… Na ja, heute eher Scheinfreundinnen… unterwegs und wir haben es krachen lassen. Wir sind in einen Club gegangen und irgendwann hatte ich genug von ihnen und bin zu Jess an die Bar. Jess ist…"

Er unterbrach mich: „Jaja. Ich weiß, wer Jess ist. Er hat sich extra zwei Wochen länger Urlaub für dich genommen und passt mit Josh zusammen auf Ella auf. Er ist echt nett."

Erschrocken riss ich die Augen auf. Jess. Jess, den hatte ich vergessen. Und er hatte sich extra für mich freigenommen…

„Wie geht es denn nun weiter?"

Ich zögerte: „Ich weiß kaum noch was von dem Abend, aber was ich weiß, ist, dass ich mich an diesem Abend verliebt habe oder nenn es besser verknallt. Am nächsten Morgen war er nicht mehr da und drei Monate später habe ich erfahren, dass ich mit Ella schwanger war von ihm."

Er verzog den Mund.

„Mistkerl", er zischte die Worte.

Wir schwiegen eine Weile und ich verschwand in einer Traumwelt von mir. Nur noch die Vögel zwitscherten im Hintergrund.

„Bist du immer noch in ihn… also verliebt?"

Nur langsam sickerte diese Frage zu mir durch. „Ich weiß es nicht. Edmund und er hatten beziehungsweise haben so etwas, was mich einfach anzieht."

Seine Augen begannen zu leuchten: „Stehst du auf ihn?"

„Auf wen, Edmund?", er nickte, „Keine Ahnung. Ich weiß glaube nicht, wie sich wahre Liebe anfühlt."

Diese Erkenntnis schmerzte mehr, als ich es zu geben könnte.

„Du weißt, was Liebe ist. Du spürst es hier", er fasste mir auf Herz, „wenn du in Ellas Nähe bist, wenn Josh etwas für dich tut, wenn du an deine verrückte Freundin denkst. Verspürst du da auch nie Liebe?"

Ich lachte auf: „Wie kann ein kleiner Knirps wie du, nur so viel Erfahrung haben."

Ich wuschelte ihm liebevoll über die Haare. Er grinste: „Ich bin halt weiser, erfahrener und reifer, als du es je sein könntest."

Ich sah ihn anerkennend an und wir fielen in ein unbeschwertes Lachen. „Es ist schön, mit dir Zeit zu verbringen."

Lächelnd sah ich ihn an. „Ja, mit dir auch, Lily. Mit dir auch!"

Kapitel 14

Edmund – 1 Woche vorher

Wütend stapfte sie davon und ich sah ihr traurig hinterher. Wir konnten es auch nicht einmal lassen oder? Wenn mein Vater wüsste, dass manche Frauen kämpfen konnten, würde er durchdrehen. Doch ich fand es einfach nur albern. Wir lebten doch nicht mehr im Mittelalter. Sie war süß wie eine kleine Katze.

Ich dachte an unseren Kuss zurück. Er war etwas Besonderes. Ein Feuer was fast erloschen war und jetzt wieder loderte.

Immer noch schaute ich ihr nach. Sie ging einen guten halben Kilometer. Nur noch schwach sah ich sie vom Boden aus.

„Hey Kumpel, nur gucken und nicht anfassen verstanden", schnaubte ihr Bruder belustigt, doch ich ließ mich nicht beirren.

Ich sah auch nicht zu ihm, sondern ruhte weiter mit meinen Augen auf Lily. Sie war so perfekt und so zerbrechlich. Sie würde es nicht verkraften, wenn ich wieder gehen würde und sie alleine zurückließ. Und ich – von mir brauchten wir gar nicht erst anfangen.

„Edmund, sie ist doch keine Schaupuppe. Glotz sie nicht so an. Sie wird schon wieder kommen!"

War er sich da wirklich so sicher? Klar, ich kannte sie kaum, doch mich beschlich ein komisches Gefühl. Ich schaute deshalb weiter zu Lily, die stehen zu bleiben schien. Sie stand einfach nur da und starrte aufs Meer. Komm runter, sie schaute nur zum Meer.

Ich wandte meinen Blick ab und nahm dankend das kühle Bier an, was mir Josh hinhielt. „Danke."

Er nickte kurz und legte sich dann wieder in die Sonne. Auch ich entspannte mich etwas, doch mein Blick glitt wie von selbst zu Lily. Sie stand immer noch an derselben Stelle, doch plötzlich fiel sie um und verschwand auf dem Boden.

Mein Kopf hob sich und ich sprang auf, um besser sehen zu können. Sie musste am Boden liegen.

Oh mein Gott. Hastig sprintete ich los in ihre Richtung und hörte nur noch einen leisen Ruf: „Was ist passiert?"

Ich rannte weiter und gab alles, was nötig war. Zum Glück hatte ich in letzter Zeit trainiert. Doch als ich rasch näher kam und sie mit geschlossenen Augen auf dem Boden liegen sah, gab es mir den Rest. Schlitternd kam ich neben ihr zum Stehen.

„Lily. Lily? Kannst du mich hören?"

Vorsichtig hob ich ihren Kopf an, um sie um zu betten, als ich meine Hand zurückzog, glänzte sie rot in der Sonne. Scheiße.

„Hey, Lily... Lily... ich bin da. Macht die Augen auf." Sie antwortete nicht. Mist! Hastig griff ich nach meinem Handy, was ich zum Glück mit mir genommen hatte, und wählte die Nummer vom Ärztehaus der Umgebung. Schon nach wenigen Sekunden meldete sich eine Frauenstimme: „Guten Tag, Ärztehaus des Kreises Aqua hier. Was kann ich für Sie tun?"

„Hallo. Hier ist Edmund VOULLON. Ich brauche einen Notarzt sofort am Strand nahe den Klippen. Rechte Seite. Ich kenne mich hier leider nicht aus. Meine Freundin Lilyana Vogtmann, 19 Jahre alt, ist im Sand ausgerutscht und mit dem Kopf auf einen Stein gefallen. Sie hat eine blutende Wunde am Hinterkopf. Bitte beeilen sie sich."

Mein Atem ging stoßweise, da ich so schnell gesprochen hatte.

„Wir sind gleich da. Bleiben Sie, wo Sie sind, und bewegen Sie sie nicht allzu sehr und lagern Sie ihren Oberkörper leicht höher als den Unterkörper. Wir können keine weitere Verletzungen ausschließen."

„Danke", und schon legte sie auf. Ich hockte mich neben sie und als mich meine Unruhe einholte, stand ich hastig auf und ging nervös hin und her.

Wenig später kamen Josh mit Ella, Max, Emma und Jess angerannt: „Was ist passiert?"

Ich deutete auf Lilyana und sie stürzte zu ihr. „Nicht bewegen. Ich habe schon den Notarzt gerufen. Wir können nichts weiter machen."

„Das kann doch nicht dein Ernst sein!"

„Doch. Leider!"

Wir standen da, wie abgestellt und nicht abgeholt und wurden immer unruhiger.

„Zum Glück hast du nach ihr geschaut. Nicht auszudenken, was…"

Ihr weiterer Monolog wurde von den Sirenen des Krankenwagens unterbrochen. Mein Herz brach, als ich sah, wie ihr bewusstloser, blasser Körper auf eine überdimensional große Matte gelegt wurde. Es war nicht nur die Frage, was wird aus ihr, sondern auch, was aus Ella wird.

3 Tage später

Sie schlief immer noch. Tief und fest. Der Arzt sagte, dass sie eigentlich hätte aufwachen müssen, da ihre Werte sich schon seit gestern stabilisierten, doch er sagte auch, dass sie etwas zu verarbeiten schien. Nur was es war, konnte er nicht sagen. Doch eines war sicher, es würde noch etwas dauern. Ob ein Tag oder eine Woche, war hier nicht der Rede wert – in Anführungszeichen! Für mich jedenfalls war es ein immenser Unterschied. Es war alles meine Schuld. Hätten wir sie nicht so verärgert, dann…

„Schau sie nicht so an, als wärst du Schuld an ihrem Zustand."

Der Zimmernachbar von Lily riss mich aus meinen Gedanken und ich sah zu ihm herüber und zog meine Hand hastig von Lily weg.

Ich fühlte mich ertappt und schaute zu dem kleinen Knirps, der wissend lächelte. „Du musst vor mir nicht so tun als ob. Ich bin nicht wie deine Freunde."

Er kletterte aus dem Bett und kam zu mir herüber geschlendert. Er war sehr niedlich und ganz schön clever für sein Alter. Man sah nur nie seine Eltern und das machte mich stutzig. Aber bei Lilyana kamen auch keine. Nur Emmas Eltern waren vor zwei Tagen mal kurz hier und haben sich erkundigt. Was war den beiden nur zu gestoßen.

„Wieso sagst du es ihr nicht?", er schmiss sich mit auf ihr Bett, von dem sie eh nur ein Drittel einnahm und sah mich ehrlich interessiert an.

„Was soll ich ihr sagen?"

Er schnaubte: „Eine Frage mit einer Frage beantworten. So geht man allen Fragen aus dem Weg, die man selbst nicht beantworten möchte."

Der Junge war gefuchst, doch ich wollte schon etwas erwidern, da unterbrach er mich: „Ich will deine lächerlichen Ausreden nicht hören..."

Er klang wie ein alter weiser Mann, der einem kleinen Jungen, also mir, Tipps gab. Mein Lächeln konnte ich mir geradeso unterdrücken.

„So eine Frau wie sie findest du nicht in jedem Königreich. Sie ist einer Prinzessin gleich. Sie erinnert mich an Dornröschen, was niemand wirklich haben will."

Ich schluckte und schaute zu ihr, deren Auge leicht zu zucken anfing. Ich riss die Augen auf.

„Sag das nochmal!"

Der kleine Junge sah mich aus großen Augen an, da er nicht verstand, was ich damit bezwecken wollte. Ich drängte ihn weiter.

„Sie erinnert mich an Dornröschen, was niemand wirklich haben will."

Wir starrten zu Lily, die sich diesmal aber nicht regte. Enttäuscht sank ich auf den Stuhl zurück.

„Ich kann nicht lieben. Nicht sie. Ich liebe eine andere. Und selbst wenn ich eine der beiden liebe, kann ich sie nicht haben."

Irritiert sah er mich an: „Warum nicht?"

Konnte ich weitergehen? Abwartend sah er mich an und ich fasste mir schließlich ans Herz: „Ich bin nicht der, für den mich alle halten… Das reicht dir nicht oder?"

Er schüttelte mit dem Kopf: „Nein, aber mehr würdest du auch nicht preisgeben."

Ich nickte und wir schwiegen.

„Du fühlst also für zwei Frauen genau das Gleiche?", fragte er nach einer Weile.

Ich lachte auf: „So kann man es auch sehen."

„Und du erinnerst dich an die letzte nicht mehr, weil?"

Er war ziemlich neugierig, doch ich ließ mich darauf ein, weil ich ihm ansah, dass mehr dahinter steckte.

„Weil es nur eine Nacht war und ich etwas getrunken hatte."

„Das ist ja so romantisch", quietschte er ironisch und schlug mir fest auf die Schulter.

„Aua!"

Er zuckte nur mit den Schultern und fuhr fort: „Lilys Freundin Emma hatte doch mal erwähnt, dass sie gerade erst hergezogen war oder?"

Ich nickte zaghaft und sah ihn fragend an. Was meinte er damit? Er sah meine ratlose Miene, fuhr aber unbeirrt fort: „Weißt du, wo sie wohnte?"

„Nein, aber ich glaube etwas mit R…"

„Und wo warst du damals feiern in welcher Stadt?"

Ich sah ihn immer noch fragend an: „Wird das hier ein Verhör?"

„Nein"; erwiderte er prompt, „aber ich möchte mal Wache im Palast werden."

Ich schluckte den Kloß runter und zwang mir ein Lächeln auf die Lippen, um die Gedanken an mein Königreich zu vertreiben. „Vielleicht kann ich ja mal meine Kontakte zum Königshaus springen lassen."

Ich sagte es eher beiläufig, doch als ich sah, wie sehr er sich darüber freute, wurde mir warm ums Herz.

„Okay, also ich glaube es war Rosetta, aber..."

„Ha", unterbrach er mich wissend, „R und R."

Jetzt ging mir endlich ein Licht auf: „Du meinst, meine mysteriöse Fremde und Lilyana sind ein und dieselbe Person?"

Er nickte und ich brach in schallendes Lachen aus. Doch er ließ sich nicht beirren: „Wie alt is den Ella? Wer ist ihr Vater? Warum ist es ihr so egal, dass sie ihn nicht bei sich hat? Warum waren ihre Eltern noch nicht da? Und warum ist sie so weit weg von ihren Freunden gezogen?"

Ich sah zu Lily und schokobraune Augen tauchten vor mir auf. Glänzendes, kastanienbraunes Haar und sie hatte Geburtstag! Genau an dem gleichen Tag wie Lily! Doch wenn das wahr ist, dann ist Ella meine Tochter.

„Du siehst es auch, nicht wahr?"

„NEIN!", brüllte ich ihn an.

„Und warum regst du dich dann so auf? Weil Ella deine Augen und Haare hat?"

Ich schüttelte den Kopf. Der Junge spann doch komplett. Er kannte uns doch gar nicht und nur aus unseren Gesprächen wusste er so viel und hatte es sich zusammengereimt.

Er wusste nichts!

Doch eins musste ich ihm lassen, er war sehr schlau und hatte alles logisch erschlossen. Aufmerksam der Kleine.

„Du fühlst das Gleiche für beide, weil sie es ist. Sie ist ein und dieselbe Person!"

Ich schluckte kaum merklich.

„Sie kam dir von Anfang an vertraut vor!"

„Sie hat am gleichen Tag Geburtstag!"

Mein Herz klopfte mir mittlerweile bis zur Brust.

„Wenn du dich erinnern würdest und nicht die Augen vor der Wahrheit verschließt, siehst du es auch!"

Ich schwieg.

„Ella sieht dir unglaublich ähnlich."

„Aber...", er machte eine kunstvolle Pause.

„Aber was?!", fauchte ich ihn an.

Das konnte nicht wahr sein.

„...du verträgst die Wahrheit nicht. Weil du dich dann einmal für dein Herz entscheiden würdest. Weil du einmal ehrlich zu dir wärst. Du liebst sie!"

„Das sind Lügen!", meine Stimme war ruhig. Ruhiger als ich dachte. Ich stand auf und verließ den Raum. Nein, nicht noch ein Problem. Das konnte ich nicht gebrauchen.

7 Tage später

Sie war jetzt schon seit drei Tagen wach und trotzdem konnte ich sie nicht sehen. Der kleine Junge hatte mich zum Nachdenken gebracht.

Wusste Lily vielleicht etwas und nutzte mich nur aus, um mir das Kind wieder anzuhängen? War ich Vater? Wie würde das Königreich reagieren? Was wollte ich?

Alles Fragen, um die ich mir vorher hätte keine Sorgen machen müssen. Max und Emma hatten mich versucht zu überreden, doch noch mitzukommen, doch ich beharrte immer noch darauf, dass ich nicht konnte, weil ich zu erkältet war.

Mir entgingen Max seine Blicke keineswegs, doch er fragte nie nach und ich würde ihm das Ganze auch bestimmt nicht freiwillig erzählen.

Ich war schon wieder so in meinen Gedanken vertieft, dass ich erst spät die Unterhaltung von Emma und Max mitbekam. Doch was ich hörte, ließ mich aufhorchen.

„Max, ich habe dir nicht ganz die Wahrheit erzählt."

Ich hielt die Luft an, denn ganz bestimmt waren diese Worte nicht für mein Ohr gedacht. Ich stand also auf und war schon fast im Zimmer, als ihr Name fiel und ich wie angewurzelt stehen blieb.

„Lilyana…"

Max unterbrach sie: „Gehen wir in die Wohnstube und setzen uns hin ja?"

Es folgte keine Antwort ihrerseits, doch ich hörte, wie sie näher kamen, verschwand im Zimmer und presste mein Ohr fest an die Tür, um sie trotzdem noch verstehen zu können.

„Was hast du mir nicht gesagt?"

Sie räusperte sich. Jedenfalls hörte sich das so an. Ich hatte Glück, das die Türen so dünn waren.

„Eigentlich darf ich dir das nicht erzählen, weshalb du auch vor Edmund schweigen musst. Und ich weiß auch nicht alles. Lily erzählt nicht gerne davon."

Ihre Stimme klang leicht beschämt. Wahrscheinlich weil sie ihre Freundin verriet. Er musste ihr eine stumme Bestätigung dagelassen haben, denn sie fuhr fort, ohne dass er etwas sagte.

„Also an Lilys Geburtstag vor einem Jahr, da haben sie ihre Freundin naja verraten und etwas abgefüllt, da Lily anscheinend immer etwas ernster war. Angespannt halt. Lily kann sich deshalb an kaum etwas erinnern und…"

Sie unterbrach sich selbst und stockte. Ich holte tief Luft und versuchte, so wenig wie möglich zu verpassen.

„…sie hat da zwei Typen kennen gelernt. Sie standen an der Bar. Sie wusste mal die Namen, doch die Erinnerungen verblassen bei ihr. Sie hat getanzt mit dem einen Typen und sie hatte diese großen Gefühle. Sie haben wahrscheinlich…", sie lachte kurz auf, „Nicht nur wahrscheinlich! Sie haben miteinander geschlafen. Am nächsten Tag war er weg. Und von ihm blieb ihr nur das gebrochene Herz und Ella."

Stille umfing mich und ich starrte wie gebannt auf die Tür.

Nein, nein, nein! Das ist bloß ein blöder Zufall!

„Wo war diese Feier?", Max Unterton zu entnehmen, dachte er an das Gleiche wie ich.

Scheiße!

Wenn Lilyana es wirklich war, dann ist Ella…

„Keine Ahnung, aber ich weiß, dass ihre Eltern sie von sich gestoßen haben, als sie von dem Baby Wind bekommen hatten. Es bricht ihr immer noch das Herz. Jeden Tag aus Neue. Sie zeigt es nur nicht immer. Sie ist echt eine wahnsinnig, bewundernswerte Frau und wer das nicht sieht, hat sie nicht verdient."

Ich schluckte und lehnte mich gegen den Türrahmen.

So tief in der Scheiße sitzen wie ich, kann wirklich keiner mehr.

Ich starrte schon eine Stunde lang an die Decke und immer wieder spielte sich das Szenario jener Nacht vor meinen Augen ab. Die Lücken waren noch da, doch nach und nach füllten sie sich und es ließ keine Zweifel mehr offen, dass Lily es nicht war. Keine und dies war so beschissen.

Ein klares, deutliches Klopfen erklang an der Hoteltür und noch bevor ich antworten konnte, schlüpfte Max ins Zimmer.

Sein Blick verriet mir, dass das Gespräch ernst werden würde, und ich wusste auch, worum es geht.

„Wir sitzen in einer Zwickmühle."

Ich lachte auf, doch es klang trocken und sarkastisch: „Wohl eher ich, als du!"

Er stockte und sah mich mit weit aufgerissenen Augen an: „Du weißt es!"

Ich nickte und setzte mich auf.

„Woher?" Er klang entsetzt. Wahrscheinlich hatte er schon Pläne geschmiedet, wie er die ganze Sache anfangen sollte, und ich überraschte ihn damit, dass ich es schon längst wusste.

„Ich habe euer Gespräch mitbekommen und eigentlich wollte ich nicht lauschen, doch als Lilys Name fiel, da..."

„...da konntest du nicht anders und musstest mithören." Ich lächelte zaghaft und er grinste wissend.

„Du kannst ja sagen, was du willst, aber du liebst sie. Egal ob immer noch oder wieder. So ganz vergessen hast du sie nie oder?"

Ich nickte wieder, zu benommen war ich von der Wendung dieses Gesprächs.

„Ich weiß, dass es bei dir nicht so ist wie bei mir, doch eins sag ich dir, so ein Mädchen wie sie wirst du nie wieder finden. Halt sie fest und lass sie nicht los, bloß weil es jetzt schwieriger wird. Aber rede mit ihr. Ich glaube nicht, dass sie weiß, wer du bist und eure erste Begegnung hat nicht so ganz harmonisch geendet."

„Was ist, wenn ich sie mit der Wahrheit von mir

Stoße. Ich will, nein ich kann sie nicht schon wieder verlieren!"

„Tue, was du nicht lassen kannst. Aber schiebe es nicht zu lange vor dir her. Die letzten Wochen mit euch waren eh schon so ein durcheinander."

Er nahm mich noch kurz in den Arm, bevor er aufstand, in die Hände klatschte und sagte: „Los jetzt. Du hast dich lange genug gedrückt. Wir fahren jetzt zu Lily und Ella. Deiner Tochter."

Ich blieb mitten in der Bewegung aufzustehen hängen.

Ich war Vater!

Mir wurde übel und gleichzeitig setzte noch dieses warme Gefühl in meinem Herzen ein.

Ich musste mich damit erst einmal damit abfinden. Sie durfte noch nicht gleich etwas erfahren.

„Diese Sache Max bleibt erst einmal unter uns, ja? Kein Wort zu den anderen! Ich muss mir erst einmal mein Leben neu ordnen."

Er nickte: „Ich bin da für dich." Ich hörte seine Worte kaum noch. Nur noch meine eigenen Gedanken spukten durch mein Gehirn.

Ich war Vater.

Ich hatte eine TOCHTER.

Ich war der Kronprinz. Ich wurde bald König.

Mein Leben ist das reinste Chaos. Und das schlimmste:

ICH WAR VERLIEBT.

Kapitel 15

Lilyana

Ich saß alleine im Zimmer. Joshua Junior war gerade bei einer Untersuchung und würde bald entlassen werden. Ich sollte noch mindestens zwei Tage zur Beobachtung dableiben. Wenigstens war Ella jetzt immer bei mir und ich war froh, dass sie endlich wieder ohne mich schlief.

Es ist bemerkenswert, wie sie diese Sache miterlebte. Sie ist sehr tapfer.

Erschöpft lehnte ich mich zurück und schaute aus dem Fenster. In letzter Zeit fand ich kaum Ruhe. Immer wieder rollten Träume herein, die mich aus dem Schlaf rissen.

Es waren Erinnerungen hochgekommen und diese hatte etwas mit Edmund zu tun, so viel stand fest, doch sobald ich ihnen zu nahkam, verschwanden sie so plötzlich, wie sie gekommen waren.

Immer wenn ich dann jedoch in Ellas Augen blickte, kam es mir so vor, als würde ich in seine schauen und diese Sache ließ mich nicht los.

Ein leises Klopfen drang zu mir durch und ich bat denjenigen herein. Die Tür öffnete ich langsam und hereingeschneit kamen Max und Emma und... Edmund?!

Zögerlich winkte ich sie heran und bettete mich um. Sie traten nacheinander ein und aus irgendeinem Grund bemerkte ich, dass mir Emma nicht in die Augen schauen konnte. Irritiert beobachtete ich sie und sah dann schließlich zu Edmund? Ungewollt stieg Ärger in mir auf.

„Schön, dass ihr da seid", zischte ich daher unfreundlicher, als ich wollte.

Um die folgende Stille auszuweichen, nahm ich

Ella aus dem Babybett neben mir in den Arm.

„Was verschafft mir die Ehre von euch DREIEN besucht zu werden?", fragte ich extra betont, um die drei hervorzuheben.

Max hob abwehrend die Hände und ich bekam gleich ein schlechtes Gewissen.

„Es tut mir leid. Ich bin gerade nervlich nur am Ende und habe kaum geschlafen. Bitte entschuldigt das. Ich freue mich wirklich sehr über euren Besuch und möchte aber kurz mit jedem von euch einzeln reden. Und mit Max fange ich an."

Ich versuchte mich an einem Lächeln, bezweifelte aber, dass es mir gelang. Alle sahen mich erstaunt an und Edmund und Emma verließen schweigend den Raum.

Ich atmete hörbar aus, dann traf mich sein Blick. Er ruhte auf mir und wartete auf eine Erklärung und da ich ihm vertraute, fing ich an zu erzählen: „Ich kann nicht mehr schlafen. Habe Träume, Gedanken und Gefühle, die mir fremd sind und die mich wachhalten. Ich komme immer weiter. Immer wieder einen Schritt näher zum Ziel, doch kurz davor, da ist alles weg und ich falle, wache auf und…"

Ich stockte mitten im Satz und schluckte.

„Lily? Was willst du mir damit sagen?"

Ich blickte nicht auf, denn Tränen brannten in meinen Augen. Ich fühlte mich so hilflos, allein und verzweifelt. Doch wie weit konnte ich ihm etwas anvertrauen. Die Jungs würden darüber sprechen und ich wollte nicht, dass er mich verriet. Zu unklar waren meine Gedanken.

„…und wenn ich meine Augen schließe, um ihnen zu entkommen, sehe ich ihn. Wenn ich aus einem Traum hochschrecke, habe ich ihn vor meinem inneren Auge. Wenn ich an meinen 18. Geburtstag denke, erkenne ich ihn und seine blauen Augen. Und dabei verliere ich mich selbst."

Er schaute mich die ganze Zeit an und er spannte sich kaum merklich an.

„Wen? Lily? Welche Augen verdammt nochmal? Wer hat dir was angetan?"

Seine Stimme klang beunruhigt und er hatte Mühe, seine Beherrschung nicht zu verlieren.

„Wer ist es gewesen, Lily?"

Ich schluchzte und schaute zu ihm auf. „Es sind seine Augen, Max! Edmunds Augen. Sie lassen mich nicht mehr los. Das macht mir Angst."

Geschockt schnappte er nach Luft und in seinen Blick flackerte etwas auf. Und dann tat er etwas, was ich nie von ihm gedacht hätte...

... er ließ mich stehen.

Geschockt sah ich zu, wie er ging und mich einfach stehen ließ. Was hatte ich nur getan? Ängstlich hörte ich noch, wie die Tür zugeknallt wurde, und dann war es still. Stiller als ich es für möglich gehalten hätte.

Ich hörte einen Aufschrei von Emma und rannte zur Tür, doch noch bevor ich sie öffnen konnte, kam Emma auf mich zugestürmt und nahm mich fest in die Arme.

„Oh Lily. Es tut mir so leid. Ich wusste es ja nicht. Wusste nicht, dass Edmund Ellas Vater ist. Es tut mir so leid und ich weiß nicht..."

Ein Fiepen ertönte in meinen Ohren und ich stolperte einen Schritt zurück.

Edmund? Was? Wie konnte ich nur so blind sein?!

Das Fiepen wurde stärker und in meinen Kopf drehte sich alles. Erinnerungen stürzten auf mich ein und ich verlor den Halt unter den Füßen. Edmund war

Ellas Vater. Konnte mein Leben noch chaotischer werden?

Dann brach ich zusammen. Wieder einmal und ich fühlte mich so schutzlos.

Die Sonne kitzelte meine Nase und ich schreckte hoch. In meinem Zimmer gab es früh nie Sonne! Wo war ich? Ich sah mich um und es sah alles so aus, wie in einer Luxussuite. Das konnte ich mir doch gar nicht leisten? Was war letzte Nacht nur passiert? Ich strich mir meine Haare zurück und schaute mich suchend nach meinen Sachen um, als ich feststellen musste, dass ich nichts anhatte. Mist! Und da fiel es mir wie Schuppen von den Augen. Ich war in der Bar und war da nicht dieser Mann? Stöhnend stand ich auf, zog mich hastig an und sah mich um. Wo war er nur? Er hatte mich doch nicht allein liegen lassen oder? Ich durchsuchte die Wohnung und stellte schließlich traurig fest, dass niemand mehr da war. Wie konnte ich nur so die Beherrschung verlieren. Ich war fuchsteufelswild. Und verletzt. Verletzt ja. Das war ich leider auch. Ich schnappte mir meine Tasche und verschwand aus dem Zimmer und versuchte zu einem Ausgang zu gelangen, doch ich fand mich hier nicht zurecht. Begegnen sollte ich besser auch niemand. Erstens sah ich nicht ganz entsprechend des Hotels aus und zweitens wollte ich nicht für diese Kosten aufkommen müssen. Ich lief also orientierungslos weiter, bis ich eine Treppe fand und diese hastig hinab stieg. Als ich endlich unten angekommen war, fröstelte es mich leicht, da ich weder Jacke noch Pullover mit mir trug, es draußen aber noch kalt war. Ich huschte so unauffällig wie möglich durch den Hinterausgang und als ich endlich an der Straße ankam, holte ich das erste Mal wieder so richtig Luft. Doch sobald ich meine Augen für einen kurzen Moment schloss sah ich ihn. Ed.

Ich sah Edmund. So blass und schwach, dass es kein Wunder wäre, wenn ich ihn wieder vergessen würde. Was war denn schon eine Nacht, versuchte ich meinen Körper zu beruhigen, doch mein Herz sah was ganz Anderes. Es hat dir ALLES bedeutete, rief es mir zu, doch ich drängte den Gedanken in meine hintersten Lücken. Mein Leben musste jetzt weiter gehen.

Zaghaft blinzelte ich und war froh, dass ich wieder bei mir war. Josh Junior saß auf einen Bett und schaute starr geradeaus.

Ich folgte seinem Blick und sah Emma, Max und Edmund streiten. Dabei schluchzte Emma haltlos und auch Max schien mehr als verzweifelt.

Sein Blick huschte zu mir und ich schloss schnell die Augen. Als ich mir sicher war, seinen Blick nicht mehr auf mir zu spüren, öffnete ich die Augen wieder und schaute zu Edmund und was ich da sah, raubte mir den Atem.

Er hatte Ella auf dem Arm, als sei es sein Kind.

Klar, es war sein Kind, doch ich konnte es nicht fassen. Erst lief er weg und jetzt erhob er auch noch Anspruch auf sie!

Ich sprang auf und lief wütend auf ihn zu. Alle starrten mich an und warteten darauf, was jetzt folgte, doch mein Blick lag nur auf Ella und was ich da sah, schmerzte. Sie lag friedlich schlafend in seinen Armen und schien sich mehr als wohl zu fühlen. Sie schien sich wohler zu fühlen als bei mir und das schmerzte so sehr.

Haltlos schluchzte ich los und sank auf dem Boden. Er darf sie mir nicht wegnehmen.

„Bitte nimm sie mir nicht weg."

Ich schluchzte bei der Vorstellung, sie weggeben zu müssen nur noch mehr und mein Herz zerbrach.

Er hatte gesehen, wie anstrengend es für mich war

und wie sehr ich mich abgemüht habe.

Edmund hatte gesehen, dass ich es alleine nicht schaffte.

Damit könnte er vor jedes königliche Gericht ziehen.

Schmerzvoll atmete ich ein und aus. Ich glaubte immer an das Gute im Menschen, doch bei Edmund fühlte ich mich so verarscht und ausgenutzt. So durcheinander und unsicher. Eine letzte Frage ging mir durch den Kopf, während Emma mich versuchte zu beruhigen.

Hatte Edmund das von Anfang an geplant?

Ein Tag später

Mein Leben war das reinste Chaos. Ich wollte nicht mehr und war umso erfreuter, als Josh mit Jess kam. Gemeinsam hatten wir viel gelacht, obwohl mir ihre besorgten Gesichter keineswegs entgangen waren. Sie wussten es und Jess und Josh bemühten sich sehr darum, nicht die Beherrschung zu verlieren. Das sah man ihnen mehr als deutlich an. Doch sie hatten nicht nur von den schlechten Nachrichten gehört, sondern auch von den guten.

Ich durfte nach Hause. Als sie mir dies berichteten, bin ich fast vor Freude in die Luft gesprungen.

Jedoch sollte ich mich schonen und am besten jemanden haben, der auf mich aufpasst. Josh hatte gesagt, er würde noch mindestens eine Woche bleiben und ich war ihm sehr dankbar dafür. Auch wenn ich weiß, dass er eigentlich wieder zur Arbeit müsste.

Doch als ich ihn darauf ansprach, sagte er nur, dass ich mir keine Sorgen machen solle. Ich vertraute darauf, dass das auch stimmte.

Edmund und Max hatten Emma fortgeschickt und

ich sah zum ersten Mal in Emmas Augen dieses Hassgefühl, wenn sie zwei Menschen ansah. Und ich schämte mich, weil ich daran schuld war, die Beziehung der beiden zerstört zu haben.

Sie würde auf mich aufpassen und mich jedem Jungen vorziehen.

Sie erzählte auch, dass Edmund und Max ein paar Tag später als Josh abreisen würden. Sie sagte zwar, das lege an einem wichtigen Termin von Edmund, doch ich hatte eher zwei andere Vermutungen.

Die erste war, dass er sich schuldig fühlte und abhaute. Wie immer also.

Die zweite wäre, dass Emma sie rausgeschmissen hatte.

Egal, was es war, ich war mehr als froh darüber, da er keine Anzeichen darauf machte, mir Ella wegnehmen zu wollen. Was nicht hieß, dass es nicht noch geschah, und das bereitete mir Sorgen. Doch ich hoffte einfach, dass er nicht so unmenschlich war und mir das antat.

Ich packte gerade meine Sachen und schaute dann zu Joshua Junior. Ich gab ihm einen Zettel. Fragend sah er mich an.

„Das ist meine Telefonnummer. Egal, was ist, ruf mich an, ja? Wir werden dann eine Lösung finden und vergiss niemals, Zeit, die wir uns nehmen, ist Zeit, die uns was gibt."

Ich lächelte ihn an und er sprang mir in die Arme: „Ich hab dich lieb, Lily. Du bist mir so sehr ans Herz gewachsen. Aber Zeit, die wir haben, aber nicht nehmen, ist verlorene Zeit, die man nicht mehr aufholt."

Ich lachte auf: „Ein kleines Genie und ein Künstler dazu. Ich hab dich auch lieb."

Fest drückte ich ihn an mich und ließ ihn dann runter. Josh und Jess betraten gerade den Raum und ich wollte so sehr, dass dieser Schritt durch diese Tür einen neuen Lebensabschnitt mit sich brachte.

Einen Neuanfang. Wieder einmal!

Kapitel 16

Edmund

„Vater! Das kann nicht dein Ernst sein! Die Krönung kam schon so plötzlich und jetzt willst du das Ganze einen Monat vorziehen. Was bringt dir das?"

Zornig sagte ich die Worte in mein Handy.

„Es bringt mir deine Sicherheit. Deine Zukunft und eine Frau, die du wählen wirst."

„Was wäre, wenn ich aber jemanden habe?"

Er schnaubte: „Wen denn, eine ganz normale Bürgerliche?"

Seine Stimme klang verächtlicher, als gewöhnt und in mir zog sich etwas zusammen. Wenn er jetzt schon so redete, dann hätten wir nie eine Chance.

„Antworte mir gefälligst!"

Mich hoben seine Gefühlsausbrüche eh nicht mehr an, also blieb ich ruhig und erwiderte das Ganze nur kühl.

„Nein, natürlich nicht. Du weißt, dass ich immer nur Ehre für das Königshaus bringen werde. Eine Bürgerliche kommt uns nicht ins Haus."

Meine Worte verließen meinen Mund, noch ehe ich sie hätte stoppen können. Doch sie hinterließen Kratzer in meinem Herzen und als er sich wieder beruhigt hatte, sagte er etwas, was ich hätte lieber nicht hören wollen: „Mach nicht den gleichen Fehler, wie die Schwester von Max seinem Vater!"

„Wie meinst du das?"

Max hatte eine Tante, das war mir bewusst ja, aber was war wirklich passiert?

„Annabell, die Schwester von Alicio, hat sich in ihrer Stellung in einen normalen Bürgerlichen verliebt. Sie hat sich für ihn entschieden und wurde von der Familie ausgeschlossen. Sie wollte es so. Mach nicht den gleichen Fehler, mein Junge."

„Das ist jetzt nicht dein Ernst?"

„Doch. Als König macht man keine Scherze!"

„Und als Vater?", kam es verbittert von mir, „Was könnte das Königreich mir schon bieten? Eine wahre Liebe ist so viel wertvoller Dad. Schade, dass du das noch nicht verstanden hast."

Damit legte ich auf.

„Lilyana bedeutet dir also nichts?"

Hatte er die letzten Worte nicht mitbekommen?

„Du bist so ein verdammtes Arschloch. Wie kannst du nur so kalt sein!"

Max seine eiserne Stimme erschrak mich und ich drehte mich zu ihm. Was war gerade in ihn gefahren?!

Er schaute mich verachtend an: „Ich dachte, du liebst sie aufrichtig. Aber ein Prinz kann ja keine normale Bürgerliche heiraten oder zumindest lieben. Dir ist sie peinlich und das ist krank. Sie ist auch nur ein Mensch Edmund."

Seine Worte trafen mich, auch wenn ich es ihm nicht zeigte. Doch ein Prinz musste sich zu wehren wissen und ein König kämpfen. Nur wollte ich beides eigentlich niemals werden. Ich habe mir diese verdammte Scheiße ja auch nicht ausgesucht.

„Deine Familie ist kein Deut besser. Oder warum wurde deine Tante verstoßen, weil sie sich für die wahre Liebe entschieden hat. Dein Vater hat auch nicht zu ihr gehalten. Zu seiner Schwester. Lieber geht ihr getrennte Wege und schweigt euch an. Wann hast du, das letzte Mal mit deiner Tante gesprochen und ihren Kinder, die sie wahrscheinlich hat?", feuerte ich wütend zurück.

Doch mein Zorn verging, als ich Max sein bleiches Gesicht sah. Schockiert und mit großen Augen starrte er mich an: „Das ist nicht wahr. Edmund, sag mir, dass das nicht wahr ist!"

Mein Blick wurde traurig: „Ich dachte, du wusstest es und hast es mir nicht gesagt. Ich hätte es dir nicht so gegen den Kopf schmeißen dürfen. Mein Vater hat es mir gerade erzählt. Scheint so, als seien unsere beiden Familien nicht leicht."

Ich ging auf ihn zu und wir zogen uns in eine brüderliche Umarmung.

„Kann dieser Urlaub denn noch schlimmer werden."

Nein, dachte ich. Es war zwar alles möglich, aber das war nicht mehr zu toppen.

Wir sahen uns an, eher er mir die Frage stellte, über die ich mir schon die ganze Zeit den Kopf zerbrach: „Du liebst die beiden und Ella ist deine Tochter, was wirst du jetzt machen?"

Tränen brannten in meinen Augen, da die Entscheidung, die ich schon getroffen hatte, mehr schmerzte, als sie sollte, aber besser für uns alle war.

„Ich werde gehen. Wenn sie Hilfe braucht, soll sie jeder Zeit fragen, aber wie stellst du dir das vor. Das würde einen riesen Skandal geben und diesen Rummel will ich den beiden nicht auch noch verschaffen. Ich werde die Kosten für alles Häusliche übernehmen, aber es geht nicht anders. Die Kleine muss wohl ohne Vater aufwachsen."

Er nickte zaghaft und wir setzten uns aufs Sofa. Ich lächelte ihn gequält an.

„Wir haben einfach kein Glück. Warum kann man sich solche Dinge im Leben meist nie aussuchen."

Erschöpft lehnte ich mich an die Rückenlehne des Sofas und schaltete dann den Fernseher ein. Eigentlich wollte ich nebenbei versuchen zu schlafen, doch mein Name beziehungsweise mein fast Name kam in den Nachrichten. Es lief ein Bericht über mich und ich setzte mich auf.

„So eben kam die Information rein, dass der geheimgehaltene Kronprinz schon in zwei Wochen enttarnt wird. Bei der heutigen Pressekonferenz mit dem König, sprach dieser über seinen Sohn in größten Tönen und in zwei Wochen lernen Sie, liebes Volk, unseren Kronprinzen schon kennen. Er wird uns die Zukunft unseres Landes preislegen und uns seine Wünsche und Neuerungen präsentieren. Seien Sie gespannt und verpassen Sie nicht diesen bedeutsamen Tag. "

Das Bild wechselte und die Kamera befand sich nun mitten drinnen im Konferenzsaal meines Vaters und ich starrte gebannt weiter auf den Bildschirm.

„Guten Tag, König Alexander Voullon. Ich freue mich ein Interview mit Ihnen führen zu können und möchte Ihnen auch nicht weiter die Zeit stehlen und fange deshalb auch gleich an. "

Mein Vater nickte und schaute gekünstelt nett in die laufende Kamera. Er plante etwas Großes, das sah ich ihm an.

„Vor vierzig Jahren haben sie das Amt ihres Vaters übernommen. Was haben sie ihrem Sohn davon mitgegeben? Von der Erfahrung und diesem Wechsel?"

„Ich habe ihm all das mitgegeben, was er noch nicht konnte, doch er ist Wunderkind. Trotzdem hält er sich oft zurück, was mich natürlich freut. Denn gerade ein König braucht gute Manieren. "

Ich merkte, wie mein Körper sich immer mehr anspannte. Das, was mein Vater erzählte, war frei erfunden und hatte nichts mit der Realität zu tun und das störte mich so dermaßen. Ich bin alles andere aber nicht perfekt. Wem wollte er da was vor machen!

Doch für ihn lief alles nach Plan, denn das Volk würde ihm aus der Hand fressen.

„Ihr Sohn ist zurzeit außer Haus. Ist diese Vermutung richtig zu betrachten?"

Mein Vater lachte kalt auf. Doch niemand kannte ihn anders. Er zog eine Show ab und genoss es.

„Selbst wenn dem nicht so wäre, vermag ein König zu schweigen."

Die Reporterin lachte auf. Es klang schrecklich und mir wurde kotzübel. Doch ich konnte gar nicht erst weiter darüber nachdenken, denn eine Frage, die die Reporterin stellte, ließ mich aufhorchen.

„Sie haben uns wegen der Vermählung des Prinzen, die nach seiner Bekennung ablaufen wird, eingeladen. Was wollen sie in die Kamera dazu sagen?"

Ich ballte meine Hände zu Fäusten und starrte wie gebannt auf den Fernseher. Sag es ja nichts Falsches Dad!

„Das stimmt. Ich möchte dem Volk ausrichten, dass mein Sohn zwei Tage nach seiner Bekanntgabe einen Ball für alle hochrangigen des Landes geben wird. Es wird ein pompöser Maskenball sein und damit das Volk auch was habe, wird er für das Volk den großen Festsaal freigeben und einmal kurz persönlich vorbeischauen. Das wäre es dann!"

Der Bildschirm drehte sich wieder zum Studio, doch ich konnte den Worten immer noch nicht glauben.
   Was war in ihn gefahren!
   Wütend stand ich auf und riss dabei fast den

Glastisch vor mir mit. Ich ließ alles stehen und liegen und schritt Richtung Tür.

„Wo willst du hin?"

„Keine Ahnung, mich abreagieren!" Meine Stimme bebte vor Zorn.

„Ich komme mit!"

„Ich glaube nicht, dass du das miterleben willst."

Mehr sagte ich nicht, denn ich verließ die Wohnung, dann das Hotel und zum Schluss die Parkanlage und sprintete ich los. So sehr das alles schmerzte, doch ich rannte weiter. Denn meine Wut war so viel stärker, als mein Schmerz. Wenn er das tat, dann liebte er mich weder als König, noch als Vater.

Drei Stunden saß ich nun schon an der Klippe des Felsens und schaute auf das Meer. Es war still heute. Kaum Wellen brandeten an die Felsen, die sich wie eine Mauer vor ihnen hochzog. Normale Menschen würden sich genau in so einem Moment für ein neues Leben entscheiden. Doch diese Welt war nicht normal. Und ich lebte auch in keinem Buch, das fast immer mit einem Happy End endete. Ich hatte Verantwortung, die ich nicht einfach so ablegen konnte. Das war ein Grund. Der zweite war meine kleine Schwester. Ich wollte nicht, dass mein Vater genauso mit ihr umging wie mit mir. „Wovor hast du Angst Edmund?" Erst dachte ich, dass ich mir selbst diese Frage gestellt hatte, doch dann setzte sich eine Person neben mich und als ich aufsah, weiteten sich überrascht meine Augen, als es Lilyana war.

„Wovor hast du diesmal Angst?"

„Mein Leben ist durchgetacktet. Es gibt nichts, was nicht schon vorher geklärt ist. Das liegt nicht an mir, sondern eher an meiner Herkunft. Doch ich kann es dir nicht sagen. Doch jetzt ist alles so chaotisch.

Plötzlich finde ich die Frau wieder, bei der ich schon vor einem Jahr den großen Fehler gemacht habe, sie gehen zu lassen. Plötzlich verliebe ich mich nochmal, doch diese Vertrautheit bleibt von dieser vorherigen Person. Ich dachte, dass ich für zwei Frauen so starke Gefühle empfinde und ich habe sie besser kennengelernt. Es war von Anfang an etwas seltsam, doch ich dachte, das läge an mir. Ich war es ja nicht gewohnt. Ich komme ihr näher und nach und nach holen mich diese verdammten Erinnerungen ein und plötzlich erfahre ich, dass ich Vater bin und dich liebe. Es war zu viel und jetzt habe ich Verantwortung, mit denen ich keine solche Beziehung führen kann. Mein Leben ist das reinste Chaos."

Ich holte kein einziges Mal Luft und ich merkte gerade, dass ich Lily gerade mein Herz dargelegt habe. Nur ein winziges Stück, doch es war da. Ich spürte es hier.

„Du liebst mich?"

Ihre Frage kam zaghaft und ungläubig und ich wollte schon etwas erwidern, als ich ihre Tränen in den Augen schimmern sah. Ich zog sie näher und sie sah mit tränenverschleierten Blick zu mir auf. Ihre Lippen wirkten einladend und zum ersten Mal hörte ich auf mein Herz, als ich mich zu ihr herunterbeugte und sie küsste.

Vorsichtig und herantastend berührten wir uns. Es war ein ganz anderer Kuss. Ruhig, auskostend, so als hätten wir ewig Zeit. Ich packte sie zärtlich mit den Händen an der Taille, um sie noch näher zu mir zu ziehen, und biss ihr dabei leicht in die Unterlippe. Sie erzitterte. Langsam hob ich meine Hand und strich ihr Haar zurück und umfasste ihr zartes Gesicht. Wir vertieften unseren Kuss langsam und von der vorherigen ruhigen Art blieb nicht mehr viel übrig. Er wurde leidenschaftlich, intensiver. Sie fiel auf den

Rücken und ich stützte nun über ihr. Unsere Zungen umkreisten sich und mir entwich ein leises Stöhnen, doch in dem Moment wurde mir bewusst, was wir da taten.

Wenn wir weitergingen, würden wir schnell an einen Punkt gelangen, an dem wir nicht mehr aufhören konnten und so sehr ich mir das wünschte, ich konnte sie nicht noch mehr verletzten.

Vorsichtig schob ich sie von mir weg und erhob mich. Ich drehte mich zum Meer und spürte wenige Sekunden später eine kleine Hand auf meiner Schulter.

„Warum bist du hier?", hauchte ich ihr entgegen.

Sie antwortete nicht darauf und seufzte nur, bis sie sagte: „Weil ich dich liebe und mir Sorgen gemacht habe!"

Ich drehte mich zu ihr und verlor mich in ihren schokobraunen Augen. Tränen brannten in meinen Augen und ich versuchte sie hastig zu unterdrücken.

Sie liebt mich, dachte ich.

Sie liebte mich wirklich. Mein Herz pochte heftig. Doch meine Freude erlosch, als ich zurück an das Königreich dachte.

Lilyana musste meine innere Zerrissenheit bemerkt haben, denn sie nahm mich in den Arm und dieser Halt war so kostbar. „Weißt du Edmund: Die Angst vor dem Unbekannten ist oft die größte Angst eines jeden Menschen. Doch nur wir setzten uns selbst die Grenze, nicht die Angst, also kannst du und nur du auch selbst entscheiden, ob du sie beibehältst und akzeptierst oder durchdringst und dein Leben lebst."

Damit ließ sie mich stehen und ging. Ich wollte ihr nach. Ihr sagen, dass ich sie liebe, doch ich konnte nicht. Etwas hielt mich zurück, ließ mich nicht los und an Ort und Stelle verharren. Hatte ich die falsche

Entscheidung getroffen? Und vor allem wo standen wir nun?

Die Nacht schlief ich so unruhig, wie noch nie zuvor. Immer wieder drängten sich Lilyanas Augen vor meine und strahlten mich an. Sie hielt Ella im Arm und sah mich unter tränenverströmten Gesicht an. Lass uns nicht im Stich, rief sie mir immer entgegen und konnte kaum noch an sich halten. Ich hatte mich im Schlaf aufgesetzt und konnte seitdem nicht mehr einschlafen. Ich wälzte mich von einer Seite zur anderen. Rückte das Kissen zurecht, doch es half nicht. Wütend schlug ich auf das Kissen ein, bis sich eine Träne löste.

„Edmund, Könige weinen nicht! Nicht! Niemals!" Die Worte meines Vaters klangen in meinen Ohren nach, doch es fühlte sich nicht richtig an, nicht zu weinen.

„Edmund?", ich hörte Max erst, als er vor mir stand. Hastig wischte ich mir über meine Augen und überlegte schon, ihn zu ignorieren, schaute ihn dann aber schließlich doch an.

Er kam leichtfüßig auf mich zu, so als wäre es nicht drei Uhr morgens und schmiss sich dann neben mich aufs Bett. Wir schwiegen. Saßen beide einfach nur da und schwiegen und trotzdem beruhigte ich mich.

„Bereust du's?", flüsterte er. Ich hatte die Frage sehr wohl verstanden, antwortete jedoch nicht. Ich konnte nicht, doch war ich ihm und ihr die Antwort am Ende nicht schuldig?

„Nein!", hauchte ich zurück, „Ich würde weder sie noch Ella jemals bereuen können."

„Und trotzdem hindert dich etwas und das frisst dich zusätzlich auf!"

Ich schluckte. Ja, das tat es. Und diese Erkenntnis schmerzte umso mehr. Ich setzte gerade zu einer

Antwort an, als mein Handy aufblinkte und ich das Bild meiner kleinen Schwester auf dem Display erkannte.

Hastig robbte ich zu meinem Handy und wählte den Hörer.

„Ja!"

„Edmund, ich muss...", fing meine kleine Schwester an, ehe sie sich jedoch selbst unterbrach, „Hast du geweint?"

Sie klang beunruhigt und ich freute mich über ihre ehrliche Sorge, doch ich wollte sie damit nicht auch noch belasten.

„Nein, nein. Ich habe bloß gerade geschlafen und das Handy hat mich geweckt. Ich bin einfach nur müde. Alles gut."

Ich sah Max seine Stirn runzeln, ignorierte es aber und er schien langsam zu verstehen, doch er sich wieder entspannt zurücklehnte.

„Oh, ich wollte dich nicht wecken. Ich kann auch noch einmal..."

„Nein, nein. Alles gut! Nun sag schon, was du auf dem Herzen hast." Ich hörte sie scharf die Luft einziehen, bevor sie alles so schnell herunter ratterte, dass ich nichts verstehen konnte: „Paogeiw."

„Was? Rede bitte langsam!", so langsam fing ich mir an Sorgen um sie zu machen.

„Papa hat deine Krönung auf das kommende Woche vorgezogen." Ihre Stimme war kaum mehr als ein Hauchen.

„Er hat was?", schrie ich den Hörer und zuckte im gleichen Moment zusammen, da ich selbst erschrak. Erst waren es zwei Monate, dann wollte er nur noch anderthalb, danach vier Wochen und jetzt waren es nur noch drei.

„Warum?", fragte ich, als ich mich einiger Maßen wieder beruhigt hatte.

„Ich habe gehört, dass er damit das Volk ablenken will. Er hat eine Mission, doch ich weiß nicht welche."

Ich nickte, auch wenn ich wusste, dass sie es nicht sehen konnte.

„Mal sehen, in welche Scheiße er das Königreich diesmal reiten wird. Mach es gut kleine Schwester."

„Mach es besser. Ed. Ich hab dich lieb", damit legte sie auf.

Ich stieß zischend die Luft aus und blickte dann zu Max. „Lass mich raten: Diese Woche ist unsere letzte." Ich nickte zaghaft. „Für was will er dich als Deckung nutzen?"

Ich schaute immer noch nicht weg, denn unsere Blicke hielten fest: „Ich weiß es nicht, doch wenn ich es weiß, dann wird er mir das mehr als erklären müssen."

Er lachte ungläubig und schaute kurz aus dem Fenster, ehe er meinen Blick wieder suchte: „Die Zeiten werden sich hier im Königreich ändern, oder?"

Ich sah ihn nur weiter an, sagte nichts, doch das war uns schon Antwort genug.

„Ja, es fängt gerade erst an. Ich denke, ich dachte immer, ich wüsste, wie der Hase läuft, doch so ist es nicht."

„Kann es sein, dass du Lily und Ella da nicht mit reinziehen willst, da du unbewusst schon wusstest, wie viel Opfer man bringen muss?"

Ich dachte nach und ja, es stimmte. Sie würde nicht glücklich sein.

„Edmund, ich will nur, dass du eins weißt: Aufgeben ist eine Lösung, doch die Frage ist, ob es in dem Fall die Beste ist. Willst du wirklich riskieren, diese Verbindung zu verlieren?"

„Haben wir das denn- eine Verbindung?" „Oh ja, es ist Liebe!" War es das wirklich?

Kapitel 17

Lilyana

„Lily?", Josh klopfte am Zimmer an und drehte mich müde zu ihm um.

„Ja!" Er trat ein und kam auf mich zu. Ernst und traurig zu gleich blickte er in meine Augen: „Ich weiß, dass es dir gerade scheiße geht, aber mein Chef hat heute früh angerufen. Ich muss sofort zurück, sonst verliere ich den Job."

Mein Herz zog sich zusammen und trotzdem schaffte ich es, mir ein Lächeln abzuringen.

„Lächle nicht, wenn es nicht der Wahrheit entspricht", sagte er traurig und zog mich fest an sich.

„Wann musst du los?", hauchte ich fragend.

„Noch heute Abend." Da konnte ich nicht mehr an mir halten. Haltlos schluchze ich los.

„Was willst du Lily?"

Die Frage ließ mich stocken: „Ihn."

Er seufzte: „Ach, Kleine. Ich weiß nicht, wie ich dir helfen kann."

„Ich auch nicht." So standen wir beide schweigend Arm in Arm da und spürten, wie unsere Herzen heftig schlugen.

„Ich kann es immer noch nicht glauben. Es ist so surreal. Ich weiß nicht, was ich empfinden soll, geschweige denn, wie ich mich jetzt entscheiden muss. Er spricht nicht mit mir und ich fühle mich noch nicht bereit für ihn."

„Ich mag ihn, doch irgendetwas steht euch beiden im Weg."

Ich nicke zaghaft und versuchte, meine Tränen aufzuhalten, was ich jedoch nicht ganz schaffte. Eine kullerte langsam meine Wange hinab und ich sah zu Josh auf. „Danke. Für alles."

Ich versuchte, alle meine Gefühle in meinen Augen wieder zu spiegeln, um meinen Worten zusätzlichen Ausdruck zu verleihen.

„Immer, das weiß du doch - Prinzessin." Ich zog ihm an seinem Pulli mit mir nach unten zu Ella, die immer noch friedlich schlief.

„Schokobomben mit Milch?"

„Nein, danke. Ich habe noch Kaffee..."

Ich lächelte ihm müde zu: „Ok."

Langsam ging ich in die Küche und setzte routiniert die Milch auf.

„Obwohl, ich nehme doch eine!", kam Josh mir nachgeeilt.

Ich klappte den Küchenschrank auf und holte mir zwei dieser Kugeln heraus. Ohne darauf zu achten, was ich eigentlich tat, hantierte ich in der Küche.

Ich goss mir und Josh die warme Milch in die Tassen. Begeistert ließ Joshua eine Kugel hineinfallen und sah zu, wie sie sich öffnete und aus der vorher einfachen Milch einen Kakao zauberte.

Er nahm einen Schluck: „Es ist superlecker!"

„Sag ich doch", erwiderte ich zufrieden grinsend und wir machten es uns noch ein bisschen gemütlich.

„Ich werde mein Café wieder öffnen!", erzählte ich schließlich.

„Du willst jetzt schon wieder arbeiten?"

„Ja, ich habe keine andere Möglichkeit."

Er lächelte traurig: „Überanstrenge dich aber nicht und du musst mit Edmund reden! Er könnte dir..."

„Nein!", unterbrach ich ihn, „Wir kommen auch so klar. Ich möchte nichts von ihm haben, was ihn belästigt."

„Dein Stolz Lilyana könnte dein Verderben sein!"

Er sah mich eindringlich ein, doch ich zuckte nur mit den Schultern: „Dieses Risiko gehe ich ein."

Der Vormittag war dann schneller vergangen, als ich erwartet hatte. Josh, Ella und ich machten uns gerade auf den Weg zur Bäckerei, wobei Josh mit dem Auto fuhr, was er danach schnell wegbringen wollte, da wir noch eine Runde laufen wollten. Ich stieg also mit Ella aus, während Josh ihren Kinderwagen aus dem Auto holte und aufbaute. Als wir schließlich Ella verpackt hatten, schaffte ich schnell die Kuchen rein.

Ich balancierte sie vorsichtig zum Eingang, schloss die Tür auf und ging in Richtung Backstube. Dort angekommen stellte ich die Torten in den Kühlschrank und räumte ein paar Dinge um. Zusätzlich prüfte ich den Bestand, um morgen anfangen zu können. Es war alles da. Glücklich ging ich zurück und stellte ein Schild draußen auf. *„Ab morgen wieder geöffnet!"* Lächelnd schloss ich die Tür und sah, wie Joshua und Ella Abmarsch bereit dastanden.

„Willst du noch kurz bei Emma vorbei?" Ich schüttelte leicht den Kopf.

„Lass uns einfach durch den Wald spazieren gehen."

Er nickte und wir liefen schweigend los.

„Freust du dich schon auf Melina?", fragte ich, als wir den Wald erreicht hatten.

Josh sah zu mir und als ich das Strahlen in seinen Augen erblickte, wusste ich die Antwort schon, bevor er antwortete.

„Ja, wir haben uns sehr lange nicht mehr gesehen. Ich freue mich schon sehr. Schade, dass Jess gestern früh schon weggehen musste. Es wäre mir lieber gewesen, wenn jemand noch ein Auge auf dich wirft", lächelte er mich an.

Ich freute mich aufrichtig für ihn, doch ich wusste

auch, dass er dann nicht mehr hier war und das schmerzte und das er sich Sorgen um mich machte, stimmte die Situation leider auch nicht besser.

Ella schief in letzter Zeit so viel, dass ich sie manchmal kaum noch mitbekam. So wenig hatte sie auch noch nie geschrien. Sie sah ebenfalls etwas blasser aus als sonst, weshalb ich schon einen Arzttermin gemacht hatte. Der Arzt meinte zwar, ihr fehle nichts, doch sicher war sicher und deshalb wollte ich übermorgen mit ihr gehen. Sie musste sich wahrscheinlich nur von den letzten Strapazen erholen.

Meine kleine Maus.

Trotz allem war sie in den letzten Tagen so groß geworden. Langsam legte sie auch schon süßen Babyspeck zu und war einfach nur knuffig.

„Und du willst morgen wirklich wieder in der Bäckerei anfangen?", riss mich mein großer Bruder aus meinen Gedanken.

Ich nickte begeistert, denn ich freute mich schon sehr darauf. Es wurde auch Zeit und ich brauchte die Kronen. In Floria hatte man ein halbes Jahr Babyzeit. Nur wenige und vor allem nur die, die genügend Kronen hatten, konnten sich eine längere Zeitspanne leisten. Backen strengte mich ja zusätzlich nicht viel an und ich konnte sie ja mitnehmen. Mein Job war flexibel und kreativ und das machte mir umso mehr Spaß. Ich würde auch noch nicht zu lange arbeiten, sondern erst einmal nur stundenweise. Ich hatte mir in den letzten Tagen schon viele Gedanken darum gemachte. Es war also alles durchdacht und standfest.

„In zwei Stunden musst du los", durchbrach ich die angenehme Stille.

Ich zuckte zusammen, als er mich berührte. Er zog mich an sich und umarmte mich fest: „Ich bin so stolz auf dich, Lil. Du bist so stark und machst die ganze

Sache einfach. Du strahlst von innen. Ich spüre es, doch versteck es nicht. Nein, lass es raus und schweben, denn das ist dein Lebenselixier. Das ist dein Glitzern."

Tränen brannten in meinen Augen: „Du bist der beste Bruder auf der ganzen Welt!"

„Nur der Beste?", neckte er mich und ich lachte auf. „Der allerbeste."

Wir machten uns auf den Rückweg und es fühlte sich wie ein Abschied an. Das war es ja auch, doch es war ein Abschied, der nicht das Ende bedeutete und das machte einen Teil unserer Liebe aus.

„Mach's gut, Schwesterlein." Der Spruch entlockte mir ein kleines Grinsen und er erwiderte es noch, bevor er mich mit Ella fest an sich drückte. Vorsichtig nahm er sie noch einmal hoch und drückte sie an sich. Der Moment war zu herzzerreißend. Ich wollte nicht weinen, doch es entlocke mir eine Träne. Er reichte sie mir zurück und gab mir nochmal einen Kuss auf die Stirn.

„Ich weiß, dass das Leben nicht immer einfach ist, doch hör auf dein Herz und gebe Menschen eine zweite Chance. Manche haben sie verdient."

Ich lächelte: „Mein alter, weiser Bruder. Poesie lag dir trotzdem noch nie."

Er lachte laut und schallend auf. „Das fällt dir erst jetzt auf?"

Wir lächelten uns an. „Mach jetzt los, sonst verpasst du deinen Flieger. Richte Jess und Melina liebe Grüße von mir aus. Hab dich lieb."

Ich zog ihn noch einmal in eine letzte Umarmung, bevor er dann zum Auto schritt. „Ich dich auch. Mach es gut!"

Er stellte die Taschen in den Passagierwagen hinten hinein und drehte sich noch einmal zu mir. Er winkte noch einmal und setzte sich dann ins Passagierwagen, bevor es losfuhr. Der Wagen fuhr um eine Ecke und dann war er weg.

Es war sieben Uhr am Morgen, als ich mit Ella im Arm meinen Laden aufschloss.

„Na, meine kleine Maus. Wir rocken das jetzt. Für dich werde ich stark sein. Machen wir uns an die Arbeit."

Sie sah mich fragend an, so als hätte sie etwas verstanden und ich musste aufseufzen. Diese Augen würde ich jeden Wunsch ablesen. Ich schritt in den Laden und ging hinter die Ladentheke, wo ich Ella abstellte und in der Küche verschwand.

Ich fing an, Brot zu backen, und holte ebenfalls den fertigen Teig für die Brötchen heraus, ehe ich diese formte und in den Ofen schob. Den Kuchen schnitt ich an und schob ihn in die Vitrine, bevor ich mich den Mandelcroissants zuwandte, die ich schon zu Hause gebacken hatte, da Ella heute zu kurz geschlafen hatte. Ich drapierte sie auf einem edlen Brett und stellte sie ebenfalls auf die Theke. Was ich am Backen liebte, war die Kreativität und die Zeit, die man sich so schön einteilen konnte. Ich verlor mich darin und die Gerüche waren herrlich.

Ich merkte gar nicht, wie die Zeit verrannte, bis mein Wecker um acht klingelte und ich gerade die zweite Fuhre Brötchen hineinschob. Glücklich über das Ergebnis ging ich zur Ladentür und stellte das Schild mit den Worten „geöffnet" heraus. Dann drehte ich mich um und stellte die Musik etwas leiser, die ich während des Backens an hatte. Zufrieden betrachte ich mein Werk. Ich hatte zehn Brote, fünf Torten, zwei Kuchen, drei Körbe voll mit Croissants und Brötchen. Ich konnte mir ein Lächeln nicht verkneifen und überlegte gerade, auf was ich jetzt Lust zu backen hatte, als meine Freundin Emma in den Laden gestürmt kam.

„Lily!", sie kam auf mich zu gerannt, umarmte mich kurz und rückte gleich mit ihren Sorgen raus.

„Unsere Köchin ist krank geworden und wir haben volles Haus. Niemand kann so kurzfristig für sie einspringen und wir brauchen jemanden, der das Frühstück und Mittag auf jeden Fall übernimmt und eventuell das Kaffee. Abends bestelle ich, aber ich brauche dringend frische Brötchen. Hilf mir!" Sie klang wirklich verzweifelt.

„Wie viele?"

Sie dachte laut nach: „Wir haben zwei Männer, dreimal vier Personen-Familien und zwei ältere Damen- und Herrenpaare. Das machen achtzehn Personen. Sagen wir vierzig Brötchen plus."

„Ich habe gerade noch eine Fuhre gemacht, damit kommen nochmal fünfzig doppelte Brötchen. Wenn du einen Moment wartest, stelle ich es dir zusammen."

„Oh, danke, danke!", hüpfte sie erfreut auf und ab, „Ich schulde dir was!"

Ich drehte mich lachend um und holte einen Holzkorb aus dem Hinterzimmer. Als ich vorne im Laden wieder ankam, standen zu meiner Überraschung einige Leute vor der Theke. Ich warf noch einmal einen kurzen Blick auf Ella und Emma, bevor ich mich ihnen zuwandte.

„Guten Tag, was kann es für Sie sein?"

„Drei Mandelcroissants und ein Schwarzbrot bitte."

„Das Normale oder mit Körnern oder Mischbrot?"

„Mischbrot", lächelte mich die Frau an. Ich zog eine Papiertüte unter der Theke hervor und füllte die

Croissants hinein. Dann nahm ich einen zweiten Beutel und nahm ein Mischbrot vom Brett. Lächelnd legte ich es auf der Theke ab und tippte die Beträge ein.

„Das macht 5 Kronen bitte. Das Brot ist noch warm. Öffnen sie zu Hause bitte noch einmal die Tüte, damit es nicht zu sehr schwitzt."

„Danke. Schönen Tag noch." Die Frau verschwand durch die Tür und ich wand mich dem nächsten Besucher zu. So vergingen fünfzehn Minuten und ich konnte mich endlich an die Arbeit machen, das Frühstück für Emma zusammen zustellen. Nur wenige Minuten später überreichte ich ihr den Korb.

Dankend sah sie mich an. „Hier und Danke!", sie reichte mir fünfzig Kronen.

„Emma, das ist viel zu viel."

„Papperlapapp. Vielleicht überlegst du es dir ja noch einmal mit dem Mittagessen und ich würde fragen, wer überhaupt alles mitessen würde." Zwitscherte sie los und lief zur Tür.

„Aber Emma!", doch sie hörte es nicht, war bewusst schon durch die Tür geschlüpft.

Erschöpft lief ich zurück zum Café und schloss es wieder auf. Ich hatte es nämlich schließen müssen, da ich Emma doch nicht so einfach widerstehen konnte. Glücklich und zufrieden aßen die Gäste nun ich Mittag und ich würde jetzt noch kurz Ella stillen, bevor diese anfing zu schlafen.

Tapfer und vollkommen schreifrei hatte sie den Tag mitgemacht. Das war bemerkenswert. Ich öffnete den Laden nach dem Stillen also wieder und der Tag verging wie im Fluge, denn als sich das nächste Mal aufblickte, war es bereits drei Uhr und Max und Edmund traten ein.

„Hey. Was macht ihr denn hier?", begrüßte ich sie

höflich und reservierter als sonst.

Max sah traurig zu Seite, während Edmund mich intensiv anschaute. Über meinen Rücken lief ein Schauer und ich senkte schnell meinen Blick. Ich konnte es einfach nicht. Wollte endlich abschließen. Max war der erste, der die peinliche Stille durchbrach.

„Wir wollen Kaffee trinken. Wir hätten deshalb gerne zwei große Kaffee weiß, sowie je ein Stück Zitronentorte, wenn das möglich ist."

Ich nickte: „Setzt euch doch auf die Terrasse, dort ist es am schönsten und ich bringe euch das dann raus."

„Ihr könnt danach bezahlen", fügte ich noch schnell hinzu, als Max schon zum Portemonnaie griff. Sie gingen nach draußen und ich machte mich an die Arbeit, doch meine Gedanken waren wo ganz anders. Ich hatte die Blicke, die Edmund Ella immer zuwarf, genau gesehen und es steckte so viel Liebe darin, dass ich fast in Tränen ausgebrochen wäre.

Was wenn er uns eine Chance gab? Was wenn er uns wirklich liebte? Hatten wir dann eine gemeinsame Zukunft?

Kapitel 18

Edmund

Der Kaffee war köstlich und passte perfekt zu der spritzigen Zitronencremetorte. Zusammen mit der Sonne, die etwas heraus kam, war der Tag perfekt. Lily sah fantastisch aus und Ella war niedlich. Ich wollte es zwar erst nicht wahrhaben, doch sie war meine Tochter und ich wollte für sie da sein. Ihr beim Aufwachsen zu sehen, zusammen mit Lily. Als Frau an meiner Seite. Wäre da nur das Königreich nicht.

Unser beider Gedanken kreisten scheinbar wieder um sie, da Max jetzt anfing, über sie zu reden: „Sie ist das, was du nie wolltest und auch nie haben kannst, und trotzdem zieht es dich zu ihr hin."

Er lächelte nicht, sondern schaute nur stur an mir vorbei und dachte nach. „Sie ist alles, was ich nie wollte? Geht's noch! Verdammt ich liebe sie", schnauzte ich ihn an, „Ich würde alles für sie tun. Ich bin Wachs in ihren Händen, das ist ja mein Problem."

Tief atmete ich ein, denn ich hatte ihm gerade die Wahrheit über meine Gefühle gesagt und irgendwie fühlte es sich befreiend an, gerade weil es nicht geplant war. Ich rutschte zurück und nahm einen Schluck meines Kaffees.

„Wieso kannst du es dann nicht?"

Es war ihre zarte Stimme, die mich aufblicken ließ. Aber statt ihrem Blick zu begegnen, sah ich nur in Max grinsendes Gesicht und ich dachte, dass ich mich geirrt hatte, doch als ich in Richtung Marktplatz schaute, sah ich sie.

Sie ging in Richtung Blumenladen und ihr grünes Sommerkleid schwang bei jeder Bewegung mit. Max hatte das Ganze bewusst eingefädelt. Also hatte sie alle gehört.

Ich stöhnte auf. Das war ja mal wieder typisch Ich.

„Warum muss immer alles so..."

„...kompliziert sein?", vollendete Max meine Frage und ich nickte.

„Vielleicht ist es ja einfacher, als du denkst!"

Diese Aussage ließ ich bewusst im Raum stehen, starrte nur in den Himmel. Die Sonne schien warm auf uns und da ich auch eine schwarze Hose an hatte, wurde mir zu Lilyanas Wärme zusätzlich noch wärmer. Es brannte richtig. Das konnte doch nicht nur die Hose sein! Ich suchte also nach der Ursache und als ich eine kleine Schachtel fand, zog ich sie heraus.

Es war die Kette meiner Großmutter.

Ich drehte sie zwischen meinen Fingern und mein Blick zuckte zwischen durch wie automatisch zu Lily, die nun fast im Blumenladen verschwand. Etwas zuckte in mir zusammen und ich wusste, dass die Entscheidung, die ich gerade traf, die richtige war.

„Hey, Lily! Wir würden gerne zahlen!"

Sie drehte sich zu dem Pärchen, das sie gerufen hatte. Ein Lächeln bildete sich auf ihren Lippen und ich versank in ihrem Blick, ehe sie ihre Unterhaltung fortführte. Das grüne Sommerkleid, das sie trug, passte perfekt zu ihrem Teint. Ihre Augen funkelten magisch und doch ein bisschen erschöpft und in mir regte sich etwas.

Ging es ihr gut? Sollten wir vielleicht endlich mal miteinander reden?

„Edmund? Hörst du mir überhaupt zu?" Mein Kopf ruckte zu Max um.

„Ja. Nein, entschuldige bitte." Ich schaute ihn an.

„Was willst du noch machen? Schließlich fahren wir am Sonntag und heute ist schon Mittwoch und den

Freitag darauf ist deine Krönung, also kannst du auch nicht mehr in die Öffentlichkeit, ohne erkannt zu werden."

Ich nickte nachdenklich. Ich hatte keine Lust, mich jetzt festlegen zu müssen. Das Leben besteht nur noch aus Abgabeterminen und Druck, dachte ich nach und das nervte langsam. Irgendwann fühlte ich mich unwohl damit.

„Keine Ahnung", antwortete ich nach einiger Zeit mit der Wahrheit. Ich wollte gerne die Sache mit Lily klären. Meine Tochter sehen und mit ihr Zeit verbringen.

„Ich gehe mal kurz auf die Toilette." Ich schob den Stuhl zurück und ging vorbei an den anderen Tischen in das Café.

Hier war es ruhig und angenehm kühl. War hier nicht auch eine Bibliothek gewesen? Vorsichtig schritt ich durch die Zimmer, bis ich einen Raum voller Bücherregale vorfand. Bingo! Ich schritt durch die Reihen und betrachtete die wundervollen Werke, die sich hier angesammelt hatten, bis ich auf Ella stieß, die in einer Ecke friedlich schlief.

Als hätte sie mich jedoch bemerkt, schlug sie die Augen auf und streckte mir ihre kleinen Arme entgegen. Wir starrten uns eine Weile an, bis Lily neben mich trat.

„Du kannst sie ruhig rausnehmen." Sie lächelte mich an. Ich hatte es nicht verdient und trotzdem hob ich Ella aus dem Bettchen. Ihr Haar war weich und lockte sich. Es ähnelte meinem sehr und auch die Augen hatte sie definitiv von mir. Doch die vollen Lippen und ihre Gesichtszüge glichen so sehr deren von Lily, dass ich schlucken musste.

„Wir müssen reden. Ich weiß, dass du bald wieder wegmusst, aber vorher müssen wir reden."

Ein flaues Gefühl machte sich in meinem Bauch

breit, doch ich antwortete nicht.

Sie wand sich von uns beiden ab und schritt fröhliche auf die nächsten Gäste zu.

Lilyana war ehrgeizig, selbstbewusst und hatte ihren eigenen Glauben. Sie war bemerkenswert und alle ihre tollen Eigenschaften hielten mir nur noch mehr vor Augen, was sie für ein Herzensmensch war, den ich besser nicht verlieren sollte. Mein Blick folgte Lilyana, als sie vor zur Kasse schritt.

Ella zappelte leicht in meinen Arm und lenkte meine Aufmerksamkeit geschickt wieder auf sich. Mit großen Augen musterte sie mich abwartend und wieder einmal begriff ich, dass ich Vater war. Ich hatte Verantwortung. Aus einer Liebe ist Leben entstanden.

Konnte ich das wirklich so einfach aufgeben oder sollte ich lieber kämpfen?

„Edmund?"

„Mhm", fragend drehte ich mich mit Ella zu Max um.

„Machen wir langsam los? Wolltest du noch was machen?"

Leicht schüttelte ich den Kopf. „Nein. Nein, ich nicht. Aber du solltest etwas machen…"

Abwartend sah er mich an: „Was denn?"

„Kämpfe! Kämpfe um Emma und werde glücklich mein Freund. Ihr solltet nicht so auseinandergehen."

Ich sah, wie sich seine Augen leicht weiteten, doch er hatte sich gleich wieder.

„Mach nicht den gleichen Fehler wie ich", fügte ich noch hinzu, bevor ich Ella wieder zurücklegte und zur Kasse ging, um zu bezahlen. Lily unterhielt sich gerade noch mit jemandem am Telefon, weshalb ich diskret ein paar Schritte zurücklief, da ich ungern lauschen wollte. Als sie mich sah, lächelte sie kurz angebunden, sprach noch etwas in den Hörer und legte dann auf. Sie kam zu mir und ich lächele sie leicht verlegen an. Sollte ich etwas sagen?

„Ich würde gerne bezahlen." „Klar doch", sie warf einen kurzen Blick zu Ella und Max, der immer noch wie angewurzelt neben ihrem Bett stand und dann wieder zu mir. Sie wirkte weit weg, so als wäre sie nicht richtig anwesend, während sie die Rechnung erstellte.

„Kommst du klar?", kam es sanft aber so plötzlich von mir, dass sie zusammenzuckte. Sie schaute auf. Aber ich konnte in ihren Augen keine Regung, kein Gefühl sehen. Sie hatte eine Mauer hochgezogen. Eine Mauer zu ihrem und Ellas Schutze. Genauso wie ich mich schützte.

„Edmund, ich bin das ganze letzte Jahr ausgekommen. Warum jetzt auf einmal nicht mehr?"

Ihre Aussage schmerzte. Aber sie hatte ja Recht. Sie hat das letzte Jahr alleine gemeistert, warum sollte sie also jetzt Hilfe brauchen. Ich nickte also kaum merklich und schwieg, während sie mir den Betrag nannte. Ich reichte ihr fünfzig Kronen.

„Stimmt so." Sie erwiderte einen kurzen Dank, obwohl ich deutlich spürte, dass es ihr nicht passte.

„Gibt es sonst noch was?", fragte sie, als Max zu uns trat, und sah uns beide an. Ich schüttelte leicht den Kopf und wir verabschiedeten uns. Max und ich waren schon fast aus der Tür raus, als ich mich umdrehte und zu ihr zurückging. Ich umrundete die Ladentheke und trat hinter sie, da sie gerade etwas sortierte.

Als sie mich aus dem Blickwinkel bemerkt hatte, dreht sie sich um und blickte auf. Dadurch, dass ich größer als sie war, schaute ich leicht auf sie herab. Ihre Augen strahlten in einem warmen Ton, ihre langen Wimpern umrandeten diese.

Leicht irritiert schaute sie auf: „Hast du was vergessen?"

„Ja. Dich.", und dann hielt ich es nicht länger aus, nahm ihr Gesicht in meine Hände und küsste sie. Es sollte nur ein kurzer Kuss werden, doch als sich ihre Lippen auf meine legten, konnte ich nicht anders, als ihre Süße zu kosten, und aus dem kurzen Kuss wurde ein langer, intensiver und inniger Kuss. Ihr Widerstand schmolz in meinen Armen dahin. Sie schmiegte sich näher an mich und ich drängte sie näher an die Theke, bevor ich keuchend Luft holte und den Kuss somit unterbrach. Stirn an Stirn betrachte ich ihre vollen Lippen und trat dann einen Schritt zurück. Ihre Augen waren unergründlich. Sofort bekam ich ein schlechtes Gewissen.

„Ich wollte..."

Sie schwieg und ich trat einen Schritt zurück, um mich zu sortieren.

„Ich wollte es eigentlich langsam angehen." Heftig atmeten wir beide aus.

„Ich wollte... Ich... Gehst du mit mir Essen?" Überrascht schaute sie auf.

„Und Ella?" Sie hatte nicht nein gesagt, aber sie hatte auch nicht ja gesagt. Aber sie hat gefragt, wo Ella dann bleiben würde und das zeigte mir, dass sie darüber nachdachte. Unwillkürlich musste ich darüber schmunzeln.

„Ella kann mitkommen oder sie bleibt bei Emma und Max."

Sie nickte kaum merklich.

„Okay. Freitagabend? Ich hole dich und Ella achtzehn Uhr ab?"

Sie nickte wieder. Bereute sie es? Will sie nicht?

„Du musst nicht, wenn du nicht willst!" Überrascht schaute sie wieder zu mir.

„Doch, doch. Ich möchte schon."

Aber da war noch etwa, was sie aufhielt! „Aber?", leicht geknickt schaute ich zur Seite und sah aus dem

Blickwinkel, dass Max draußen stand.

Und war das Emma? Wenigsten redeten sie schon einmal miteinander. Das war ja immerhin erst einmal ein Anfang.

„Ich weiß nicht, ob das so eine gute Idee ist", Lilys Worte rissen mich zurück zu ihr.

„Warum?", seufzte ich nur, da ich nie gedacht hätte, dass es so schwer war mit jemanden auszugehen.

Sie schüttelte leicht den Kopf und ich hatte keinen Nerv mehr dafür. Ich wollte mich ihr ja auch nicht aufzwingen. „Weißt du Lilyana, lass es gut sein. Ich zwinge dich mir nicht auf und akzeptiere das einfach. Doch ich denke, jeder Mensch hat im eben eine zweite Chance verdient und es ist nur ein Abendessen. Wir müssen es nicht einmal Date nennen und Ella könnte sogar mitkommen. Ich will mich endlich aussprechen. Ich möchte für Ella und wenn du mich lässt auch für dich sorgen. Ich weiß nicht, was noch kommen mag, aber was ich weiß, ist, dass meine Liebe zu euch beiden unendlich und so stark ist, dass ich euch nicht verlieren will."

Damit ließ ich sie stehen.

Ich hatte meinen Standpunkt klar gemacht. Jetzt war es an ihr, eine Entscheidung zu treffen. Auch wenn ich es besser wissen sollte, war ich enttäuscht. Ich hatte ihr meine Gefühle klar und deutlich gesagt, warum konnte sie jetzt auf einmal nicht mehr. Liebt sie mich vielleicht gar nicht?

Frustriert ging ich zu Max: „Lass und gehen!"

Er nickte, verabschiedete sich noch kurz von Emma mit einem Kuss auf die Wange, bevor er mich fragend und prüfend zu gleich ansah. Ich schüttelte leicht den Kopf und wir schritten zurück ins Hotel. Ein Tag weniger. Eine Chance weniger mit Lilyana zu reden. Langsam wurde es knapp.

„Was ist passiert, Ed? Ich sehe es dir an. Irgendetwas ist vorgefallen, was dich zum Nachdenken angeregt hat."

Max blieb stehen und hielt mich am Arm fest, als ich weiter gehen wollte. Er war schlau und ich schluckte. „Lily?"

„Ja, wer sonst!", erwiderte ich mit Nachdruck. Er zuckte mit den Schultern und sah mich beschwichtigend an.

„Kannst du...", ich holte tief Luft, „Kannst du mich bitte kurz in den Arm nehmen."

Er nickte und zog mich fest in eine Umarmung und ich hatte das Gefühl, als würde er mir einen Teil meiner Last einfach abnehmen und wegwerfen.

„Danke, dass du immer für mich da bist."

„Wofür sind Freunde denn da?" Ich lächelte.

„Komm, lass uns ins Hotel gehen und dann reden wir, ja?"

Ich nickte.

„Hast du schon eine Rede vorbereitet", fragte er mich, während wir uns wieder in Bewegung setzten und wir uns dem Hotelgelände langsam näherten.

„Nein", sagte ich wahrheitsgemäß, „Ich weiß noch nicht einmal, ob ich eine mache, denn ein Mensch hat mir mal gesagt, dass alles, was man der Welt mitteilen möchte, aus dem Herzen kommen sollte."

„Ein weiser Ratschlag von deiner Oma." Diese Antwort entlockte mir ein Schmunzeln.

„Sie war halt die beste von allen." Was würde ich geben, um heute noch mal mit meinen einen Großeltern sprechen zu können.

„Mann voran", öffnete mir Max die Tür. „Prinzen hinten dran", fügte ich aber zum Spaß dazu und er trat seufzend zuerst ins Hotel.

Kapitel 19

Lilyana

„Du hast ihn nicht wirklich gerade eine Abfuhr erteilt!?", kam Emma aufgebracht in den Laden, als die zwei Männer sich verabschiedet hatten.

Frustriert seufzte ich auf: „Doch!"

Ihre Augen weiteten sich und ich fügte rasch hinzu: „Was ist schon dabei!"

„Was schon dabei ist? Der Mann ist ein Prachtexemplar und er liebt dich, wenn man deinen Erzählungen und denen von Max Glauben schenken mag. Du bist so eine dumme Ziege, wenn du ihn gehen lässt, obwohl er bereit dazu ist, für euch da zu sein."

Tränen stiegen mir in die Augen. Ich hatte einen Fehler gemacht.

„Ich weiß, aber da ist ein Geheimnis zwischen uns, was er nicht aussprechen kann. Unsere Beziehung ist nicht auf einem stabilen Gerüst aufgebaut und wenn er dann doch geht, dann steh ich mit Ella wieder allein da."

„Wie stabil euer Grundgerüst ist, hängt von euch beiden ab. Und ob du jetzt allein und unglücklich bist oder erst später, falls er dich wirklich verlassen sollte, lässt für mich nur eine Tat übrig. Es sei denn du liebst ihn nicht genug."

Schockiert blickte ich zu ihr: „Warum sollte ich ihn nicht lieben?"

„Hast du es ihm denn jemals gesagt? Hast du je gesagt, dass du ihn liebst?"

Sie schaute mich fest an und ich senkte beschämt den Kopf. „Nein... doch habe ich. Er würde mich dennoch abweisen!"

Sie lachte sarkastisch: „Der Typ kennt dich kaum

und liebt dich wie verrückt, weil er dich sieht. Er sieht dich so, wie du bist und alles, was du daraus machst, ist ihn zu verletzen. Mensch Lily, ich weiß du hast Angst, aber wenn es ihm nicht ernst gewesen wäre, wäre er nicht noch einmal gekommen."

„Wir wissen nicht, wer er ist, noch wo er herkommt."

Sie seufzte auf: „Du bist manchmal so stur. Und wenn es dich beschwichtigt, dann kann ich dir sagen, dass Max etwas angedeutet hat, was so klang wie: *„Bald wird es herauskommen, wer er ist, doch bis dahin, frag nicht, wer wir sind."* Ich liebe Max und wir wissen beide, Fernbeziehungen sind schwer, doch ich werde es versuchen."

Oh Gott. Wenn ich das schon hörte – Fernbeziehungen.

Klar sie lebten in verschiedenen Welten und die konnten sie beide nicht so einfach aufgeben, doch vielleicht werden sie ja glücklich. Sie werden es nie erfahren, wenn sie es nicht versuchen. Und ich erst recht nicht. Warum muss das Leben so verdammt schwierig sein? Warum... Vielleicht sollte ich auch einfach weniger darum weinen und es mehr genießen. Mehr vom Leben mitnehmen. Das Gute, wie das Schlechte. Vielleicht sollte ich den Rat befolgen, den ich Edmund gegeben habe und leben. Für mich und Ella. Vielleicht... Aber so einfach war es nicht.

„Lily! Was ist dir gerade durch den Kopf gegangen, dass du so strahlst wie sonst nie?"

Ich blickte zu ihr: „Ich weiß es nicht, was ich aber weiß ist, dass ich gehen muss. Passt du kurz auf Ella und den Laden auf."

Überrascht schaut sie mich an und stieß ein verwirrtes Ja aus, bevor ich los sprintete. Hastig rannte ich auf das Hotel zu, eilte über den Marktplatz und stieß die Tür auf. Ich grüßte kurz die Rezeptionistin, bevor ich die Treppe nahm und hochstieg. Langsam ging mir die Puste aus, aber ich schaffte es, innerhalb weniger Minuten vor dem Zimmer der Jungs zu stehen.

Ich wollte gerade anklopfen, als ich Max hörte: „Kronprinz... dein Vater... Heiraten... der Ball... lad sie ein... schau einfach..."

Leider verstand ich nicht alles, doch was sie sagen, ließ wieder tausende von Fragen auf mich einstürzen. Ich klopfte dann trotzdem an, weil ich auch nicht länger lauschen wollte. Es entlockte mir ein sachtes Lächeln, als ich die beiden hörte: „Erwartest du jemanden? – Nein."

Kurze Zeit später wurde dann schon die Tür geöffnet. Max schaute überrascht auf mich herab.

„Darf ich kurz reinkommen?", fragte ich leicht verlegen und er rückte zur Seite, sodass ich durchtreten konnte.

„Es ist aber nicht aufgeräumt", flüsterte er noch kurz.

„Schlimmer als mein Bruder könnt ihr eh nicht sein", lachte ich ihn an.

„Max, wer ist da?"

„Besuch", rief dieser nur und schob mich sachte in Richtung Wohnstube.

Edmund blickte von seinem Handy auf und sein Blick traf meinen. Überrascht zog er eine Augenbraue hoch, bevor er an mir vorbeischaute. Es versetzte mir einen kleinen Stich, doch hatte ich das vorhin nicht auch mit ihm gemacht? Er hatte seine perfekte Fassade hochgezogen und sah mich nicht an. Beschämt schaute ich zu Boden und ein peinliches Schweigen trat ein.

Ich spürte zu genau, wie Max uns beide beobachtete, und konnte ein missbilligtes Schnauben von ihm hören. Ich riss mich also zusammen und sah zu Edmund, auch wenn er mich nicht ansah.

„Ich muss mit dir reden." Pause. Er sagte nichts.

„Es tut mir leid wegen vorhin. Ich wollte dich nicht verletzten."

Schweigen. Er rührte sich nicht einmal.

„Ich habe Angst. Ich will nicht verletzt werden. Ich muss aufpassen. Ich habe Verantwortungen nicht nur mir gegenüber, sondern auch für Ella!"

Er regte sich nicht, so als hätte er mich nicht gehört. Diesmal schwieg ich und holte überrascht Luft, als er dann doch sprach: „Schon einmal daran gedacht, dass ich auch nicht verletzt werden möchte. Niemand will das."

„Oh." Mehr fiel mir nicht ein.

„Was willst du?", fragte er neutral, was mich rasend machte. „Antworten."

Er lachte: „Deshalb wollte ich mit dir Essen gehen? Doch es ging ja nicht und du hast mir auch nicht gesagt warum!"

Ich fühlte mich wie im Gericht. Er war der Kläger und ich die Angeklagte.

„Es tut mir leid." Mehr konnte ich nicht sagen und dafür schämte ich mich.

„Was tut dir leid?"

Ich schwieg.

„Wir drehen uns im Kreis und ich habe keine Zeit dafür."

„Dann vergeude sie lieber nicht an mir und deiner Tochter", erwiderte ich sauer.

„Was ist, wenn ich dir meine Zeit schenken will, aber nicht kann. Nennst du das vergeudet?"

Ich schluckte: „Nein."

„Gut". Mehr sagte er nicht, bevor er wieder schwieg.

„Aber wo ein Wille ist, da ist auch ein Weg. Nicht

für mich, aber vielleicht für Ella."

Er erwiderte nichts darauf.

„Ich glaube, es ist besser, wenn ich gehe."

„Wenn du meinst, dass für dich alles geklärt ist. Ich halte dich nicht auf."

Frustriert starrte ich zu ihm und stampfte wie ein bockiges Kind auf, was seine Mundwinkel minimal zum Zucken brachten, wenn ich richtig sah. Machte er sich über mich lustig?

„Mistkerl!", beschimpfte ich ihn.

Er zuckte nicht einmal mit den Schultern. Was wollte er von mir hören?

„Ich wurde schon als was Schlimmeres bezeichnet, glaube mir. Du wirst diese Worte eines Tages bereuen."

Seine Selbstgefälligkeit ging mir auf den Zeiger.

„Wie kann man nur so arrogant und herzlos sein", schrie ich ihn an. Er zuckte zusammen und stand dann aber ruhiger auf, als gedacht.

„Ich glaube, es ist wirklich besser, wenn du jetzt gehst." Ich bereute meine Worte nicht, weil es stimmte, doch irgendwo nagte es doch an mir.

Er führte mich zur Tür: „Das siehst du also in mir: einen arroganten, herzlosen Mann." Ich schluckte, schaute ihm aber fest in die Augen, nickte und drehte mich um. Ich hatte die Treppe schon fast erreicht, als er mir hinterher rief: „Ist es wirklich so schwer, mich zu lieben? Ich weiß nicht, was du in mir siehst, aber ich wusste bis jetzt immer, was ich in dir gesehen habe. Ich bin auch nur ein Mensch. Niemand kann im Leben für seine Gefühle, Fehler und sonst etwas. Ich auch nicht. Ich bin nicht perfekt. Ich bin manchmal ein ganzer Scherbenhaufen verdammt. Aber wenigsten bleibe ich ehrlich mir gegenüber und verschließe mich nicht vor der Welt, auch wenn Fehler und Ängste und unsere innersten Gefühle, wie meine Liebe zu dir, uns verwundbar machen, ist das Menschliche so viel wichtiger darin. Ich werde eines Tages glücklich sein, weil ich nie bereuen werde, um dich gekämpft zu haben. Weil ich dich liebe!"

Damit zog er die Tür ins Schloss und ich fiel schluchzend auf die Stufen. Hatte ich ihn in dieser Minute für immer verloren?

„Ich schließe jetzt. Es wird eh keiner mehr kommen und es ist schon halb sechs."

Emma nickte nur. „Was hast du angestellt?" Leicht ertappt zog ich die Luft ein.

„Ich weiß nicht, was du meinst."

„Max hat mir geschrieben, dass es heute nichts mehr wird."

„Ach, wolltet ihr euch treffen?", fragte ich ganz unschuldig, doch sie durchschaute mich.

„Ja, wollten mir. Also warum kann er nicht und schreibt das am Ende fünf Minuten, nachdem du dort warst?"

„Ich habe Mist gebaut", sagte ich leise, leider nicht zu leise.

„Das weiß ich doch schon lange. Die Jungs reisn Sonntag ab, falls du das vergessen hast. Ich wollte noch einmal Zeit mit ihm verbringen und du solltest es auch."

Eine Träne rollte an meiner Wange hinab: „Ich glaube nicht, dass sich Edmund noch einmal auf mich einlässt."

„Das glaube ich so nicht, du musst nur einen Weg finden, es wieder gut zu machen. Er könnte deine Chance auf das ewige Glück sein."

Er könnte. Oder ist er es schon längst?

„Du musst einen Weg finden, dass ihr wieder zu euch findet, wenn dir wirklich etwas an ihm liegt!" Bedauernd schüttelte ich den Kopf: „Du hast ihn nicht gesehen. Sein Blick war klar. Er wusste, was er tut." Und er gab mir an allem die Schuld. Warum meine Zweifel denn so ungerechtfertigt?

Sie schnaubte: „Du anscheinend ja nicht."

Empört huschte mein Blick zu ihr, doch sie zuckte nur mit den Schultern.

„Schau mich nicht so an. Ich bin nicht daran schuld. Du könntest mir aber mal sagen, was in dich gefahren ist und was du zu Edmund gesagt hast, und dann sehen wir weiter", sagte sie nun ernst.

Ich seufzte: „Er ist verletzt gewesen und ich habe ihn herzlos und kalt genannt. Er hat immer eine Mauer hochgezogen und lässt niemanden außer Max an sich heran."

„Du hast ihn beleidigt, weil er sich selbst schützt?", fragte mich Emma aufgebracht.

„Nein... doch... man, ich wollte es doch auch nicht. Auf welcher Seite stehst du hier eigentlich Emma!" Langsam aber sicher wurde ich wütend.

Sie schüttelte leicht den Kopf. Man warum verstand mich den keiner? Oder hatte ich diesmal wirklich Mist gebaut?

„Weißt du Lily, eins verstehe ich einfach nicht. Warum nimmst du ihn nicht, wenn er dich liebt und du ihn liebst? Warum lässt du ihn an der langen Leine entfernt laufen und schiebst als Begründung seine Fehler vor. Nicht nur er hat eine Mauer aufgebaut, sondern auch du und sie wird immer größer, sodass nicht mal ich mehr an dich herankomme."

Damit ließ sie mich stehen und verließ den Laden.

Mein Handy klingelte und ich lief rasch in Richtung Wohnstube, um Ella nicht erst zu wecken. Ich fand es auf der Couch liegend vor, griff hastig danach und sah, dass es Josh war: „Josh, schön dass du anrufst. Wie geht es dir?"

„Gut, Schwesterlein, aber deshalb rufe ich nicht an. Ich habe wichtige Unterlagen oben in dem Zimmer liegen lassen und ich brauche diese aber bis Freitag."

„Oh. Ja, klar. Soll ich sie dir per Post schicken?"

„Ja, aber bitte per Eilmeldung. Du weißt ja, wie die Post in Florea ist."

Ich nickte, auch wenn er mich nicht sehen konnte. „Josh, ich gehe mal schnell in das Zimmer, um sie gleich zu holen. Bleib dran ja!"

Er lachte auf: „Natürlich Schwesterlein."

Ich verdrehte die Augen, während ich die Treppe nach oben schritt. „Josh, ich muss mit dir was bereden, während ich hier nach deinen Sachen suche, ja?"

„Klar, schieß los."

„Also Edmund…"

„Oho, ja, was ist mit Edmund?", erklang belustigt und so als wüsste er mehr als ich. Ein Laut der Empörung entwich mir.

„Hör einfach zu, ja?"

„Na gut", fügte er dieses Mal etwas ernster hinzu.

„Er hat mich heute gefragt, ob wir nicht Essen gehen wollen. Er wollte mit mir reden und hat mir gesagt, dass er mich liebt und für mich und Ella da sein möchte."

Ich hörte, wie er die Luft einzog, ich sagte aber nichts dazu und fuhr fort: „Ich habe es abgelehnt, da ich Angst habe und da ein riesiges Loch von Intrigen, Geheimnissen und Lügen zwischen uns herrscht. Danach habe ich es aber bereut, weil ich… weil ich… weil ich ihn liebe, verdammt noch mal! Ich liebe ihn und das ist mir kurz darauf zu sehr bewusst geworden. Also bin ich zu ihm. Ich bin zu ihm und fand ihn aber anders vor. Er war so distanziert."

Josh zog die Luft ein und unterbrach meine Erzählung: „Verdammt Lil! Der Typ war verletzt. Er

232

kämpft um dich, mehr als du oftmals siehst wahrscheinlich, weil du solche Dinge eben nicht siehst, wenn sie direkt vor deiner Nase sind. Er war verletzt, weil du es ihm nicht sagen kannst. Er ist verletzt, weil du wahrscheinlich nicht mal richtig gute Gründe gefunden hast, warum es nicht geht. Er hat dir seine Gefühle ausgeschüttet und du wirfst sie einfach weg."

Ich keuchte auf und hatte ein schlechtes Gewissen. So hatte ich das nie gesehen. Ich habe es immer nur aus meiner Perspektive betrachtet. „Scheiße! Ich habe Mist gebaut!", wurde es mir plötzlich noch deutlicher bewusst, „Und das ist noch nicht mal alles!"

Er seufzte resigniert in den Hörer: „Hätte nie gedacht, dass du mal deinen großen Bruder in Sachen Beziehungen fragen würdest. Ich habe mich auf diese Rolle nicht vorbereitet. Du hättest mich ruhig mal vorwarnen können", neckte er mich liebevoll und lachte in den Hörer. „Erzähl weiter. Ich bin ganz Ohr."

Ich seufzte und nahm mir währenddessen den nächsten Schieber vor. Wo waren nur diese Papiere! „Also ich bin dann zu ihm und er war so abweisend. Ich habe mich entschuldigt, gesagt wir müssen reden und ich habe gesagt, dass ich nicht verletzt werden will."

„Lil, du weißt, ich stehe immer auf deiner Seite, aber hast du dir schon mal überlegt, dass er auch nicht verletzt werden möchte. Keiner will das", unterbrach er mich sanft aber bestimmend.

Ich schnaubte: „Habt ihr euch abgesprochen oder was? Er hat genau das Gleiche geantwortet!"

„Das ist menschlich." „Er hat mich gefragt, was ich will und ich habe gesagt: „Antworten." Die will ich so unbedingt. Doch ich habe mir damit selbst eine Grube gegraben, denn er hat nur gesagt, dass er das mit mir bei dem Abendessen klären wollte und dass er ja auch keine Antworten von mir bekommen hätte auf seine Fragen im Restaurant."

Frustriert ließ ich mich aufs Bett fallen. „Ihr zwei habt es aber echt nicht leicht miteinander."

„Ich habe ihn dann gesagt, dass es mir leid tun würde", fuhr ich fort, „und er hat gesagt, dass er keine Zeit hätte und wir uns nur im Kreise drehen. Ich war so wütend auf ihn. So enttäuscht wegen ihm, dass ich ihm gesagt habe, dass er dann seine Zeit nicht an mir und seiner Tochter vergeuden sollte."

„Oh, das ist besser als jeder Roman und jeder Liebesfilm, der in einer Tragödie endet."

„Mensch Josh, ich mein es ernst!", erwiderte ich mich Nachdruck. „Ich auch."   „Er...

hat gesagt, dass er mir seine Zeit schenken würde, aber nicht kann! Ich war so wütend auf ihn, dass ich ihn irgendwann als Mistkerl bezeichnet habe. Er war so selbstgefällig."

„Stopp!", unterbrach mich Josh abrupt, „Warte mal einen Moment. Er hat dir indirekt gesagt, dass es nichts Schöneres gibt, als dir Zeit zu schenken, und du bezeichnest ihn als Mistkerl?"

„Nein... JA... aber erst später...", schluchzte ich leise. Meine Stimme war kaum mehr als ein Hauch. „Ich bin so dumm!", verfluchte ich mich selbst.

„Ja, das bist du, aber er liebt dich trotzdem oder nicht? Er liebt dich mit all deinen Fehlern. Ich weiß nicht, warum du noch zögerst!"

„Ich weiß auch nicht. Aber hier geht es nicht nur um mich, Josh, sondern auch um Ella. Ich habe Verantwortungen zu tragen. Meine Wahl kann entscheidend für ihr Leben sein. Und das baue ich nicht auf Geheimnissen auf! Versteh mich doch bitte", stockte ich und schlug mir eine Hand vor den Mund.

„Ich verstehe dich sogar sehr gut. Du kannst auf

mich zählen und ich bin mir sicher, dass seine Worte auch nicht gerade sanft waren", sprach er mir dann zu.

Er erzählte etwas, um mich auf andere Gedanken zubringen, während ich weiter suchte.

„Es muss doch hier irgendwo sein", murmelte ich und griff in eine Schublade. Da!

„Josh. Ich habe es!"

„Prima! Schickst du es gleich morgen ab."

„Ja klar. Hab dich lieb."

„Ich dich auch, Lil.", damit legte er auf.

Kapitel 20

Edmund

Kühles Wasser umspülte meine nackten Beine im Sand. Der Wind wehte leicht durch mein Haar und das Bier in meiner Hand ließ mich zusätzlich frösteln. Ich weiß nicht, wie viel Zeit schon vergangen war, seit ich hier saß, aber es musste schon eine Weile sein, da die Sonne langsam hinterm Meer verschwand. Der Anblick war malerisch und beruhigend, auch wenn mein Innerstes das ganze Gegenteil davon war. Immer wieder spielten sich ihre Worte in meinen Kopf ab und jedes Mal kam der Schmerz darauf mir tödlicher vor.

„Wie kann man nur so arrogant und herzlos sein?"

Arrogant, herzlos – Worte, die man sonst mit mir nicht in Verbindung brachte. Aber vielleicht war ich ja so. Vielleicht hatte sie Recht und ich war wirklich ein Mistkerl. Ein arroganter, herzloser Mistkerl. Ein ungläubiges Schnauben drang über meine Lippen.

Seit wann scherte es mich, zu wissen, was andere über mich dachten. Seit wann fing ich an, wegen eines dummen Spruches an mir zu zweifeln?

…Seit Lily…

…weil sie mir was bedeutet…

Die Menschen, die wir am meisten liebten, waren schon immer die, die uns am stärksten verletzen konnten. Deshalb werde ich es mir nicht noch schwerer machen, als es eh schon ist und ihr hinterherrennen. Es schmerzte sehr, doch ich hatte jetzt nur noch eine Sache, auf die ich mich konzentrieren musste, und das war meine erste Präsentation als Kronprinz in der Öffentlichkeit.

Mein Vater hatte mir vor einer Stunde eine Rede

zugeschickt, die ich auswendig lernen sollte, und ein Teil davon meinte er gut, aber ein anderer Teil war einfach nur hinterhältig und das fiel mir auf, als ich sie mir dann durchlas.

Er ging in der Rede auf seine Ansichten und Entwicklungen ein, jedoch nicht auf mich als Person oder Charakter. Es war fast schon eine politische Rede, die dem Volk zeigte, dass unser Land sich nicht verändern würde, doch ich habe die Menschen in den letzten Tagen beobachtet und ich werde mehr verändern, als meinem Vater bis jetzt noch bewusst ist. Es wird nicht sofort passieren und ich muss Willensstärke und Überzeugung zeigen, doch die Zeit wird kommen. In unserem Land ist niemand arm, aber trotzdem leiden manche Menschen an Problemen. Lilyana zum Beispiel war alleinerziehend und brauchte, auch wenn sie es nicht zugab, finanzielle Unterstützung. Sie steckte in viel Dingen ein, zum Beispiel in der Mutter-Kind-Zeit und ja, vielleicht wäre es nur zwei Monate länger gewesen, doch dies ist eine wertvolle Zeit, die sich jeder nehmen sollte und nehmen darf. Das will ich ändern und unser Land darin unterstützen.

Indem mein Opa damals die Floreatreats aufgebaut hatte, wurde allen Menschen im Lande Floreas ein gewisses Standartgrundeinkommen zukommen lassen, das dafür sorgt, dass man im Land leben und arbeiten kann, sich jedoch nicht abschuftete und keine Zeit mehr hatte. Zusätzlich blieb jedem Bewohner im Lande, der ärmeren Sparte, ein gewisses Restgeld, was zur freien Verfügung stand. Somit genoss jeder Bürger einen gewissen Wohlstand und das war das erste Mal in unserem Lande.

Ich bin und war stolz auf meinen Opa, denn er hat das Land neu geformt und aufgebaut. Jedes Kind konnte seit dem auch eine gewisse Erziehung absolvieren und unser Land hat sich seit dem sehr modernisiert. Es wäre trotzdem gelogen, wenn man sagen würde, dass der Tod meines Großvaters kein Loch im Herzen des Volkes hinterlassen hat.

Mein Vater war nicht bereit, die Wege seines Vaters weiterzuführen, aber ich werde es sein und ich werde es gut machen.

Die Wege meines Großvaters waren noch nicht vorbei und werden es auch nie sein. Ich werde nicht alles so machen, wie er noch wollte, doch ich werde seine Ideen nehmen und modernisieren.

Ich möchte, dass die Frauen mehr gleichberechtigt behandelt werden. Sei es vor Gericht, bei der Arbeit oder einfach nur in dem allgemeinen Arbeitsleben.

Klar, ich hing schon lange an dem Plan und ich würde lügen, wenn ich nicht zugeben würde, dass auch hier Lilyana und ihre Ansichten, die sie jeder Zeit verteidigte, mir einen Schubs in die richtige Richtung gaben und auch einen Fortschritt in meinen Ausführungen gebracht haben.

Mein dritter wichtiger Punkt ist die Versicherung in der Medizin eines jeden Menschen. Jeder soll ein Recht auf Behandlungen und Weiteres haben, ohne zu tief in die Tasche greifen zu müssen.

Das Geld müssen wir ganz klar für alle Pläne woanders einholen, doch ich tendiere auf günstigere, gleichzeitig aber hochwertige Produktion und höhere Exporte. Wir müssen Verträge mit anderen Ländern abschließen und uns endlich mit denen auseinandersetzen und nicht nur unser eigenes Süppchen kochen und uns auf uns selbst verlassen.

Ja, diese wichtigen und dennoch schwierigen Punkte werde ich ansprechen, und zwar ohne dass mein Vater etwas vorher mitbekommt. Ich will mein Leben behalten und wenn ich auf der Bühne stehe, kann er mich eh nicht mehr herunterholen, da das nicht gut fürs Volk wäre. Ich hoffe, mein Plan klappt so, denn dieses Mal habe ich weder den Rückhalt meine Mutter, meiner beiden Großeltern, meiner Schwester, meines Vaters und Max. Ich werde es allein schaffen müssen und es wird zeigen, ob ich bereit dafür bin.

„Rrrriiinnnng. Ring. Ring. Rrrriiinnnng!"
Immer fordernder schrillte dieser verdammte Ton an meinem Ohr. Egal, was es war oder wer, es sollte verdammt nochmal aufhören!
ICH. WOLLTE. SCHLAFEN!!!!
Gestern war einfach nur ein Scheißtag und ich brauche meinen Schönheitsschlaf.
„Rrrriiinnnng. Ring. Ring. Rrrriiinnnng!"
Als der Ton wieder erklang, stöhnte ich frustriert auf. Jetzt war ich fast wach. Wenn ich eins hasste, dann das ich, wenn ich am Morgen nach fünf Uhr geweckt wurde, nicht mehr einschlafen konnte.
Ich drehte mich wieder stöhnend um und tastete nach dem Wecker. Es war Donnerstag, kurz nach sechs Uhr morgens.
Eine schlimme... Warte! Dieses...
„Rrrriiinnnng. Ring. Ring. Rrrriiinnnng!"
Da war es schon wieder! Ich hörte jemanden fluchen, denn ihm ging es genauso wie mir. Irgendetwas krachte und dann wurde es mir klar, da klingelte jemand.
Max war zum Glück schlauer und schneller als ich, denn ich hatte nicht vor das warme Bett ohne triftigen Grund zu verlassen. Ich drehte mich also auf die Seite und versuchte mein Glück, wieder einzuschlafen, auch wenn ich wusste, dass es kaum was brachte.

„Tut mir leid, er ist nicht…"

„NEIN!"

„Du kannst jetzt…", hörte ich noch schwach, ehe meine Tür aufflog und ich erschrocken aufsprang.

Mitten in meinem Türrahmen stand Lilyana. Ich knipste überrascht das Nachtlämpchen an und schaute dann wieder zu ihr.

Ihr Haar war zerzaust, ihre Kleidung leicht knittrig, ihr Gesicht konnte ich nicht richtig deuten, doch sie tropfte. Es tropfte von den Haaren, lief über die Kleidung hinunter, über die Haut, hinab auf den Boden. Selbst von ihren Lippen perlte ein Tropfen hinab. Meine Augen hingen an ihr wie Magneten. Ihr blumiger Duft wehte sanft zu mir und vernebelte meinen Verstand. Wenn ich jetzt aufstehen und zu ihr gehen würde. Ganz sanft, leise und forschend. Sie zu mir ziehen würde, in ihr nasses Haar gleiten und ihr weiches Gesicht in meine Hände nehmen würde. Mich dann zu ihr hinabbeugen würde und ihre vollen Lippen in meine nehmen würde. Ihren Duft riechen, schmecken und fühlen würde und ihr verfallen würde.

Dann… dann…

Der Moment brach, als sie mich entgeistert und beschämt zu gleich ansah. Dann blickte sie an sich herab und bedeckte notdürftig ihre Brüste.

Erst jetzt wurde es mir bewusst. Sie war nass, bis auf die Knochen. Sie trug ein weißes Kleid, das durch den Regen fast durchsichtig geworden ist und sich jetzt eng an ihren Oberkörper schmiegte.

Sie war so verdammt schön, und ja ich war halt Herr der alten Schule und sagte es nicht oft, aber sie war unverschämt sexy. Zu benommen von ihrem Anblick vergaß ich kurz alles und sah trotz der Nässe nur noch sie, doch als Max hinter sie trat und ihr ein Handtuch reichte, war der kurze Moment zerstört und ich war wieder auf den Boden der Tatsachen.

Lilyana war hier in meinem Zimmer. Mitten in der Nacht. Starrte mich an. Hatte mich verletzt zurückgelassen und mir deutlich zu verstehen gegeben, dass sie nicht konnte.

Was machte sie dann also hier?

Meine Miene wurde unbewusst hart und ich zog meine Mauer wieder hoch, auch wenn es mich bei ihr viel Kraft kostete.

„Ich geh dann mal…", unterbrach Max die Stille, doch sobald er gegangen war, umfing sie uns wieder.

Ich schwieg, hatte ihr ja auch schon alles gesagt. Naja, nicht alles, aber sie wollte nicht mehr. Abwartend starrte ich sie solange an, bis sie beschämt den Kopf senkte.

Trotzdem schwieg ich eisern, auch wenn es mir irgendwann kindisch vorkam.

„Kannst du bitte was sagen…", sagte sie mit zitternder Stimme in die Stille hinein.

Zitterte sie vor Kälte oder weil sie traurig war?

„Was sollte ich denn sagen? Du wolltest doch nicht mit mir reden oder warum bist du jetzt hier?"

Ich durfte ihre Worte nicht an mich heranlassen, es würde mich nur noch mehr treffen.

„Okay… Gut… Dann fange ich an", stotterte sie mühsam und ich hätte sie am liebsten in die Arme gezogen.

Ihre Augen waren dunkel und tränenverschmiert. Mühsam ballte ich meine zuckenden Finger zur Faust, bis ich schließlich alle Vorsätze über Bord warf, aufstand, zu ihr ging und fest in die Arme zog.

Sie war eiskalt und zitterte unkontrolliert und schluchzte in meine starken Arme. Ich hatte nichts getan und trotzdem fühlte ich mich wie der letzte Arsch. Ich zog sie vorsichtig mit Richtung Bett, wo wir uns setzten und ich sie festhielt, bis sie sich beruhigte.

Sanft strich über ihren Rücken und zog ihr meinen

trockenen Pullover über, um sie etwas zu wärmen.

„Lily, ich weiß, dass ist eine blöde Frage, aber wo ist Ella?"

Sie war schließlich nicht mit dabei und ich wusste, dass Josh vor ein paar Tagen abgefahren war und sie nun wieder zu zweit waren.

Überrascht blickte sie auf: „Em ist bei ihr!"

„Sie weiß, dass du da bist?" Sie nickte, bevor sie ihren Kopf an meiner Brust verbarg. Es fühlte sich zu gut an.

„Ich wolle mich entschuldigen. Es war nicht okay gestern", wisperte sie so plötzlich und leise, dass ich zuerst dachte, dass ich mir das nur einbildete, doch dann schaute sie auf und sprach weiter, „ Es war nicht in Ordnung von mir, dich so zu behandeln und dich zu beleidigen, ich war nur so wütend…"

Sie seufzte auf, konnte mir dabei jedoch nicht in die Augen sehen.

„Es war trotzdem nicht gerechtfertigt und ich will wirklich, dass das funktioniert, aber seien wir doch mal ehrlich, es wird nie funktionieren."

Die Bitterkeit in ihrer Stimme ließ mich kurz zusammenzucken.

Ich wusste besser als sie, dass es nie geklappt hätte, und trotzdem überwog meine Liebe zu ihr.

„Du wohnst in einer anderen Welt als ich. Du bist fast schon adelig", und wie ich das war…, „Mein Gott, du fliegst am Sonntag zurück. Ich kann dir nicht mein Herz schenken, wenn du es dann fallen lässt. Ich kann dich nicht lieben, wenn du nie da bist. Ich kann mich auf das nicht einlassen, wenn wir beide nicht bereit dazu sind. Ich kann es einfach nicht. Nicht nur wegen mir. Auch wegen Ella."

Ich wusste es. Ich wusste auch, wie sie sich fühlte. Ich kannte das zu gut, doch ich war im Gegensatz zu ihr bereit dazu. Doch wieder hatte sie recht, denn unsere Liebe war aus Lügen und Geheimnissen aufgebaut wurden und wenn wir jetzt einen Schritt weitergingen, dann würde diese Liebe zusammenbrechen, wie ein Kartenhaus.

Ich wollte das nicht, da ich spürte, dass unsere Liebe, dass nicht überstehen würde. Und genau aus diesem Grund konnte ich nicht einen Schritt weitergehen, wenn sie nicht konnte. Aber hätte sie zu mir ja gesagt, hätte sich dann so viel für ich geändert? Wenn ich ehrlich zu mir war, dann nicht, doch ich war schon immer zu stur, um das in diesem Moment zu sehen.

Das alles machte mich so wütend. So unfassbar wütend, dass ich sie loslassen und aufstehen musste.

Ich sah, wie sie unter meiner Abwesenheit wieder zu zittern anfing. Doch meine Wut verrauschte nicht, nein, schlimmer, sie wuchs und wuchs und wuchs, bis ich es kapierte.

Das was ich in mir trug war keine Wut, nein, es war Schmerz. Schmerz, der mich festhielt und zu ersticken droht. Schmerz und Trauer, die so tief gingen, dass ich nicht mehr konnte.

Ich konnte nicht in ihr Gesicht sehen, denn alles erinnerte mich an unsere Küsse.

Sie erinnerte mich an meine Großeltern.

Sie erinnerte mich an unsere Liebe.

Sie erinnerte mich daran, was ich ihr gerade antat.

Sie erinnerte mich an das letzte Jahr, wo ich vergeblich nach ihr gesucht hatte.

Sie war alles. Sie war mein Leben, meine Zukunft, Gegenwart und Vergangenheit, meine Liebe, meine Freundin, mein alles. Ich würde sterben, wenn es ihr das Leben retten würde. Ich würde ihr alles Geld der Welt geben, wenn es ihr dann besser ginge. Ich würde sie beschenken und zum Lachen bringen, nur damit sie lacht und nicht mehr so traurig wäre.

Ich würde sie halten, wenn sie es am nötigsten brauchte, doch…

…ich konnte es nicht.

Mein Herz würde immer ihr gehören, doch ich musste sie gehen lassen, wenn ich wollte, dass sie glücklich wird.

Ich muss sie gehen lassen, wenn ich ihr Leben nicht zerstören wollte. Ich sollte sie gehen lassen, weil ich sie liebe und sie es verdiente. Ich werde gehen. Heute noch!

Ja, es ging nicht anders. Ich sah es ihren Augen, ihrer Mimik und Gestik, einfach allem an und es wird Zeit, dass ich aus ihrem Leben verschwinde. Doch ich musste jetzt stark sein, denn ich hätte sie nie gehen gelassen, wenn ich meinem inneren Drang nachgeben hätte. Sie sollte glücklich werden und glücklich sein und das konnte sie nun mal nicht mit mir.

„Was machen wir nun?"

Es schmerzte, doch diese Frage kam mir mehr als gelegen. Augen zu und durch.

Ich schaute in ihr Gesicht. Direkt in ihre Augen und sah, wie sie kaum merklich zusammenzuckte, als sie meine Härte sah.

Einmal im Leben wünschte ich, diesen Blick, eisern gelernt durch meinen Vater, nicht anwenden zu müssen.

Doch er hatte bis jetzt immer funktioniert und trotzdem ich fühlte mich einfach nur Scheiße.

Ich wollte sie nie verletzen, doch es war nötig.

„Was meinst du mit wir?", fragte ich hart.

Unglaube blitzte in ihren Augen auf und ich fuhr fort, denn ich würde es sonst nicht durchziehen.

„Es gibt kein wir, das gab es nie und du wolltest auch kein wir."

„Aber…"

„Nicht aber... Wenn du dir Sorgen um deine Tochter machst. Ich zahle. Alles. Das, was du brauchst, doch ein wir gibt es nicht. Gab es nie!"

Ich sagte es bestimmend und so fest und sicher, wie ich konnte.

Ihre Augen füllten sich mit Tränen. Wie gerne wäre ich...

„Es geht mir nicht um das Geld", stellte sie wütend klar.

Ich wusste, dass es ihr nicht ums Geld ging, denn das ging es mir auch nie, doch ich wollte wenigsten etwas für sie tun.

Als ich nur wie ein Geist durch sie hindurchstarrte, wird sie immer wütender.

„Verdammt nochmal! Es geht hier um uns. Um deine Liebe zu mir! Um unsere Tochter! Ich will dein Geld nicht und wenn es vom Prinzen höchst persönlich kommen würde."

Ich zuckte zusammen und entspannte mich aber sofort, als ich merkte, dass sie es nur so meinte, um ihren Standpunkt zu verdeutlichen.

„Wie oft noch Lilyana? Es gibt kein uns! Ich reise ab. Heute noch! Wir werden uns nie wiedersehen und ich möchte es ehrlich gesagt auch nicht. Und meine Liebe zu dir war nur eine kurze Schwärmerei, die du ja eh nie erwidert hast."

Mist! Klang das verzweifelt?

„Was... wie..." Sie war fassungslos und ich fühlte mich fehl am Platz und wollte nur noch gehen.

„Das war alles nur gespielt? Eine dumme Schwärmerei? Zeitvertreib? Bitte sag mir, dass das nicht wahr ist, Ed...", ihre Stimme brach und sie schluchzte haltlos.

Ich sah in ihren Augen die gleichen Gefühle, die ich spürte: Liebe, Hass, Wut, Enttäuschung, Fassungslosigkeit, Trauer.

Sie flehte mich stumm an, doch ich konnte nicht.

Ich spielte weiter: „Was für Zeitvertreib? Ich hatte Urlaub und zwischen uns, ist nichts gelaufen, also komm klar."

Das waren meine letzten Worte an sie. Ich konnte nicht mehr ertragen und sagen. Sie hatte meine Botschaft verstanden und sollte jetzt lieber gehen.

Ein Teil meines Herzens würde immer ihr gehören und die Kette von meiner Oma, die ich ihr vorhin in die Pullovertasche gesteckt hatte, stand als letztes und einziges Symbol dafür.

Epilog

Lilyana

Ich verstand ihn nicht.

Mein ganzer Körper zitterte unkontrolliert und ich habe mich noch nie so schlecht gefühlt.

Irgendetwas war anders seit dem vorherigen Tag und ich war daran schuld.

Doch er konnte mich doch nicht einfach so abweisen, nach allem, was uns verband?

Er hatte Angst und seine verdammte Mauer wieder hochgezogen.

Er sah mich nicht an.

Er war so eiskalt und berechnend und der Schmerz wurde immer größer in mir.

Fühlte er denn gar nichts dabei? War es ihm am Ende alles egal?

Es konnte ihm nicht egal sein! Er hat gesagt, er liebt mich!

Aber ich habe ihm nie richtig gesagt, was ich empfinde.

War das mein Fehler? War ich am Ende daran schuld? Wieso konnten wir nie glücklich werden?

Ich fühlte mich so verlassen, so einsam und verloren. Edmund darf uns nicht einfach so gehen lassen.

Was wurde dann aus uns? Ich brauchte ihn so sehr, dass ich seinen Verlust nicht überleben würde.

Unter die Verzweiflung mischte sich langsam aber sicher Wut. Ich war so wütend, dass ich mich auf ihn eingelassen habe.

Ich war wütend auf meine Eltern. Wütend auf dieses verdammte Königreich. Wütend auf mich, auf Edmund, auf Emma, auf Max.

Warum immer ich? Warum konnte ich nie mein

Glück finden? Wieso war er nicht bei mir und hatte mich in den Arm genommen?

Ich spürte seine Blicke. Die eisige Kälte darin war unaufhaltsam und doch kannte ich ihn zu gut. Er verbarg seine Angst darunter. Seine Liebe. Wo waren seine Güte, sein Funkeln, seine Freiheit und seine Freude geblieben, die er immer in sich trug.

Er war dabei mein Herz zu zerbrechen, wenn er mich nicht hielt. Er ließ mich los und ich fiel endlos in die Tiefe.

Er hatte mich ruiniert. Seelisch, mental, physisch.

„Wieso? Edmund, wieso? Ich versteh es nicht! Wovor hast du solch eine Angst? Wieso kannst du mir nicht sagen, worum es geht?"

Ich schrie ihm die letzten Worte entgegen.

Er regte sich jedoch nicht. Nein, er zuckte nicht zusammen, war wie die Ruhe vor dem Sturm, ein Fels in der Brandung.

Er nahm schweigend alles auf sich, doch ich wollte es nicht. Nein, ich wollte, dass er mit mir spricht. Er sollte mir Antworten geben. Antworten auf unsere scheinbar verbotenen Gefühle. Ich verstand ihn nicht.

„Warum Ed? Warum tust du mir das an?"

Ich konnte diese Last, die auf einmal auf mir lag, nicht mehr halten. Ich schwankte und fiel. Fiel so hart, das mein Körper hätte zerbersten müssen. Ich trug zu viel Last auf mir. Ich drohte zu erstickend. Unsere Liebe wurde genau in dem Moment im Keim erstickt. Die Glut loderte nicht mehr und sie würde nie wieder lodern, denn als ich in seine Augen sah, wusste ich die Antwort.

Er konnte nicht.

Flehend sah ich zu ihm auf, doch er schüttelte nur den Kopf.

Ich fühlte mich verraten und Tränen der Wut, der Pein und der gottverdammten Liebe rollten mir leise über die Wange.

Doch er schwieg immer noch.

Er hielt eisern daran fest und war fest entschlossen mich nicht mehr anzurühren. Und dann hielt ich es nicht mehr aus. Ich konnte diese Last nicht mehr tragen und schon gar nicht unter seinen Blicken. Ich musste gehen. Musste fort von hier und dieser Abschied war der Schlimmste, den ich erlebt hatte. Er raubte mir meine letzten Kräfte. Er war alles für mich und ich hatte es ihm nie gesagt und jetzt war es zu spät. Mich hielt so viel und doch nichts. Ich ging einen Schritt auf ihn zu, doch er machte einen Schritt zurück. Ich sah ihn nicht an. Konnte es nicht.

Ich schloss die Augen und hauchte: „Ich liebe dich. Das wird mein Herz immer und ich hoffe für Ella, dass du eines Tages trotzdem stolz auf deine Tochter sein wirst und wenigstens sie aufrichtig liebst!"

Mein Atem ging stoßweise und dann drehte ich mich um und ging. Einen Schritt nach dem anderen zurück in mein Leben, doch was ich vorfand, war kein Leben voller Glück. Nein, es war ein Scherbenhaufen.

Ich schritt trotzdem weiter. Kämpfte mich dadurch, denn ich war nicht allein. Es war nicht nur ich, die an mir zu Grunde gehen würde, wenn ich jetzt nicht lief. Es fühlte sich wie ein Verrat an. Wie ein Tod der Liebe, die dich daran langsam und qualvoll sterben ließ.

Alles Gute zwischen uns war fort. Nichts mehr war mehr da. Ich sah mich selbst nicht mehr und das hätte ich nie zulassen dürfen. Ich hätte ihn nicht so nah an mich heranlassen dürfen. Doch aus Fehlern lernt man, war es nicht so?

Ende Band 1

Danksagung

Tausend Dankesreden habe ich schon gesehen und gelesen und doch ist es was ganz anderes, wenn man sie selbst schreibt. So eine Danksagung bekommt plötzlich so viel mehr Persönlichkeit für einen.
Als Nächstes habe ich dann überlegt, wem ich wirklich danken möchte. Mit dem Schreiben hat sich dies aber bei mir einfach entwickelt und nun verfasse ich den Text hier und wenn ihr das lest, hat mein Buch einen Weg zu euch gefunden!

Ich habe viele Personen im letzten Jahr näher kennenlernen dürfen und dafür bin ich so unendlich dankbar, dass ich es gar nicht in Worte fassen vermag. Aber jede Medaille hat zwei Seiten. Ebenfalls musste ich hart lernen, wer mich wirklich vollends unterstützt und wer es nur als einfaches Hobby abstempelte. Das macht etwas mit einem und hat mich an manchen Tagen echt ausgebremst. Doch diese Erkenntnis befreit nach einer Weile und ich habe viel dazugelernt, Erfahrungen gesammelt und meine Sichtweisen teilweise anders gesetzt. Daraus schöpft man dann Inspirationen, Ideen und Liebe sowie Energie. Dies alles habe ich auf meine eigene Art und Weise in Worte gefasst und nun richte ich ein Teil davon an die aller wichtigsten Personen:

Lieber Papa, liebe Mama:
Es gab Momente im Leben, da habe ich gezweifelt, mit mir selbst gehadert und dachte oft, ich kann nicht mehr. Doch ihr wart und seid immer für mich da. Wie ein Fels in der Brandung. Eine Schulter zum Anlehnen. Ihr wollt immer das Beste für mich und gebt

mir so viel Liebe mit auf den Weg, dass mir manchmal echt die Tränen davon kommen. Auch beim Schreiben habt ihr mich aufgefangen und von Sekunde 1 an unterstützt. Ich kann euch gar nicht sagen, wie viel mir das bedeutet. Doch hoffe ich, dass es diese Worte ein Stück weit tun.

Lieber Nick:
Mein kleiner Bruder...
Du hast nichts mit Büchern am Hut und doch hast du mir zugehört, als ich völlig aufgedreht immer wieder von meinen Fortschritten darin erzählt habe. Du hast mich dann in den Arm genommen, als ich es brauchte und hast mich immer aufgemuntert, als ich es am meisten brauchte. Josh ist zwar ein perfekter großer Bruder, doch du bist der perfekte Kleine. Ich verbinde viel von dir mit ihm. Egal, was kommt, wir sind immer eine Einheit genau wie Lilyana und Josh. Hab dich lieb!

Lieber Rick,
Mein bester Freund zum Reden, Quatschen, Rumalbern, „Scheiße" bauen.
Egal, wo du bist, mit dir fühl ich mich immer unbeschwert und frei. Wenn du da bist, geht ein Licht in meinem Herzen an, welches nur du als mein bester Freund anknipsen kannst. Wenn ich an dich und uns denke, lächel ich von selbst und verspüre eine tiefe Dankbarkeit. Egal ob wir gemeinsam Schule gemacht, den Cup Song geübt oder uns um Halligalli „gestritten" haben. Ich kann immer mit dir reden – egal ob ernste Themen oder das komplette Gegenteil. Ebenfalls weiß ich, dass du kein Bücherfreund bist, doch du hast mich immer darin unterstützt, mir zugehört, mit mir geredet und das, obwohl du nur Duden im Schrank hast. Das rechne ich dir hoch an. Du siehst, wie ich

Feuer und Flamme dafür bin, und freust dich einfach für mich mit. Nicht ohne Grund rufe ich dich als Erstes an, sobald es etwas Neues gibt. Danke für alles!

Liebe Lisa,
über Bookstagram habe ich dich kennengelernt. Gesehen habe ich dich persönlich noch nie und doch bist du eine Art entfernte gute Freundin für mich geworden, die mit viel Herzblut immer für mich da ist. Du hast mir zugehört, die ganzen Kapitel testgelesen, mich aufgebaut und dich immer wieder erkundigt, wie es läuft. Und alles mit einer Selbstverständlichkeit, die mich noch heute sprachlos stimmt. Du bist im Herzen so eine liebe und herzliche Person, dass ich mich geehrt fühle, das ich ein Stück weit Teil deines Lebens sein darf. Ich erinnere mich gerne an dich und unsere Gespräche und das du immer an mich geglaubt hast, hat mich erst dort hingebracht, wo ich heute stehe.

Liebe Testleser,
vielen lieben Dank an euch alle – Lisa, Sophia, Jenni, Rebecca, Natalie und Hannah. Mit eurer geballten Macht haben wir dem Buch den letzten Feinschliff gegeben und der hatte es in sich und das Buch erst so perfekt gemacht. Danke dafür

Das war es schon. Halt nein! Noch nicht ganz! Danke dir. Egal, aus welchem Grund du zu diesem Buch gekommen bist. Ich danke dir, dass du Lilyana auf ihrem Weg begleitet hast. Wenn die Gefühle bei di angekommen sind, die ich vermitteln wollte, dann freue ich mich ungemein, denn das war das Einzige, was ich je erreichen wollte.

Ein was möchte Lilyana dir noch mitgeben:

Nach jedem Hoch folgt ein Tief. Nach jedem Tief folgt ein Hoch, auch wenn es auf dem ersten Blick nicht so scheint. Du kannst also selbst entscheiden, ob du dich davon runterziehen lässt oder ob du an dich glaubst und dafür kämpfst. Du bist du und das ist verdammt nochmal richtig so! Jeder Mensch ist einzigartig und es ist egal, wie oft du fällst, am Ende zählt nur, wie oft du wieder aufgestanden bist und weitergelebt hast. Für dich. Du bist so toll, wie du bist!

Ich hoffe, ich sehe euch im zweiten Band wieder zu
What if I lose you?

Lilyanas
Löffel-Schokokuchen-Rezept

Zutaten:

- 9 EL Mehl

- 9 EL Zucker

- 9 EL Kakaopulver

- 9 EL Öl

- 9 EL Milch

- 2 Eier

- 1 Tüte Backpulver

Durchführung:
Fülle die Zutaten in eine Schüssel und mixe
sie zu einer cremigen Teigmasse. Fülle diese
anschließend in eine Kuchenform und backe
sie für 35 Minuten bei 180°C.